ADIEU MA CONCUBINE

« Lettres d'Extrême-Orient »

Collection dirigée par Alain Peyraube

LILIAN LEE

ADIEU MA CONCUBINE

roman

Traduit du chinois
par Geneviève Imbot-Bichet

FLAMMARION

Titre original de l'ouvrage :
Bawang bie ji

ISBN : 2-08-066910-9

Courtisane sans cœur,
Comédien sans ardeur,
C'est au lit que la courtisane révèle sa ferveur,
C'est sur les planches que le comédien exprime sa vigueur.

1

Tout être est dépendant : le nouveau-né du cordon ombilical, l'enfant de sa mère, la femme de l'homme. Pour la courtisane, le salut passe par la simulation de l'amour ; quant au comédien, sa gloire dépend de son art à se réincarner dans ses personnages. L'existence, au fond, n'est rien de plus qu'une mise en scène.

Car si l'on pouvait se contenter de ne jouer qu'un des morceaux choisis de sa propre vie, il suffirait, et ce serait merveilleux, de s'appliquer à n'en chanter que le plus beau passage. Amitié, amour, fidélité, voilà des sujets captivants, mais qui hélas ne reflètent en rien la réalité de ce bas monde. Sur scène, il n'est question que de rois et de hauts dignitaires, d'esprits distingués et de grandes dames, bien éloignés de notre quotidien. L'humanité n'est rien d'autre qu'un visage démaquillé.

Revenons plutôt au théâtre où nous assistons au finale d'*Adieu ma concubine.* La favorite Yu chante pour son roi-hégémon Xiang Yu, assiégé et abandonné par son armée. Xiang Yu, se croyant vaincu, lui ordonne de s'enfuir. La concubine Yu refuse et danse pour lui une dernière fois ; tout en dansant, elle s'empare de son épée et se tranche la gorge.

Mais ce n'est que du théâtre. Si les héros meurent en scène, il n'en est heureusement rien des comédiens. Ce soir-là, les acteurs allaient interpréter pour la première fois un opéra, ensemble, dans un véritable théâtre. Ils n'étaient pas encore entrés en scène ; seul l'orchestre avait pris place et les musiciens accordaient leurs luths à deux ou trois cordes, selon l'instrument. Un joueur de tambourin qui tenait aussi des castagnettes dans sa main gauche occupait le centre de l'espace. Ils se préparaient tous, imperturbables, à accompagner l'histoire, avec leur zèle coutumier. L'obscurité était totale. On entendit pendant un court instant le grincement du grand rideau rouge qui se levait...

La rencontre initiale de nos deux personnages survint pendant l'hiver 1929, la dix-huitième année après la fondation de la république de Chine.

Les jours raccourcissaient et le froid était vif, piquant même, avec un vent violent. Le ciel couvert annonçait la neige. On pouvait cependant entrevoir un soleil de décembre qui pointait capricieusement entre les nuages. La ville s'éveillait dans ce qui n'était encore qu'une rumeur, prémice de la clameur à venir. Les petits commerçants du quartier du Pont-du-Ciel, qui s'étendait à l'ouest du temple du même nom, entre les portes Zhengyang et Yongding, ouvraient leurs boutiques.

Les empereurs des dynasties Ming et Qing avaient coutume de passer par là pour se rendre au sanctuaire lors des rites sacrificiels. L'un d'entre eux avait un jour décidé que le nord serait désormais dévolu au peuple, et le sud, un territoire sacré. Une limite avait donc été fixée entre le commun des mortels et le Ciel dont les souverains étaient les mandataires. C'est parce qu'ils empruntaient ce passage qu'il fut ainsi baptisé Pont-du-Ciel. Lorsque la dynastie des Qing disparut, cet endroit ne fut plus désormais exclusivement réservé aux « fils du Ciel »; le peuple y eut à nouveau accès et, peu à peu, le quartier se transforma en un petit marché très coloré. Deux maisons de thé, des restaurants et des fripiers s'installèrent au nord. A l'ouest s'établit le marché aux oiseaux, et en face toutes sortes de petites gargotes en plein air, ainsi que des saltimbanques qui montaient leur spectacle où ils le pouvaient, dans ce dédale compact d'éventaires et de commerces effervescents.

Les jeunes mendiants adoraient traîner au milieu de la foule, car il leur suffisait de se baisser pour ramasser les innombrables mégots qui jonchaient le sol. Un de ces va-nu-pieds venait justement d'en récupérer un qu'une femme accompagnée d'un petit garçon avait failli écraser. Lorsqu'il en aurait suffisamment, il reconstituerait, à partir de ces déchets, de nouvelles cigarettes qu'il vendrait. La femme portait des chaussures de toile usées et défraîchies dont la couleur rouge avait plutôt viré au brun, prenant la teinte du sang coagulé. Son visage portait les stigmates de l'opium. Encore jeune, vingt-cinq, vingt-six ans au plus, elle paraissait pourtant déjà si fatiguée, si lasse. Ses lèvres étaient outrageusement peintes en vermillon et une marque rouge zébrait son front, entre les sourcils. Il ne faisait aucun doute qu'il s'agissait d'une prostituée.

Le gamin avait dans les huit ou neuf ans. Lui, en revanche, était propre comme un sou neuf et sa tenue soignée. Visiblement, elle lui avait mis sur le dos toute sa fortune. Les traits de son visage étaient cachés par une large écharpe, à première vue toute neuve, comme le reste de ses habits, qui l'emmaillotait presque. Il était difficile de dire à quoi il ressemblait. On n'apercevait que ses beaux yeux tendres. Il était terrorisé par tant de bruit et d'animation auxquels il semblait confronté pour la première fois. Sa main droite agrippait la jupe de sa mère et la gauche était bien enfouie au fond de sa poche, comme s'il tenait fermement serré entre ses doigts un objet secret qu'il ne voulait pas lâcher.

– Numéro spécial! Numéro spécial! hurlait un petit vendeur de journaux, l'armée du nord-est vient de proclamer la loi martiale! Les Japs vont attaquer! Monsieur, vous en voulez un?

L'homme, qui venait d'avaler un bol de lait de soja aux légumes salés et qui tenait encore à la main une demi galette grillée, avait failli se faire bousculer par le gamin.

– Allez, ouste! vociféra-t-il tout en agitant le bras, tu vois bien que je suis occupé à me remplir la panse, tu me déranges. Que ceux qui ont envie de se battre se battent!

Tout d'un coup, il aperçut la femme, la reconnut et l'apostropha en grimaçant :

– Tiens! c'est toi, Yanhong, tu me manques!

Il s'en fallut de peu que, d'un geste brusque, il ne heurte l'enfant. Celui-ci, affolé, se blottit à la hâte contre sa mère en fronçant les sourcils. Il détestait ce genre d'individus vulgaires.

Yanhong préféra ne pas répondre et se contenta de hausser les épaules. Elle pressa la main de son fils et accéléra le pas. Ils passèrent au milieu de toutes sortes d'étals où l'on vendait des bouillons de raviolis, des gâteaux frits, de la soupe aux abats, de la viande mijotée dans du soja, des tripes sautées, des saucisses fraîches, du foie grillé, mais aussi du thé en briques, des pains de gruau, des galettes de maïs cuites à la vapeur... On entendit soudain un vacarme assourdissant. C'était « l'Homme à la dent d'or », comme on le surnommait, qui rameutait la foule pour sa lanterne magique polissonne. Gong, tambour et cymbales attiraient tous ces hommes qui, concupiscents, se précipitaient les uns derrière les autres pour lorgner dans le trou d'une caisse.

– Venez jeter un coup d'œil, regardez la fille qui fait sa toilette...

Plus loin l'animation redoublait. Il y avait là des conteurs, des prestidigitateurs, des lutteurs, des joueurs de diabolo, des boxeurs, des comédiens qui interprétaient des saynètes grivoises, des tireurs à l'arc, des vendeurs d'élixir de jouvence, des praticiens de *qigong* [1], et même des arracheurs de dents... Yanhong finit par trouver l'homme qu'elle cherchait.

Maître Guan était un vrai Chinois, costaud et solide, âgé d'une cinquantaine d'années environ, à la barbe noire et fournie, à l'air redoutable. Ses yeux perçants et surtout les poils qui lui sortaient des oreilles le faisaient ressembler au terrible dieu des Portes.

Elle lui désigna du doigt l'enfant à ses côtés. Il l'examina, hocha la tête, et se précipita pour frapper le gong et battre le tambour. Il hurla si fort pour sonner le rappel que ses cris couvrirent le tintamarre des percussions. Les jeunes comédiens se rassemblèrent.

– Regarde bien comment ils font, lui dit sa mère avec tendresse.

Les grands yeux curieux du garçon ne cessaient de cli-

1. Gymnastique traditionnelle pour contrôler la respiration et dont l'exercice régulier permet de prolonger la vie. *(N.d.T.)*

gnoter au-dessus de l'écharpe. Sa main gauche n'avait toujours pas quitté sa poche et, de sa main droite, inconsciemment, il se grattait la tête. Sans doute parce que tous les enfants qu'il voyait là, sur l'estrade, avaient le crâne rasé.

Aujourd'hui les jeunes apprentis de Maître Guan allaient interpréter un extrait du *Roi des singes*. Ils avaient le visage fardé de rouge, jaune, noir ou blanc, et portaient un déguisement approprié, assez rudimentaire.

Le plus âgé d'entre eux s'appelait Xiao Shitou [1]. Il devait avoir douze ans et jouait le rôle de Sun Wukong, le roi des singes. Après une série de culbutes, il se laissa retomber au cœur même de la scène. Sun Wukong réussirait-il, contre toute attente, à s'infiltrer dans la cérémonie d'anniversaire de la reine mère d'Occident ? Oui, le voilà d'un bond au palais céleste où il se met à festoyer en chapardant dans les plats. Xiao Shitou gesticulait dans tous les sens : se grattait le cou, s'épouillait, déclenchait une cascade de rires. Puis il mima le singe qui boit goulûment et se gave de pêches d'immortalité. Mais il n'en oubliait pas pour autant ses compagnons pour qui il subtilisait au vol toutes sortes de mets avant de rentrer en pirouettant dans leur repaire, la grotte Shuilian.

Maître Guan se tenait sur le côté, à gauche. Il indiquait aux autres enfants qui jouaient le rôle de simples singes à quel moment ils devaient exécuter leur cabriole pour rivaliser d'adresse et de talent et plaire au roi des singes, afin d'obtenir ses faveurs et d'être récompensés d'une pêche. Ils arboraient tous des mines réjouies.

La foule acclama les acteurs.

Xiao Shitou montrait quelques signes de fatigue. Il s'élança pour une dernière pirouette, voltigea et ce fut au moment de retomber à terre que...

– Aïe ! Aïe !

Les applaudissements cessèrent brusquement. Le public retint son souffle. Le jeune artiste venait de perdre l'équilibre. Il s'était écroulé au milieu des autres singes.

1. Xiao signifie petit en chinois et Shitou, pierre. Le jeune garçon se prénomme donc « Petite pierre ». *(N.d.T.)*

Des ricanements et des propos désobligeants commencèrent à fuser.

– Il a raté son coup! Il a la guigne!

Xiao Shitou, qui ne supportait pas l'échec, décida de recommencer. Mais il manquait de concentration et de confiance et il flancha à nouveau.

– Quel culot, quand même, de venir s'exhiber ici, dans ce quartier, et de se faire passer pour de vrais professionnels!

Les rires moqueurs reprirent de plus belle. Un voyou s'en mêla et s'acharna en l'invectivant avec méchanceté :

– Retourne donc t'exercer encore quelques années, espèce de minable! Ensuite tu pourras te permettre de revenir nous montrer tes prouesses.

Tous les petits singes s'éclipsèrent un à un de l'estrade. Dépités par la maladresse de leur aîné, ils n'avaient plus qu'une envie : cacher leur honte. Mais la foule était si dense et l'animation telle qu'ils ne pouvaient pas fuir. Acculés, ils restaient là, à essuyer des centaines de regards ironiques. Le public savourait le spectacle. Quoi de plus amusant que de voir quelqu'un humilié! Les gens se mirent à siffler.

Les élèves s'étaient accroupis en se couvrant le visage de leurs mains, mortifiés. Ils savaient que, par leur faute, le Maître avait perdu la face.

– Hé, les amis, un peu d'indulgence, il ne faut pas nous en vouloir! Ce ne sont que des gamins!

Le Maître, comme si de rien n'était, gardait le sourire. Il pensait que, dans de telles circonstances, il ne fallait pas se laisser démonter et, bien au contraire, se joindre à l'hilarité générale. Bien sûr, ses élèves n'avaient pas encore le niveau requis. Mais il lui en aurait fallu plus pour l'affecter.

Un vaurien en profita pour lancer un violent coup de pied dans la sébile destinée à la quête et s'enfuit aussitôt, en ramassant une poignée de sapèques.

Xiao Laizi, ainsi nommé parce qu'il était atteint de la teigne, profitant de la confusion, tenta à son tour de disparaître. Décidément, pensa Maître Guan, on ne pouvait pas compter sur ce sacripant.

– Rattrapez-le! hurla-t-il, furieux.

Mais nul ne se souciait de ses vociférations. C'était la pagaille et la foule commençait à se disperser.

Xiao Shitou se releva alors brusquement. A haute et intelligible voix, le corps parfaitement droit, il s'adressa aux spectateurs :

– Hé, vous tous, ne partez pas! Surtout ne partez pas! Vous allez voir ce que vous allez voir! Regardez-moi, ce n'est pas pour rien qu'on m'appelle Xiao Shitou! Il saisit une brique qu'il frappa de sa tête avec violence. On entendit un bruit sec, celui de la cassure, et pas la moindre goutte de sang n'apparut. Quel tour de force!

– Oh! il a vraiment un crâne de pierre!

La foule l'applaudit à tout rompre et lui lança à nouveau quelques sapèques. Il était redevenu un héros en toute dignité.

Le petit garçon qui tenait sa mère par la main se retourna, ébahi par ce qu'il venait de voir. Il était très ému.

Le ciel était déjà sombre. Quelques petits flocons se mirent même à tomber. La neige était bien précoce cette année, personne ne s'y attendait.

Deux rangées de pas très légèrement imprimés dans le tapis poudreux menaient à la maison qui abritait l'école de théâtre de Maître Guan, près du marché de la viande de Guanghelou.

– Viens, Xiao Douzi [1].

Yanhong conduisait son fils d'une main et tenait de l'autre deux paquets de gâteaux, un grand et un petit, emballés dans du papier orange rayé de rouge, couleurs porte-bonheur. Dès qu'ils entrèrent dans la cour, ils entendirent des éclats de voix : Maître Guan, le visage rouge de colère, le regard noir, le cou gonflé de rage, réprimandait sévèrement ses élèves. Ses sourcils, sa barbe et même les poils qui sortaient de ses oreilles vibraient dans tous les sens.

– Qu'est-ce qui vous a pris? Où vous croyez-vous?

1. Douzi signifie « fève ». L'enfant s'appelle donc « Petite fève ». *(N.d.T.)*

Avez-vous oublié qui est votre Maître ? Qu'avez-vous retenu de mon enseignement ? Bande de pendards !

Dans le réfectoire, les gamins, debout le long des tables, ne bronchaient pas. Impeccablement alignés les uns derrière les autres, ils baissaient la tête, le nez enfoui dans la poitrine et le ventre tenaillé par la faim.

Xiao Laizi, le crâne ravagé par la gale, était là aussi, en bout de table, le corps couvert de boue. Il avait été rattrapé.

– Hé merde, si ceux qui jouent des rôles de fonctionnaires ne sont pas foutus de chanter, et ceux qui miment les guerriers de faire leurs acrobaties, qu'allons-nous devenir ? Hein ? Comment va-t-on gagner notre pain ?

On n'entendait pas une mouche voler. Chacun retenait son souffle. Maître Guan entra soudain dans une rage folle, comme si un nouveau drame venait de se produire :

– Vous n'êtes même pas capables de tenir des rôles de singes ! Comment voulez-vous interpréter des personnages ?

Et, saisissant sa verge de bambou, il se mit à frapper Xiao Laizi.

– Et toi, tout ce que tu sais faire, c'est t'enfuir ! C'est la seule leçon que tu as retenue après tant d'années passées ici avec moi ?

Xiao Laizi n'en pouvait plus, la douleur était si violente qu'il suffoquait. Maître Guan cessa de le rosser, mais il battit tous les autres, un par un, pour décharger sa bile. On entendait à peine quelques sanglots, qu'il recommença à hurler :

– Qui chiale ?

Ceux qui ne pouvaient se retenir de pleurer reçurent quelques bons coups de latte supplémentaires. Personne n'échappa à la règle. Même Xiao Shitou, qui avait pourtant brillamment relevé le défi tout à l'heure, se fit battre comme tout le monde.

– Et puis, tu te lèveras plus tôt demain matin pour t'entraîner dans la cour à faire une centaine de pirouettes !

– Oui...

– Articule !

– O-u-i !

Maître Guan les balaya tour à tour du regard avant de s'arrêter sur Xiao Sanzi :

– Toi ! Quand tu entres en scène, face au public, tu dois écarquiller les yeux, comme ça, tu comprends ? Allez, montre-moi !

Xiao Sanzi hésita.

– E-car-quil-le les yeux ! brailla le Maître.

Il ouvrit grand les yeux.

– C'est ce que tu appelles écarquiller les yeux, toi !

Il fulminait.

– Non, mais regarde-toi, on dirait une chèvre crevée ! Tu dois avoir les yeux exorbités, comme les fumeurs d'opium. Demain, tu prendras un miroir et tu t'exerceras une centaine de fois.

Les enfants, tourmentés depuis un bon moment, regardaient du coin de l'œil les petits pains de maïs disposés sur la table, à côté de la grande marmite de soupe dans laquelle flottaient quelques rares légumes verts. Ils avaient tous le ventre creux, ils étaient affamés. Ils ressemblaient un peu à ces légumes maigres, chétifs, abandonnés de tous, désespérés.

– Si vous voulez devenir de vrais comédiens, il faut y mettre du vôtre et vous donner de la peine. Allez, mangez !

Il ajouta pour clore son sermon :

– Et si ce que vous venez de me montrer aujourd'hui est tout ce dont vous êtes capables, alors, croyez-moi, vous n'avez aucune chance de réussir et vous ne pourrez jamais vous offrir du copieux riz blanc avec des crevettes sautées. Il faudra vous contenter, pauvres diables que vous êtes, de frugales boulettes de pain cuites à la vapeur ! Compris ?

– Compris, répondirent-ils tous en chœur.

Ils avaient tellement faim que leur maigre pitance, un petit pain par personne, leur parut un festin. Ils se jetèrent dessus. Xiao Shitou trempa une des sapèques qu'il avait nouées à sa ceinture dans un bol d'huile et laissa tomber les gouttes une à une dans sa soupe. Tout le monde, Maître et élèves, regardait avec convoitise l'huile couler lentement, espérant des jours meilleurs.

– Maître Guan !

La mère et l'enfant étaient entrés dans ce petit monde curieux où régnait la violence. Il était trop tard désormais pour rebrousser chemin. Maître Guan pivota. Apercevant ses visiteurs, il ordonna à ses disciples de reprendre l'entraînement sitôt le repas terminé.

– Comment tu t'appelles ? demanda-t-il au gamin en posant son bol.

– On te pose une question ! La mère secoua son fils, complètement perdu, la tête dans les nuages, qui n'avait même pas compris que cette question lui était adressée.

– ... Xiao Douzi, répondit-il, affolé.

– Quoi ? Parle plus fort !

Sa mère se précipita pour lui arracher son écharpe, découvrant un petit visage fin et émacié mais dont les traits étaient d'une extrême délicatesse.

– Xiao Douzi.

Maître Guan avait l'air satisfait. Il caressa la tête du gamin, puis lui pinça les joues, scruta ses dents.

– Pas mal, pas mal ! Il a même le menton bien pointu.

Il le retourna, examina sa taille, ses jambes, et lui demanda de retirer la main de sa poche. L'enfant refusa. Le Maître, intrigué, lui tira brutalement le bras :

– Et pourquoi tu caches cette main... ?

A ce moment-là, il comprit, stupéfait. Une excroissance avait poussé contre son pouce gauche, un sixième petit doigt en quelque sorte.

– Ah ! Tu as une patte à six griffes ?

Ce gamin n'aurait sans doute pas été une mauvaise recrue, mais il n'avait plus aucune intention de le garder.

– Impossible de le prendre, il ne pourra pas supporter la rigueur des exercices.

Ce refus désappointa terriblement la femme.

– Maître, réfléchissez. Il est en parfaite santé, ne souffre d'aucune maladie, et il n'est pas bête par-dessus le marché. Il vous obéira sans problème. Sa naissance était accidentelle. Si ç'avait été une fille, j'aurais pu la garder à la maison...

Elle frémit à ses mots et, voulant donner l'impression d'être une mère respectueuse :

– ... En fait, le problème n'est pas de le nourrir ! Je souhaite simplement qu'il reste avec vous, qu'il s'en sorte et devienne quelqu'un de bien. Elle colla alors la tête de l'enfant sous les yeux du Maître :

– Regardez, il est gracieux, il est gâté par le sort... et en plus il a une si jolie voix. Vas-y, chante !

Le Maître s'énerva. Il l'arrêta net, d'un geste de la main.

– Tu as vu sa main ? Et tu oses dire qu'il a été gâté par le sort !

– Ah, c'est pour ça ?

Elle serra les dents et se précipita en entraînant Xiao Douzi de l'autre côté de la maison, à la cuisine, près du fourneau... Il faisait nuit maintenant. Des flocons de neige aussi gros que des éclats de jade voltigeaient, tourbillonnaient dans les airs. Et c'est par hasard qu'ils semblaient tomber sur le sol douteux de la cour. La femme traîna encore plus loin son fils dans un petit réduit, à l'abri de tous ces regards qui les dévisageaient avec une insistance insupportable. Un moment s'écoula.

– Aïïïe !

Un cri plaintif et douloureux déchira soudain le silence de la nuit. Les jeunes comédiens, en plein exercice, sursautèrent. Le sang de Xiao Shitou se glaça, il ne savait pas très bien ce qui s'était passé, mais redoutait le pire.

Comme un petit animal, apeuré et perdu, Xiao Douzi cherchait un trou pour se cacher. Il se cogna partout et parvint à se faufiler dehors, laissant quelques taches de sang souiller la neige... Il savait confusément que cette nuit glacée était décisive pour lui ; il jouait sa dernière carte.

La fumée de l'encens qui se consumait enveloppait l'autel des ancêtres. Dans cette obscurité, sans doute un dieu vénéré protégeait-il enfin Douzi. Maître Guan, sans rien laisser transparaître de ses sentiments, prit son registre d'inscription, et se racla la gorge avant d'entonner tel un chanteur d'opéra :

– Je soussigné Xiao Douzi...

Tous les élèves pointèrent leur nez à la porte, les uns derrière les autres, comme une cohorte de fantômes. Le tissu qui pansait la petite main gauche du gamin s'imprégnait de sang et virait au carmin. Il frotta ses yeux tristes et douloureux. Son visage portait encore des traces de larmes et ses lèvres, saignant d'avoir été trop mordues, contrastaient violemment avec la pâleur de sa figure.

– Regarde le bon Maître que je viens de te trouver, quelle chance tu as! Dépêche-toi de te mettre à genoux, lui ordonna sa mère.

Xiao Douzi se prosterna devant son nouveau Maître.

– Tu as neuf ans et tu veux être élève dans mon école d'art dramatique, dans la troupe de Guan Jinfa, pour étudier pendant dix ans les rudiments de l'opéra classique. Sache qu'ici je suis le seul Maître et que je décide de tout. Pendant ces dix années, l'argent que tu rapporteras me reviendra. Mais je ne suis responsable ni des calamités naturelles, ni des accidents qui peuvent survenir, mort ou maladie, encore moins si tu te suicides; chacun doit prendre en charge sa propre destinée. De même, je ne supporte ni les entêtés qui refusent d'obéir ni ceux qui tentent de fuir, ils sont battus à mort. Voilà le règlement...

En entendant de tels propos, la mère ne put s'empêcher de serrer les poings.

– Lorsque tu me quitteras, au bout de dix ans, tu seras seul maître de ton sort et je déclinerai toute responsabilité. Tu vas signer ici pour prouver ton engagement; la parole ne suffit pas.

Maître Guan attrapa la menotte de Xiao Douzi et trempa dans l'encre rouge les petits doigts qui dépassaient légèrement du pansement de fortune pour marquer le registre d'une empreinte vermillon. Une goutte de sang tomba aussi de la plaie. La situation était maintenant irréversible; le livre de Maître Guan en consignait, grâce à ces deux taches rouges, la preuve légale.

La mère prit à son tour le pinceau et se pencha légèrement pour tracer, en bas, à droite de la page, un trait vertical barré d'un trait horizontal. Elle signa ainsi d'une croix dont le tracé tremblotant reflétait la contrition. Elle contemplа son fils. Dans cette maison inconnue, sous le regard obsédant de ces treize acteurs célèbres qui avaient marqué les ères tongzhi et guangxu et dont les portraits couvraient les murs, rien qu'à l'expression douloureuse du visage de cette pauvre femme, on comprenait qu'elle ne reverrait plus jamais son fils, qu'elle lui faisait aujourd'hui ses adieux éternels. Elle lui demanda encore de se prosterner devant le Maître, face contre terre, comme pour essayer de gagner un peu de temps, sachant toutefois que le dénouement serait inéluctable. Elle offrit au Maître le gros paquet de gâteaux, et donna à son fils le plus petit en lui prodiguant divers conseils :

– Tiens, mon garçon ! Il faudra les manger avec retenue, savoir en garder un peu pour chaque jour et non pas tout avaler d'un seul coup. Si jamais tes camarades te proposent quelque chose, alors partage un morceau avec eux. Surtout obéis bien et sois gentil... et ne t'inquiète pas, je reviendrai te voir !

Yanhong palabrait et se perdait en recommandations à propos de ce petit paquet de friandises ; elle ne savait finalement pas trop quoi dire. Elle pensa un moment ajouter « cela pourra toujours améliorer l'ordinaire », mais elle eut peur de contrarier le Maître et se tut. Elle se força à partir. Dans son désir de ne pas faillir et de démontrer sa résolution, peu s'en fallut qu'elle ne tombât au milieu de la cour. Elle se sentit vaciller, mais pressa encore davantage le pas. Elle préféra ne pas se retourner, elle savait que le courage lui manquerait. Si elle regardait en arrière, tous ses efforts seraient vains. Alors à quoi bon cet acharnement ?

Elle se remémora sa vie de privation. Elle avait travaillé durement et sans relâche, confectionné des capsules en cire ou préparé des potions contre les épidémies, lavé le linge des autres, rapiécé de vieilles chaussettes... L'hiver, elle avait partagé avec son fils une planche de fortune installée dans une soupente délabrée où ils grelottaient de froid sous une fine couverture. Parfois, elle remplissait d'eau bouillante une grande bouteille d'huile de soja vide qu'elle plaçait dans le lit pour réchauffer les pieds de son petit... Si elle avait eu le moindre espoir de s'en sortir ainsi, jamais elle n'aurait vendu ses charmes pour nourrir son enfant... Et pour quelle récompense ? Elle se souvenait de ce jour funeste où pendant qu'un homme vautré sur elle s'excitait bestialement, elle avait surpris, derrière le rideau, le regard de son fils à la fois honteux et assassin. Longtemps ses yeux chargés de haine l'avaient poursuivie.

Aujourd'hui Xiao Douzi avait neuf ans. Sa mère avait consacré trois jours à lui expliquer comment il devait prendre son existence en main, mais il n'avait pas très bien compris. La seule chose qu'il avait saisie, sans doute, c'était qu'elle l'avait abandonné là et qu'elle était partie. Elle l'avait mis au monde pour le vendre, en prétendant que c'était pour son bien.

Après le départ de sa mère, Xiao Douzi se précipita à la fenêtre et la regarda s'éloigner, au travers d'une fente dans le papier huilé. Il l'accompagna des yeux jusqu'à ce qu'il ne la distingue plus du tout, jusqu'à ce qu'elle disparaisse avec les premières neiges dans le silence de cette nuit hivernale.

– Maman ! Ses lèvres tremblaient, sa voix chevrotait.

– Il se fait tard, conduisez-le au lit, ordonna Maître Guan.

Xiao Shitou le prit par l'épaule. Xiao Douzi, craignant d'être frappé, se dégagea vivement.

– Entends-tu la grosse cloche sonner dans la tour ? murmura Shitou d'un ton protecteur, c'est la déesse qui appelle et qui cherche sa chaussure. Allez, viens ! Il est temps de dormir.

– Qu'est-ce que c'est que cette histoire de déesse ? demanda, affolé, Xiao Douzi.

– La déesse ? C'est un fantôme ! répondit Xiao Shitou en riant.

Et il s'en alla en sifflotant, tout content de son espièglerie. Xiao Douzi se dépêcha de le rattraper. Arrivé au dortoir, Xiao Shitou lui indiqua le grand matelas. La pièce exiguë était d'une saleté repoussante. Il y avait un seul *kang*, insuffisant, évidemment, pour tout le monde. Aussi les bancs, qui servaient aux exercices d'entraînement, avaient-ils été disposés à côté.

Xiao Douzi constata tout de suite que chacun avait déjà son coin bien à lui et que ces gamins, déguisés le jour en singes, n'étaient en fait qu'une bande de gueux. Où allait-il pouvoir se caser, lui, le nouveau ? Il grimpa timidement dans le petit espace vide qu'il venait d'apercevoir.

Xiao Sanzi, malveillant de nature, le rejeta sans ménagement :

– Ouste, c'est ma place. Pousse-toi, allez, pousse-toi plus loin.

Les autres en profitèrent pour se bousculer et chahuter, sans pour autant lui permettre de s'installer. Xiao Douzi, accablé, se sentit rejeté, abandonné. Il se leva, tenant comme un encensoir son petit paquet de gâteaux, sa seule fortune. Xiao Shitou, qui revenait des toilettes en se reculottant, comprit ce qui se passait. Tel un preux chevalier, il vola au secours de l'opprimé assailli par les brigands.

– Qu'est-ce qui se passe ici ? Pourquoi vous en prendre à lui ?

D'un bond, il sauta sur le *kang* et arracha leurs couvertures à Xiao Sanzi et Xiao Meitou qu'il menaça :

– Cessez de le persécuter ! Viens ! Glisse-toi là !

Il prit ensuite de grands airs pour les haranguer tous :

– Essayez de faire les malins et vous verrez de quel bois je me chauffe !

Tout en parlant, il ramassa une vieille brique. Tous se souvenaient de l'exploit de l'après-midi. L'agitation cessa sur-le-champ. Seul Xiao Sanzi continua de grommeler :

– Pour qui se prend-il ? Il s'imagine...

– Qu'est-ce que tu as ? questionna durement Shitou.

L'affaire en resta là. Xiao Douzi mesura alors le pouvoir et l'influence qu'exerçait Xiao Shitou. Il répugnait néanmoins à s'approcher trop près de lui, craignant un peu cette grande gueule.

Allongés sur le *kang*, étendus sous une seule grande couette, les élèves étaient tous étroitement collés les uns aux autres. Dès que l'un d'entre eux se retournait, il contraignait toute la rangée à faire de même. Mais ils étaient si éreintés qu'ils s'endormirent. Seul Xiao Douzi n'arrivait pas à trouver le sommeil. L'endroit l'intimidait, l'obscurité l'oppressait. De plus, sa blessure commençait à le lancer. Et en repensant à ce sixième petit doigt qui lui avait été ainsi sectionné d'un seul coup, il souffrait encore davantage. Il resta prostré, les yeux grands ouverts, pétrifié de peur et serra les dents pour supporter la douleur. Dans le silence de la nuit, on entendit soudain un gémissement plaintif, entrecoupé de sanglots. Xiao Laizi, à l'autre bout du *kang*, pensait lui aussi à sa mère :

– Maman... c'est atroce... je n'en peux plus... Qu'on me batte à mort et qu'on en finisse...

Xiao Douzi, gagné par l'émotion, sentit les larmes qu'il contenait difficilement couler le long de ses joues. Il n'osait pas bouger, mais ses sanglots finirent par réveiller Xiao Shitou.

– Quelle mauviette ! Tu ne dors toujours pas ?

– Je... je pensais... à... maman.

Xiao Shitou poussa un soupir las, mais se ravisa et chercha à le consoler :

– Ne t'en fais pas, va, elle viendra sûrement te voir pour le Nouvel An. Allez, dors vite, maintenant.

Voyant que Xiao Douzi ne réagissait pas, il changea de sujet :

– Et ton père ?

– Il a disparu. Et toi, tes parents ?

Xiao Shitou ne put réprimer un ricanement :

– Ces deux drôles, je ne les ai jamais vus ! Comme mon nom l'indique, on m'a trouvé sur un tas de pierres ! Bon, j'ai sommeil !

Momentanément apaisée par son compagnon, la peur reprit Douzi lorsqu'il s'aperçut que Xiao Shitou dormait déjà et qu'il faisait de plus en plus noir.

Le lendemain matin, Maître Guan le rasa. Ses mèches souples et soyeuses recouvraient le sol, comme des flocons de neige noire. Cela l'affectait profondément, mais il devait se résigner.

– Arrête de bouger ! Mais arrête donc !

Maître Guan lui maintenait avec force la tête droite. Tondu, Xiao Douzi avait l'air encore plus chétif. Le dernier lien avec son passé venait d'être coupé !

– Allez me chercher une veste molletonnée! hurla Maître Guan à la cantonade.

Puis, apercevant Xiao Zongzi et l'un de ses acolytes :

– Et vous, occupez-vous du charbon et profitez-en pour voir si l'eau bout!

– Oui Maître, répondirent-ils d'une voix douce.

– Voici ce que nous avons trouvé, déclara Xiao Shitou en montrant un vêtement ouaté.

– Merci.

La tête rasée, la veste endossée, Xiao Douzi ressemblait comme deux gouttes d'eau à tous les jeunes disciples de Maître Guan. Il secoua la tête, et se sentit anormalement léger, vulnérable. Cette uniformisation était manifestement voulue : les élèves se coulaient ainsi dans le même moule sans discrimination ni régime de faveur.

Ils se levaient tous les jours aux aurores. Engourdis par le sommeil, ils partageaient une seule et même grande bassine dans laquelle ils plongeaient leur serviette de toilette qu'ils avaient à peine le temps de se passer sur le visage. Et ils s'en allaient, sous la direction de Maître Guan, transis, les mains enfouies dans leurs manches pour lutter contre le froid, le ventre vide, en direction du pavillon Tao Ran situé au sud-ouest de la ville. Là ils s'exerçaient au chant.

Un petit tertre naturel dominait l'endroit; on y avait construit un temple à l'architecture fine et travaillée qui surplombait les environs. L'édifice, aérien, était richement orné de colonnes de jade sculptées et des galeries aux cloisons laquées couraient le long de son harmonieuse structure. Mais ce n'était pas là que les enfants se rendaient. Ils s'arrêtaient avec leur Maître au pied du temple, aux abords d'un marais bordé de petites collines qui abritaient parmi les herbes folles quelques tombes. Ce vaste lieu offrait une acoustique exceptionnelle.

Les élèves s'éparpillaient à la recherche du coin idéal pour faire leurs vocalises. Lorsque le jour dardait ses premières lueurs, des bruissements et des stridulations s'élevaient, pareils à ceux des fantômes de l'aube. D'autres enfants qui, eux, se rendaient à l'école, leur cartable sur le dos, se détournaient de leur route pour venir les épier, au grand dam de leurs serviteurs, qui les poursuivaient et les exhortaient à revenir.

Lorsqu'il faisait enfin jour, ils prenaient le chemin du retour. Dans les rues, les vendeurs de soupe ouvraient leurs échoppes et se mettaient aux fourneaux. Les marchands commençaient à s'activer. Les enfants n'avaient pas encore eu droit à leur petit pain de maïs mais ils écoutaient quand même avec déférence les consignes de Maître Guan. Ils marchaient au pas, les mains derrière le dos, le corps bien droit.

Lorsque le Maître les sermonnait, il avait la dignité et la prestance de l'empereur :

– Avez-vous oui ou non l'intention de devenir comédiens ?

– Oui! répondaient-ils en chœur, comme des sujets dociles.

– Et à qui rendez-vous grâce ?

– Au saint patron de l'opéra!

– Bien! L'Opéra de Pékin date de plus de deux siècles; les premières représentations dans la capitale remontent à la quatrième année de l'ère qianlong (1739) et, depuis cette époque, sa renommée n'a cessé de croître. Vous avez de la chance de vivre en ces temps de félicité!

Il avait ensuite l'habitude de balayer les enfants d'un regard perçant pour conclure :

– C'est moi qui suis votre Maître et qui vous enseigne les rudiments de votre métier, mais c'est vous qui devez apprendre. Vous savez ce qu'il vous reste à faire pour bien remplir le bol de riz que vous octroie le saint patron de l'opéra ?

– Travailler dur pour devenir d'excellents comédiens.

Maître Guan se montrait alors satisfait.

L'entraînement commençait toujours dans la cour, où, un bâton à la main, il frappait le sol en rythme avec détermination, tandis que les novices tournaient en rond. Les uns derrière les autres, les épaules dégagées, le port majestueux, ils apprenaient à marcher avec grâce.

– Allez-y, en cadence, à petits pas, plus vite, plus vite, attention aux mains, les jambes tendues, l'intervalle entre chaque pas est beaucoup trop grand....

Les jours s'écoulaient ainsi, à arpenter la cour en décrivant des cercles, toujours plus vite, sans jamais s'arrêter sauf lorsque le bâton cessait de résonner. Les gamins devaient alors s'immobiliser et prendre la pose, le corps droit. Ceux qui n'y parvenaient pas étaient frappés. Lorsque survenait la pause, tous s'écroulaient, exténués.

Après venait l'exercice à la barre. Il consistait à appuyer de tout son poids sur la jambe levée. Si celle qui devait rester strictement perpendiculaire au sol n'était pas suffisamment droite, le Maître maniait la trique. Les élèves devaient consacrer à l'assouplissement de chaque jambe le temps qu'un bâton d'encens met à se consumer. Aussi le regardaient-ils brûler avec impatience.

Xiao Laizi éclata en sanglots. Il souffrait manifestement le martyre.

Le Maître se fâcha :

– Alors quoi, tu n'y arrives pas!

Au hasard il désigna quelqu'un du doigt.

– Tiens, toi, fais voir comment on fait le grand écart, et que ce soit impeccable!

Xiao Douzi redoutait particulièrement cet exercice qui consistait à coller son dos au mur et à écarter lentement les jambes jusqu'à ne former qu'un seul trait rectiligne avec la paroi. Les élèves travaillaient par équipe de deux; il y avait celui qui faisait le grand écart et celui qui l'aidait en plaçant successivement de plus en plus de briques entre ses jambes pour obtenir l'étirement voulu.

A ce moment-là, entra un vieux monsieur qui portait des lunettes cerclées de cuivre. Il avait passé sa vie à travailler pour le patron de la maison de thé Chunhua où les apprentis allaient donner des représentations. Il venait assister à l'entraînement des jeunes recrues.

– Bonjour Maître Shi.

Guan se montra très révérencieux à son égard. Il rassembla sa petite troupe.

– Les enfants, venez saluer notre visiteur, et tenez-vous bien!

– Ils ne sont pas trop mauvais; le métier commence à

rentrer! Jugez par vous-même, invita Maître Guan en souriant obséquieusement.

Il leur fit exécuter toutes sortes d'acrobaties : les sauts de carpe, doubles vrilles, culbutes, sauts périlleux, roulades, poiriers... Puis il demanda à Xiao Shitou de faire un ou deux numéros plus difficiles avant de finir par une culbute.

– Xiao Douzi est une nouvelle recrue, son corps est d'une grande souplesse et il ne manque pas d'astuce! Vas-y, fais-nous une pirouette.

Xiao Douzi s'élança, mais au moment où son corps tournoyait dans les airs, sans que l'on comprît pourquoi, il fut à deux doigts de perdre l'équilibre. Heureusement il se ressaisit et réussit à se rétablir pour finalement retomber correctement sur ses pieds. Le Maître observait en silence, mais n'en pensait pas moins. Il était impressionné et se disait que le petit pourrait bien être meilleur que Xiao Shitou.

Xiao Douzi en revanche parut soudain très peiné, ses yeux se mirent à papillonner et de grosses larmes ourlèrent ses paupières. Il venait de frôler la catastrophe et réagissait a posteriori.

– Pourquoi pleures-tu alors que tu n'es même pas tombé? Et quand bien même, tu ne vas pas en mourir!

Le Maître était courroucé. Xiao Douzi ravala aussitôt ses larmes.

– Bon, maintenant fais-nous le saut de l'ange, et tâche de ne pas te ridiculiser.

Xiao Douzi se redressa, la tête bien haute. Mais au moment de se lancer, ses jambes se mirent à trembler.

Le Maître s'énerva :

– Le saut de l'ange! Envole-toi! Envole-toi tout de suite! Redresse-toi!

Il restait les pieds collés au sol. Le Maître s'impatienta. Au comble de la colère, telle une furie, il se mit à brailler :

– Nom de Dieu! Eh bien, fais-nous le grand écart!

Xiao Douzi fixa le mur avec effroi. Xiao Laizi était justement en train de s'y essayer. Il souffrait terriblement :

– Aïe! Aïe! J'ai mal! J'ai mal! Maman, au secours! Je

t'en supplie... je n'en peux plus... viens me chercher, je veux m'en aller...

Xiao Douzi pensa qu'il allait subir le même supplice. Il était blême. Il commença par faire quelques mouvements d'assouplissement puis s'exécuta.

– Aïe...

Xiao Sanzi vint empiler les briques. Une, deux, trois, quatre. Tout le monde entendit avec netteté le bruit des déchirements. Xiao Shitou avait du mal à supporter les souffrances de son cadet. Lorsque le Maître, le sourire crispé, raccompagna le visiteur, il en profita pour se glisser en cachette jusqu'au mur où il délivra les jambes de son camarade. S'assurant que personne ne le regardait et feignant de donner des coups de pied, il réussit à écarter toutes les briques les unes après les autres comme si de rien n'était.

– Tu vas mieux? demanda-t-il, mais ce dernier ne lui retourna qu'un visage empli d'effroi.

Xiao Shitou pivota et comprit. Maître Guan, en effet, s'en revenait, vert de rage. Il hurla, hystérique :

– Vous n'êtes que des bons à rien! Des vauriens! Vous bâclez votre travail! Vous osez me faire honte devant nos hôtes! Dire que je m'échine en vain pour une bande de minables! Je vais vous corriger, bande de scélérats! Apportez les bancs, que je vous châtie!

La « séance de frappe collective », puisque telle était son nom, était une pratique régulière dans cette école de théâtre. Si l'un des élèves ratait son exercice, la punition était alors systématique et générale. Personne n'y échappait. Ils étaient contraints les uns après les autres, de se déculotter et de monter sur le banc où, à tour de rôle, ils présentaient leur postérieur à Maître Guan qui les frappait comme une brute. Depuis longtemps, les voisins étaient habitués aux cris, aux injures et aux coups qui pleuvaient. Maître Guan cognait comme un sourd tout en vociférant :

– Vauriens! Fainéants! Vous êtes la honte de cette profession! Brebis galeuses!

Il se vengeait en les battant. En ce bas monde, les malheureux, femmes ou enfants, ne manquaient pas, mais ils pouvaient toujours soulager leurs peines en pleurant. Cette faiblesse était strictement interdite aux jeunes comédiens de la troupe. Ils devaient se contenter de faux-semblants pour tenter d'atténuer leur douleur : éternuer avec force, bâiller violemment, ou gémir en silence. A quoi bon tout ce déferlement de violence ? Etait-ce uniquement pour que le Maître affirme sa virilité ? Cette brutalité sauvage semblait le soulager, le défouler. La vie était dure pour lui aussi. Il pensait souvent aux temps anciens, à l'époque où il était lui-même un bon comédien...

C'était au tour du premier de la troupe de monter sur le banc. Xiao Shitou était un dur à cuire. Il souffrait sans broncher. La mâchoire crispée, il glissa quelques conseils à Xiao Douzi :

– Serre les fesses, tu souffriras moins...

Xiao Douzi, les larmes aux yeux, les fessiers contractés, grimpa à son tour sur le banc.

– Dois-tu être battu toi aussi ? Réponds ! Dois-tu être battu, oui ou non ?

Xiao Douzi ne bronchait pas.

– Réponds !

Le Maître s'emporta à nouveau :

– Je finirai bien par te mater !

Il le frappa avec férocité. Sa violence avait quelque chose d'animal. Il s'acharna sur lui. Xiao Douzi n'en pouvait plus.

C'était le retour du printemps. Il y avait plusieurs mois, déjà, que Xiao Douzi, arrivé aux premières neiges, partageait la vie des jeunes comédiens. Ils semblaient toujours vêtus de haillons car ils avaient pour tout vêtement de vieux sacs de farine teints en noir ou de couleur sombre. L'hiver, pour ne pas avoir froid, ils ajoutaient une sorte de doublure ouatinée qu'ils retiraient avec le retour des beaux jours. L'été venu, ils ne gardaient que la seule toile. Les plus petits héritaient des habits des grands lorsqu'ils devenaient trop justes. Et quand ils étaient usés jusqu'à la corde, les vieux chiffons étaient rassemblés pour confectionner des semelles de chaussures en toile.

Ils montaient régulièrement des spectacles dans ce quartier du Pont-du-Ciel et réussissaient tant bien que mal à gagner leur pitance. Mais ils ne pouvaient pas éternellement faire leurs numéros de singes. Il leur fallait maintenant changer de registre et d'auditoire. Le moment était venu de partir.

Les enfants avaient grandi et avaient acquis une certaine dextérité. Ils maîtrisaient tous parfaitement l'art de manier les dix-huit armes anciennes : arc, arbalète, lance, sabre, épée, pique, hache, guisarme, hallebarde, flambe, espadon, harpin, vouge, masse, plançon, bouclier, trident et râteau. En revanche, ils n'en étaient qu'au début de leur apprentissage pour le chant, le jeu, la déclamation et les scènes de combats, arts auxquels Maître Guan commençait juste à les initier.

Avec les beaux jours, le temps des bains était revenu. Ils avaient fait chauffer une énorme marmite d'eau pour se laver des pieds à la tête. C'était la première fois, depuis son entrée au service de Maître Guan, que Xiao Douzi pouvait s'ébrouer ainsi au milieu de ses camarades, jouer à s'arroser avec une grande cuillère en bois et découvrir leurs corps nus. Mais, hélas, comme les bons moments passent vite ! Déjà la cloche sonnait bruyamment pour les rappeler à l'ordre.

Xiao Douzi était obsédé par le souvenir de sa séparation avec sa mère, indissociable pour lui du son de cette cloche.

– Xiao Shitou, je n'aime pas ce bruit, il me fait peur.

– Pourquoi ? questionna Xiao Shitou de trois ans son aîné, donc plus avisé et instruit. C'est tout simplement le cri monotone et plaintif de la déesse de la cloche qui veut récupérer sa chaussure. Ecoute, écoute bien son appel : « Ma chaussure, ma chaussure ! »

– Je croyais que tu m'avais dit que c'était un fantôme, qu'est-ce que c'est que cette histoire de chaussure ?

Comme Xiao Douzi, apparemment, ne connaissait pas cette légende, tous les gamins se mirent, dans la cacophonie la plus totale, à la lui raconter.

– Il y a très longtemps, un empereur avait décidé de réquisitionner toutes les pièces de monnaie en cuivre de ses sujets pour les fondre et obtenir ainsi la plus grosse cloche encore jamais vue. Mais le forgeron chargé de ce travail eut beau s'y reprendre à deux fois, il échoua. Il fut donc exécuté et la mission impossible confiée à quelqu'un d'autre, qui, après avoir tenté tout ce qui était humainement en son pouvoir dut, lui aussi, s'avouer vaincu. Cet homme-là avait une fille bien-aimée. Sachant quel sort allait être réservé à son père s'il ne réussissait pas, elle décida de se sacrifier en se jetant dans le fourneau au moment opportun.

– Un peu comme nous lorsqu'on s'entraîne, tu vois, et hop!

L'un des gamins, joignant le geste à la parole, fit une cabriole, mais il trébucha et tomba, provoquant l'hilarité générale.

– Le vieux, complètement affolé, tenta de la sauver; il était malheureusement trop tard. Il ne put que saisir l'une de ses chaussures.

– Il réussit ainsi à fondre la plus grosse cloche, ajouta l'un d'entre eux, qui se trouvait précisément dans la tour de la cloche, là, derrière la tour du tambour. Le soir, c'est elle que tu entends marquer les heures et qui t'appelle.

Xiao Douzi resta complètement interloqué par cette légende.

– Tu ne savais pas? Ta mère ne t'a donc jamais raconté cette histoire? lui demanda Xiao Shitou.

– Elle l'ignorait, tout simplement, s'empressa d'ajouter Xiao Sanzi avec perfidie.

– Non, pas du tout! protesta Xiao Douzi qui voulait protéger sa mère. Elle me l'a racontée, mais c'est moi qui ne m'en souvenais plus.

– C'est pas vrai, ta mère ne connaissait pas cette histoire!

– Et elle ne te l'a jamais racontée, tu mens!

A ce moment précis, Xiao Douzi les détestait tous, eux qui sans raison méprisaient sa mère.

– Fichez-lui la paix, trancha Xiao Shitou; nous non plus ce ne sont pas nos mères qui nous l'ont contée, mais le père Ding, le joueur de violon.

– Oh là là! A propos de Ding, demain je dois chanter!

se souvint, affolé, Xiao Douzi. Puis il se calma, cessa de se chamailler avec les autres pour se dépêcher d'apprendre son texte par cœur : « *Je suis un gentilhomme, je ne suis pas une demoiselle.* »

Xiao Shitou le rinça en lui versant sur la tête une pleine cuillère d'eau.

– Non, tu te trompes et en plus, tu dois marquer un certain rythme lorsque tu déclames ainsi : « *Je ne suis qu'une demoiselle, je ne suis pas un gentilhomme.* »

Quelques enfants s'emparèrent de Xiao Laizi, toujours aussi crasseux, par les mains et les pieds, et le balancèrent dans l'eau comme une marionnette, en éclaboussant tout le monde. Il avait l'air coutumier du fait et ne protesta que faiblement :

– Eh ! arrêtez ! Je serai mort d'ici peu de toute façon. Qui m'écrase comme ça ?

Dans ce chahut infernal, Xiao Douzi, à l'écart, avait du mal à se concentrer.

– Vas-y, récite-le encore une fois, et mets-toi dans la peau du personnage, dis-toi que tu es une fille, lui conseilla Xiao Shitou.

– Oui, tu as raison, il faut que je me prenne pour une fille. « *Je ne suis qu'une demoiselle, je ne suis pas un gentilhomme.* »

Les autres continuaient à s'amuser, à se détendre. Leur jeu favori restait les comparaisons stupides sur leur « engin » respectif. Le moins malin d'entre eux prit le sien dans sa main pour le mesurer à celui d'un autre qu'il trouva naturellement plus petit. A grandir ainsi ensemble dans une telle intimité, leurs corps ne recelaient plus aucun secret les uns pour les autres. Seul Xiao Douzi, toujours timide et mal à l'aise, gardait le buste légèrement voûté et répétait assidûment qu'il n'était qu'une demoiselle... Sa blessure à la main gauche était tout à fait guérie, il ne restait plus qu'une toute petite cicatrice qui disparaîtrait bientôt.

Ce matin-là, les enfants devaient se voir décerner leur rôle. Ils portaient des vêtements propres, serrés à la taille, et se tenaient parfaitement alignés, prêts à réciter. Face aux candidats, le jury était composé de Maître Guan, de Maître Shi, l'émissaire du patron de la maison de thé, qui les avait déjà vus à l'œuvre quelque temps auparavant, et enfin du père Ding, le joueur de violon à deux cordes. Ces augustes personnages étaient assis et semblaient les évaluer comme s'ils étaient au marché aux bestiaux. Ils les passaient en revue, détaillant avec la plus grande minutie la forme de leur visage, le tracé de leurs sourcils pour choisir le meilleur acteur destiné à tel ou tel rôle.

– Approche! ordonna Maître Guan à Xiao Shitou, montre-nous un peu ce que tu donnes en Xiang Yu, roi-hégémon!

Xiao Shitou se mit à chanter quelques vers :

Zhui, mon beau coursier, sait que c'est fini.
Il ne pourra plus courir.
Il hennit, résigné, dans l'écurie.

Puis, il en désigna un autre qui, malgré son manque de souffle, ne chantait pas mal pour interpréter un second rôle masculin. Il manifestait une prédisposition incontestable pour jouer les fonctionnaires. Ils défilèrent ainsi les uns après les autres...

– Qu'il est laid, celui-là!

– Le maquillage de son visage est pourtant réussi, protesta Maître Guan.

– Celui-là a les doigts bien trop grossiers.

– Celui-ci est maigre mais agile, et il ne se défend pas mal en acrobatie, ses sauts périlleux sont même excellents!

– Ce garçon...

Ils étaient tous passés au crible, à l'exception de quelques-uns trop gros, ou aux yeux trop petits, ou encore à l'air stupide... Ceux-là furent terriblement déçus, blessés dans leur amour-propre. A l'écart, ils donnaient des coups de pied aux cailloux, jouaient avec leurs mains. La cruelle compétition commençait bien tôt. Mais ces garçons peu gâtés par le sort étaient malgré tout les élèves de Maître Guan au même titre que les autres; aussi les réconforta-t-il de sa voix rude :

– Les enfants, écoutez-moi! Vous serez des figurants, ils sont indispensables, sans eux il n'y a pas d'opéra possible, leur présence est essentielle!

Les rôles ainsi impartis, les choses étaient désormais claires et nettes pour tout le monde.

– Alors, et ta nouvelle vedette ? demanda Maître Shi.

Le violoniste se mit à jouer pour la plus grande satisfaction de Maître Guan qui appela Xiao Douzi.

– Viens ici.

Peu de temps après que Xiao Douzi eut intégré l'école de théâtre, le Maître avait commencé à lui enseigner les airs les plus difficiles du répertoire de l'Opéra de Pékin. Ils partageaient cette maison à cour carrée avec deux autres familles d'une grande pauvreté, qui, pour survivre, devaient se contenter d'exécuter de menus travaux de ravaudage ou de vendre du thé dans les rues. Ces voisins partaient tous les jours de bon matin pour broyer les cacahuètes, filer la laine ou pilonner des noyaux. Une jeune veuve possédait une petite charrette en bois sur laquelle trônait une grosse bouilloire de cuivre. Dès qu'elle était dans la rue, elle se mettait à crier : « Venez boire un grand bol de thé... L'eau vient de bouillir, le thé infuse... C'est frais et parfumé... Venez boire... »

Xiao Douzi était le seul auquel le Maître consacrait personnellement beaucoup de temps pour parfaire son timbre de voix.

– Ecoute bien la mère Wang lorsqu'elle crie pour vanter sa camelote. Elle pousse sur sa voix et à force de brailler de la sorte elle a fini par se la casser. Ses cordes vocales ont fait trop d'efforts. Souviens-toi, pour émettre le son juste, il faut que tu poses ta voix...

Douzi retint la leçon.

Ce jour-là, il devait chanter devant tout le monde. La veille au soir, il avait répété et appris son texte par cœur, mais maintenant, il était incapable de sortir plus de deux sons : « *Je suis... Je suis...* » Il avait commencé trop haut et n'arrivait plus à continuer. Il fut pris de panique.

– Mais qu'est-ce qui te prend ? l'interpella le Maître. Qu'est-ce que tu as ? Je suis... je suis... Quoi ?

– *Je suis un gentilhomme.*

Le Maître qui était en train de fumer la pipe tapa le fourreau contre la table. Xiao Douzi sursauta. Il ne pouvait plus articuler un mot. Xiao Shitou s'affola à son tour.

On n'entendait pas une mouche voler. Sans qu'il s'y attendît, le Maître lui enfonça la pipe dans la bouche et la remua violemment plusieurs fois.

– Reprends! Tu ne t'en souviens plus, hein? C'est ça? Eh bien moi, je vais te rafraîchir la mémoire!

– Ne le tourmente pas! tenta de le raisonner Maître Shi.

– Alors chante!

Xiao Douzi avait la bouche en sang. Voyant qu'il ne se souvenait de rien, Xiao Shitou, à ses côtés, se mit à l'encourager et à le fixer droit dans les yeux en lui soufflant les mots un à un. Xiao Douzi ravala ses larmes en reniflant avant de reprendre :

Je ne suis qu'une demoiselle, je ne suis pas un gentilhomme...
A voir les couples heureux
Richement habillés de soieries et de brocarts
J'en éprouve, oh mon Dieu, jalousie et envie.

Le chant était exceptionnel, la voix pure et limpide, d'une extraordinaire perfection. Nul doute qu'il avait travaillé sans relâche, avec cœur et application, comme la brodeuse qui devant son ouvrage tire inlassablement son aiguille. Maître Shi, les yeux fermés pour mieux savourer son plaisir, était aux anges. Ses condisciples le regardaient tous, béats d'admiration. Il avait réussi.

– Tu vois que j'ai eu raison de te forcer, tu en étais bien capable, hein, déclara Maître Guan, assez fier de lui.

Xiao Douzi poussa un soupir de soulagement.

– Au secours! C'est épouvantable!

Un des jeunes élèves brisa brusquement le beau rêve. Le violoniste s'arrêta à son tour pour demander, étonné, ce qui se passait.

– A l'aide! A l'aide! continua à crier Xiao Heizi, au comble de l'affolement.

L'ambiance de recueillement était rompue. Une pagaille indescriptible s'ensuivit dans la cour. Tous se dirigèrent vers la vieille remise. Derrière la porte en bois, qui grinçait comme d'habitude, ils découvrirent l'espace sombre comme toujours encombré d'armes, de décors les plus rudimentaires, de costumes et de malles; et là, parmi les rais de lumière où voltigeaient des milliers de particules de poussière, ils aperçurent le corps raidi de Xiao Laizi... Il s'était pendu avec sa ceinture; une énorme mare d'urine s'étendait à ses pieds. Les enfants contemplèrent le spectacle depuis l'entrée, derrière le dos du Maître. C'était la première fois qu'ils voyaient la mort, la mort de quelqu'un qui leur était si proche. Xiao Douzi, les lèvres en sang, resta la bouche grande ouverte, comme si des filets de sang allaient encore jaillir, comme de l'urine. Dans cet endroit à la fois calme et solitaire, la silhouette du pendu se balançait, impressionnante. Son ombre se déplaçait et Douzi avait le sentiment que l'esprit de Laizi pesait sur lui : sur son crime, sur ses épaules, sur tout son corps. Terrifié, il se cacha la tête dans les mains. Soudain, quelque chose l'effleura, il sursauta, mais ce n'était que Xiao Shitou qui s'efforçait de le réconforter. Ce fut lui qui se vit assigner la pénible tâche de dépendre le cadavre. Le Maître partit en claquant bruyamment la vieille porte de bois.

La douceur des beaux jours était revenue avec le début du printemps. Mais les nuits étaient encore fraîches, surtout ce soir-là, où, la peur se mêlant au froid, Xiao Douzi tremblait de tous ses membres sous la grande couette.

– Qu'est-ce que tu as? lui demanda Xiao Shitou, réveillé en sursaut.

– C'est horrible, gémit-il. Crois-tu que Xiao Laizi soit devenu un fantôme?

Xiao Shitou s'empressa de sauter de leur couche et s'aperçut que la couverture était mouillée :

– J'étais en train de rêver au roi des dragons, le génie des eaux, bizarrement les flots étaient chauds et non glacés. Hé! Qui a pissé?

– Oui, j'ai...

Xiao Shitou se dépêcha de retourner la couverture et lui conseilla de se rendormir sans tarder. Mais voyant que Xiao Douzi était toujours terrorisé, il lui dit gentiment :

– Serre-toi contre moi, tu auras moins froid. Crois-moi, tu ne risques rien. Les fantômes ont peur des vivants.

Xiao Douzi se blottit tout contre lui :
– Sans toi, je mourrais de peur.
– Il n'y a que les poltrons qui recherchent la mort! Pense à demain, aux efforts que te demandent l'entraînement et le chant si tu veux devenir un acteur de renom. Il n'est pas dit que Xiao Laizi ne vienne pas t'écouter d'ailleurs!
Xiao Shitou était un excellent protecteur. Mais, cette fois-ci, il se rendit compte qu'il n'aurait pas dû reparler du pendu! En entendant à nouveau prononcer le nom de Xiao Laizi, Xiao Douzi fondit en larmes et, effrayé, se pressa contre Xiao Shitou.
– Qui ne dort pas à cette heure? Qui cherche des coups? gronda une voix qui venait de dehors.
Le Maître, une veste en coton sur les épaules et une torche à la main, arrivait à grands pas.
– C'est moi...
– Pourquoi tout ce raffut? Vous m'empêchez de dormir.
Après ce qui s'était passé aujourd'hui, le Maître était irascible et avait aussi du mal à trouver le sommeil. De surcroît, il se mit en colère lorsqu'il découvrit que la couverture était mouillée.
– Qui a fait ça?
Tous les gamins étaient désormais réveillés mais personne ne répondit. Le regard du Maître devint si féroce que Xiao Shitou, craignant le pire, décida aussitôt, sans réfléchir, de se dénoncer pour protéger son petit camarade.
– C'est moi.
– Non, c'est moi.
Xiao Douzi ne supportait pas de voir son ami s'accuser à sa place. Maître Guan, qui ne comprenait rien, sortit de ses gonds et hurla :
– Debout! Allez, tous debout! Ah, on va voir si vous vous moquerez de moi longtemps! Raclée générale!
Les gamins obtempérèrent. Mais subitement, un frisson parcourut Guan, il ne pouvait s'empêcher de penser à cet après-midi, à la mort de Xiao Laizi. Un jour, il l'avait frappé si violemment, que le soir, au dîner, il en suait

encore à grosses gouttes sur le sol... Non! il n'était pas responsable. Lui aussi avait connu des heures difficiles pour en arriver là. « Pour réussir, il faut savoir endurer quelques brimades. » En son jeune âge, il avait aussi supporté de sévères châtiments corporels souvent injustement infligés. Cette violence l'avait aguerri et poussé à réussir.

Le ton de sa voix se radoucit brusquement :

– Allez, c'est bon pour cette fois-ci, recouchez-vous tous! Que vos textes soient appris par cœur et l'entraînement parfait, sinon attendez-vous à souffrir!

Il souffla la lampe à huile dont la mèche resta incandescente avant de s'éteindre complètement. Et il s'éloigna rapidement.

Le lendemain matin, Maître Guan et Maître Shi s'entretinrent un bon moment sur le pas de la porte avant de s'en aller. Les gamins se demandèrent avec anxiété ce qu'ils complotaient, lorsqu'ils les virent revenir un moment après, les mains chargées de galettes. Ils divisèrent les enfants par groupes de deux et déposèrent les friandises en face d'eux en leur demandant de bien les fixer, excellent exercice pour la mobilité des yeux.

– Que vos prunelles suivent attentivement ces biscuits : de haut en bas, de droite à gauche, tout d'abord doucement, puis de plus en plus vite...

Des bruits de voix leur parvenaient de la grande porte d'entrée. Naturellement, les gamins, distraits, ne pouvaient se concentrer sur leur travail et, sans se concerter, ils se tournèrent tous vers la porte où ils aperçurent deux coolies s'apprêtant à tirer une charrette sur laquelle on avait installé une natte enveloppant un corps. Le Maître baissa la tête et s'inclina en raccompagnant un agent de police. Les gamins, à leur tour, accompagnèrent des yeux la dépouille de leur camarade qui les quittait pour toujours.

– Xiao Laizi s'en va vraiment! chuchota Xiao Douzi à l'oreille de Xiao Shitou.

Le convoi s'ébranla. « Il faut être mort, sans doute, pour pouvoir quitter cet endroit », pensa-t-il. Par la porte entrebâillée, ils regardèrent la carriole disparaître...

Xiao Douzi sentit des coups légers sur sa tête. C'était Maître Guan qui le rappelait à l'ordre avec le fourneau de sa pipe. Il les exhortait à continuer à travailler avec persévérance :

– Grâce à quoi l'homme vit-il ? Grâce à son âme dont le regard est le reflet. Voilà pourquoi vos yeux sont si importants ! Alors, sans bouger ni la tête ni le cou, faites tourner vos prunelles dans tous les sens, faites-les vivre !

L'exercice leur était familier : il fallait obtenir une harmonie parfaite entre la paupière, l'orbite et les sourcils. Tous les acteurs de l'Opéra de Pékin, quel que soit leur rôle, celui du héros masculin, le *sheng,* ou de l'héroïne, qui n'est en réalité qu'un homme déguisé en femme, le *dan*, les personnages au visage peint, bouffons et comiques, tous, sans exception, doivent avoir un regard expressif capable de traduire leurs sentiments. Car par la suite, lorsqu'ils interpréteraient leurs rôles, ils pourraient être amenés à rester sur scène des actes durant, sans prononcer un mot, avec pour seul mode d'expression ce regard. Ne dit-on pas que « les yeux sont le miroir du cœur » ?

Les rôles principaux avaient été attribués à Xiao Shitou, pour le héros masculin et à Xiao Douzi pour l'héroïne. Ainsi, pour les besoins du théâtre, ils formaient désormais un couple indissociable. Ils s'entraînaient à fondre leurs regards jusqu'à parvenir, yeux dans les yeux, à être seuls au monde.

2

Un vent doux venait du sud. Les rayons pourpres du soleil levant fendaient les nuages. Les enfants se rendaient comme tous les jours au pavillon Tao Ran pour faire leurs vocalises. En chemin, ils observaient les jeunes pousses de bambous, qui, après la pluie, semblaient lutter pour percer et sortir de terre.

– Maître Guan nous a choisis, toi pour jouer le rôle d'un général et moi celui de sa concubine, comme si nous étions mari et femme...

– Naturellement, puisque cet opéra met en scène la vie du valeureux Xiang Yu et de sa belle, la favorite Yu.

– Mais je suis quand même un homme.

– Oui, mais tu es si charmant!

Tous les gamins désignés comme figurants avaient vite oublié leur triste sort et étaient maintenant consolés. Ils entourèrent Xiao Douzi pour le féliciter :

– Tu as de la chance, Xiao Douzi, tu es le seul parmi nous à pouvoir jouer des rôles de femme.

Ils ne tarissaient pas d'éloges et d'admiration à son égard, même si, en fait, ils ne savaient pas au juste ce que cette simulation impliquait. La seule chose qu'ils avaient comprise c'est qu'il était le meilleur, puisqu'il avait été choisi. Ils devaient se résigner et admettre qu'ils n'étaient pas à la hauteur de leur camarade.

Xiao Douzi allait donc commencer sa carrière et sa vie de *dan*. Maître Guan lui prodiguait soins et conseils et s'efforçait, avec une attention particulière, de corriger ses gestes, son jeu, sa souplesse. Il devait désormais tenter d'explorer des sensations qui lui étaient encore inconnues. Depuis le jour où sa mère lui avait sectionné son sixième doigt, il avait l'impression qu'il n'était plus tout à fait le même, qu'une nouvelle vie s'offrait à lui. Il dut se mettre dans la peau du personnage et travailler tout d'abord la gestuelle. La main devait être souple, le poignet s'enrouler légèrement sur lui-même tandis que le pouce, l'index et l'auriculaire restaient inlassablement pointés en avant en « fleur d'orchidée ». Une fois la position des mains acquise, il apprit à marcher à petits pas, en tournant autour du puits. Il savait qu'il devait tout d'abord laisser son pied bien à plat sur le sol puis en décoller le talon pour finir sur les pointes. Il se déplaçait avec grâce et légèreté. Ensuite – c'était le plus difficile –, il devait s'arrêter brusquement et faire semblant de contempler des pivoines imaginaires. Il restait là, rêveur, faisant trembler ses amples manches, comme des ailes de papillon, avant de placer ses mains sous son menton tandis que son regard se perdait dans le lointain. Y avait-il réellement des fleurs devant lui, cela restait un mystère. Le temps passait très vite et son regard se perdait lentement. Il était dans un autre monde, transi d'amour.

Xiao Douzi répétait aujourd'hui le rôle de Su San :

La jeune nonne n'a que seize ans,
Si jeune et la supérieure lui a déjà coupé les cheveux.
Elle a vu des garçons se divertir en bas de la montagne,
L'un d'entre eux la regarde, elle le suit des yeux,
Elle pense à lui, il pense à elle...

Lorsqu'il se retourna, toujours avec grâce et timidité, en faisant les yeux doux, il aperçut Xiao Shitou et les autres qui commençaient à se battre sur les planches. Le Maître tapait sur le gong pour rythmer les combats et donnait de sa voix impérieuse quelques indications de mise en scène :

– Vous devez vous battre en cadence, ne frappez pas comme des brutes de manière désordonnée...

Xiao Shitou s'avança. Son maintien était digne, son air grave, c'était incontestablement un excellent acteur. Il fut aussitôt assailli de tous côtés par des guerriers armés qu'il repoussa avec succès, grâce à sa parfaite maîtrise de la lance et sa voix tonitruante de général. Il découvrit Xiao Douzi, sa belle favorite, de dos, les doigts en « fleur d'orchidée », perché sur ses chaussures, les cheveux retenus par de belles épingles et retombant, comme il se doit, le long des tempes... Xiao Douzi regarda à son tour Xiang Yu, son roi-hégémon, et oublia le vacarme. Il pensa qu'ils étaient seuls sur cette scène et que le moment était venu où ils allaient jouer ensemble.

Maître Guan, le voyant distrait, le rappela à l'ordre :

– Qu'est-ce qui te prend ? Ce n'est pas à toi de le regarder ! Contente-toi de marcher sur la pointe des pieds. A chacun son rôle !

Apprendre à marcher à petits pas serrés, parvenir à concentrer tout son poids en un point très précis entre la plante et la pointe de son pied, voilà précisément un des exercices fondamentaux auquel Xiao Douzi avait dû consacrer beaucoup de temps pour pouvoir interpréter la favorite.

Comme il faisait chaud, le Maître avait laissé sa chemise ouverte dévoilant une large poitrine couverte de poils hirsutes. Les élèves se bousculèrent et se précipitèrent pensant qu'il allait faire une démonstration. Mais non, il se contenta de donner des explications et laissa à Xiao Douzi le soin d'exécuter, seul, l'exercice :

– Rentre le ventre ! Respire profondément ! Vas-y, essaie !

Xiao Douzi s'élança avec grâce et élégance en imitant la démarche fragile des petits pieds bandés mais, après quelques pas, il commença à vaciller. Il était sur le point de perdre l'équilibre quand Xiao Shitou s'avança pour le soutenir. Les deux adolescents se regardèrent en souriant.

La maison de thé Chunhua était toujours très animée. Autour des tables, les clients buvaient du thé, grignotaient des graines de pastèque ou savouraient des galettes farcies en assistant à des représentations d'Opéra de Pékin. Certains, importunés par le bavardage incessant de leur voisin, prenaient parfois la peine de transporter leur tabouret juste devant la scène. Les serveurs remplissaient les tasses, tandis que de pauvres gamins offraient, en échange de quelques sous, des petites serviettes rafraîchissantes ou bien vendaient bonbons et cacahuètes. L'hiver venu, ils proposaient des châtaignes grillées. Ils pouvaient ainsi, grâce à leur commerce, écouter gratuitement les opéras. La maison de thé accueillait aujourd'hui une nouvelle troupe et sur l'un des côtés de la salle flottait une banderole de papier rouge où avaient été tracés à l'encre noire les caractères : « Rencontre de héros », épisode de l'épopée des *Trois Royaumes*. « Héros » était le nom donné à la vedette de la troupe de Maître Guan, que Maître Shi avait déjà eu l'occasion de recommander.

Ce jour-là, Maître Guan était venu avec le jeune homme et une boîte de friandises. Les propriétaires, qui étaient en train de jouer avec un oiseau, avaient tourné la tête pour jauger le jeune acteur. Un signe de tête approbateur avait lancé la discussion concernant les modalités du spectacle :

– Je vous laisse le choix de la pièce, mais faites-nous quelque chose de bien ! Vous connaissez les règles : que la représentation ait lieu en plein jour, que ce soit un opéra chanté, que...

– Tout ce qu'il vous plaira. Je veux seulement donner à mes élèves l'occasion d'élargir leur expérience, de jouer une fois en public. Ils ne sont pas encore tout à fait au point, mais ils ont de l'avenir, je vous assure. Pour les récompenser, quelques sapèques suffiront.

Ainsi, ils avaient obtenu la possibilité d'interpréter leurs rôles en costume devant de vrais spectateurs.

L'animation battait son plein dans les coulisses, derrière les deux portes de la scène installées à droite et à gauche pour les entrées et les sorties. Le Maître avait peint méthodiquement la moitié du visage de chacun de ses élèves, les laissant ensuite se débrouiller seuls. Penchés sur les miroirs, ceux-ci essayèrent alors d'achever d'une main hésitante mais néanmoins minutieuse leur maquillage. Lorsqu'ils eurent fini, la métamorphose fut totale, c'étaient de véritables masques vivants, des héros de l'Antiquité.

– Oh là là ! Ajoute davantage de blanc ! Et regarde, là, le trait est beaucoup trop épais. C'est affreux !

C'était la première fois que Xiao Douzi se fardait comme une favorite. Il se demandait quelle tête il pouvait avoir avec ces sourcils relevés en œil de phénix et ces joues outrageusement rougies jusqu'aux oreilles ou presque. « Les nouveau-nés, sans doute, sont aussi rubiconds », pensa-t-il.

– Laisse, je vais t'aider, lui proposa Xiao Shitou avec enthousiasme. Et de reproduire sur la partie vierge de son visage la figure symétrique de celle qu'avait dessinée le Maître.

– Xiao Shitou! Tu ferais mieux de t'occuper de toi! Laisse-le tranquille, sinon il ne saura jamais! Tu ne vas quand même pas le prendre en charge toute ta vie!

– C'est moi que ça regarde! grommela-t-il entre ses dents tout en obtempérant.

Il resta même impassible face à la grimace que Xiao Douzi lui lança dans la glace lorsqu'il s'habilla. Le Maître vint inspecter le maquillage de Xiao Douzi. Il le compléta de quelques coups de pinceau, car l'ensemble ne lui semblait pas tout à fait satisfaisant et ajouta en bougonnant :

– On vous nourrit, on essaie de faire de vous de bons acteurs, mais on est encore loin du compte... Enfin, n'en parlons plus!

Finalement le gong et la cloche retentirent. Le père Ding, le violoniste au nez tordu, leur demanda s'ils étaient prêts, et si le spectacle pouvait commencer. Oui, ils étaient tous là sur le point d'entrer en scène, tremblants de peur : le général Lü Bu, cruel aventurier de la dynastie des Han et sa femme, Diao Chan, suivie de Zhuge Liang, héros populaires de la période des Trois Royaumes, Guan Gong, le dieu de la guerre et enfin Zhang Fei, le célèbre boucher... Cette représentation s'annonçait comme un combat qu'il leur faudrait livrer contre le public, leur ennemi, et contre le patron de la maison de thé, leur adversaire, avec le chant pour toute arme. Xiao Douzi, pétrifié par le trac épiait dans un coin la performance de Xiao Shitou qui jouait le rôle de Lü Bu. Ses paumes étaient moites, c'était bientôt son tour. Il se retrouva vite face à Xiao Shitou, au centre de la scène. Ils donnèrent le meilleur d'eux-mêmes et chantèrent l'histoire du général Lü Bu et de la belle Diao Chan, des sentiments qui n'étaient pas de leur âge et qui leur échappaient. Mais ils reprirent avec passion les mots qu'ils avaient appris par cœur sans toujours en comprendre le sens. Ce jour-là, à la maison de thé Chunhua, ils furent bien Lü Bu et Diao Chan. Ils participèrent à la « Rencontre de héros » et ils oublièrent que dans la vie ils n'étaient que de pauvres hères.

Dans ces années 20 et 30, les artistes appartenaient à la neuvième et dernière catégorie de la société chinoise, en compagnie des gargotiers, des filles de joie, des tenanciers de bains publics et des marchands ambulants. Les gens bien ne sont ni des aventuriers, ni des funambules. Aussi les acteurs étaient-ils en général assez méprisés. Toutefois, lorsqu'ils étaient sur les planches, ils devenaient de grands personnages, arborant un air imposant et prestigieux. Ils arrivaient, grâce à leur visage savamment maquillé et à leurs somptueux costumes, à divertir le public. Pendant un court instant, l'auditoire s'identifiait à ce formidable héros ou à cette belle dame. C'était leur heure de gloire !

Après la représentation, les jeunes artistes, tous âgés d'une dizaine d'années, le visage encore peint, debout, immobiles et parfaitement alignés, attendaient en coulisses le jugement du Maître. Ils savaient bien que Guan ne se répandait jamais en compliments mais ils furent un peu surpris lorsque ce dernier les accabla un à un de reproches cinglants en les interpellant par le nom de leur personnage :

– Toi, Zhuge Liang, tu avais l'air d'une andouille ! C'est un chien qui t'a appris à jouer ?

– Quant à toi, Dong Zhuo, tu as été nul et empoté. Qu'est-ce qui t'a pris pour le grand écart, tu as eu peur ou quoi ?

– Guan Gong, tu t'es entendu chanter, tu avais la bouche enfarinée ?

– Zhang Fei, tu gesticulais n'importe comment ! Mais où avais-tu la tête pour te mettre comme ça en plein milieu de la scène ?

– Et toi, Lü Bu, tu fermais les yeux dès que tu étais tendu. Un aveugle aurait été plus convaincant!

– Venons-en à Diao Chan maintenant. Tu étais raide, sans la moindre grâce, tu sais ce que c'est qu'une beauté fatale? Sais-tu que tu étais censé jouer une des quatre femmes les plus ravissantes de la Chine ancienne? Regarde-moi quand je te parle!

Le Maître était, au fond, assez satisfait, mais il ne voulait rien laisser paraître, se disant qu'il ne fallait jamais encenser quelqu'un, que mieux valait le réprimander pour le motiver davantage...

Ils donnèrent ainsi des représentations dans des maisons de thé, puis ils se produisirent dans des petits théâtres. Après le spectacle, les gamins étaient assurés de recevoir leur ration quotidienne – de la bouillie et des galettes de maïs –, ce qui leur suffisait pour se maintenir en forme. Les jours de fête, ils se voyaient gratifiés d'un pain rond supplémentaire cuit à la vapeur.

Le temps passa et la canicule revint, accablant tout le monde, y compris les chiens qui erraient, la langue pendante. Les enfants profitèrent de l'absence du Maître, retenu par une affaire, pour foncer au bord de la rivière, juste vêtus d'un caleçon en grosse toile. Ils s'ébrouèrent joyeusement et s'amusèrent à plonger et à s'asperger, en se bagarrant, en se bousculant. Certains imitèrent le Maître, son regard méchant, sa barbe qui se retroussait quand il les grondait, ses hurlements intempestifs. L'un d'entre eux le parodia en train de persécuter un élève qui avait la particularité de transpirer abondamment avant même de commencer les exercices.

– Tu es complètement trempé comme si on venait de te repêcher! Tu es en nage sans avoir rien fait! Tu ne te démènes pas autant quand il s'agit de s'entraîner, hein? Tu crois que tu mérites ta pitance?

Le gamin apostrophé riait aux éclats, continuant à s'ébattre joyeusement et avec insouciance dans la rivière, avant de rétorquer à son tour sur un ton théâtral:

L'honorable juge Bao de la préfecture de Kaifeng...

A ce moment-là, Xiao Meiqiu, toujours à l'affût d'une mauvaise plaisanterie, profita de l'instant où il était en déséquilibre pour le pousser et le faire tomber la tête la première. Il accompagna son geste d'une réplique d'opéra, imitant Xiao Shitou :

Si mon royaume de Chu est anéanti,
C'est la volonté céleste et non l'issue de la guerre!

Ce fut alors une mêlée générale à laquelle tous participèrent, excepté Xiao Douzi. Les chamailleries dans l'eau ne l'intéressaient guère, il préférait de beaucoup travailler son texte et assister au spectacle de loin. Resté seul sur le bord de la rivière, plongé dans sa lecture, il répétait le passage où la jeune nonne, Su San, déclare :

On prétend que Luoyang est le paradis sur terre,
Mais je croupis enfermée dans cette prison,
Sans jamais connaître le printemps.

– Hein ? Que dis-tu ? « Tu ne connais pas le printemps avec sa montée de sève » ? plaisanta Xiao Sanzi avec une malice potache.

Et, imitant Xiao Douzi interprétant le rôle de Su San, il minauda comme une coquette :

– Xiao Douzi, « je ne suis qu'une demoiselle »...

Les autres l'accompagnèrent et se mirent à marcher en se dandinant, à petits pas gracieux et légers comme l'exigeait son rôle. Ils s'approchèrent de Xiao Douzi pour l'éclabousser. Ce dernier, affolé, courut se réfugier derrière Xiao Shitou amusé, qui leur demanda néanmoins de le laisser tranquille.

– Regarde! ils recommencent à m'embêter, se plaignit Xiao Douzi.

– Oh là là! « Regarde, ils recommencent à m'embêter! »

Xiao Sanzi et Xiao Meiqiu le singeaient sans indulgence :

– Comme elle est gracieuse et quelle jolie voix de donzelle!

Xiao Douzi, vexé, les yeux rouges, voulut répondre :

– Répétez-le encore une...

– Ce n'est pas un homme, c'est sûr, puisque le Maître le choisit toujours pour interpréter des rôles de femme, insista Xiao Heizi. Allez, venez, on va lui baisser son caleçon!

Ils s'élancèrent tous et foncèrent sur Xiao Douzi pour le déculotter. Ce dernier, paniqué, s'enfuit.

– Fichez-lui la paix et arrêtez de l'embêter! intervint Xiao Shitou en hurlant, bien décidé à le protéger.

Il avait vraiment la prestance d'un roi-hégémon. Sous la pression du nombre, cependant, Xiao Douzi fut capturé et se trouva dans une situation critique. Xiao Shitou se lança alors à corps perdu dans la mêlée et se jeta avec courage sur ses nombreux adversaires. Au plus fort du pugilat, on entendit soudain un cri perçant et la bataille cessa aussitôt. Dans sa lutte acharnée, Xiao Shitou, bousculé, était tombé, et sa tête avait heurté une pierre. Son arcade sourcilière était fendue et saignait abondamment. Il cacha sa blessure avec sa main sans dire un mot.

– Qu'est-ce qu'il faut faire?

– Serrer avec une ceinture pour empêcher le sang de couler.

– Surtout il ne faut pas que le Maître le sache.

Les gamins s'empressèrent de défaire leurs ceintures, mais elles étaient toutes détrempées. Xiao Douzi, les larmes aux yeux, se fraya un chemin parmi le groupe compact, retira à son tour sa ceinture restée sèche et banda la tête de son ami.

– Mon Dieu, comme je m'excuse, tout cela est de ma faute.

Il s'appliqua à panser la blessure. Ses doigts, machinalement sans doute, s'étaient relevés pour prendre cette position dite « en fleur d'orchidée ». Décidément, l'homme et l'acteur ne faisaient qu'un.

– Tu as mal?

– Ce n'est rien.

– Je n'en peux plus! gémit Xiao Douzi, découragé et triste, ma mère va revenir, elle me l'a promis. Je lui demanderai de m'emmener. Plutôt mourir que de rester ici. Tu voudras bien venir avec moi?

– Ta mère ne reviendra jamais, lui déclara gravement Xiao Shitou après un moment de silence.

– Et pourquoi? demanda Xiao Douzi, glacé.

– Tu sais très bien qu'en signant le registre elle t'a vendu à Maître Guan. Il ne faut pas te leurrer! Moi aussi j'ai attendu comme toi, en vain, que ma mère revienne. Au bout de trois ans, j'ai compris.

C'était la fin de la journée. Les gamins impuissants restaient là, la tête penchée et les yeux baissés, sans dire un mot. Les rayons du soleil couchant éclairaient leurs torses nus, spectacle à la fois beau et sinistre. Une voix rompit le silence :

– Dépêchons-nous de rentrer, sinon le Maître va encore nous gronder.

Ils prirent tous le chemin du retour sans enthousiasme. La joie et l'insouciance de tout à l'heure étaient bien dissipées, ils pensaient maintenant avec nostalgie à leur mère, à leur maison...

Dès qu'ils poussèrent la porte, le Maître se mit à hurler. Ce ne fut pas une surprise.

– Espèces de vauriens, où étiez-vous passés? Vous attendez que le soleil se couche pour rentrer ? Dès que j'ai le dos tourné vous filez vous bagarrer dans le ruisseau. Et toi, encore en nage, as-tu vu dans quel état tu es?

C'était toujours à lui qu'il s'en prenait d'abord et le gamin, naturellement, n'osa pas répondre.

– Mais qu'est-ce qui t'est arrivé ? demanda-t-il soudain en se tournant vers Xiao Shitou. Qu'as-tu à la tête ? Mais qu'est-ce que tu vas devenir si tu es défiguré ? Tu veux briser ta carrière ?

Le Maître s'énervait, se fâchait, tout en s'activant pour le soigner.

– Ah, vraiment! Passe-moi vite le baume, toi, et toi, va chercher le désinfectant à la pharmacie Tongren.

Les élèves étaient rassemblés autour du Maître et le regardaient panser minutieusement la plaie. Quand il mesura la gravité de la blessure, sa colère s'aggrava :

– Juste sur l'arcade sourcilière, c'est abominable! Un mauvais présage, vous savez ce que cela veut dire ? Que des frères, des amis, deviendront des ennemis jurés!

Xiao Douzi écoutait, mortifié, et se mit à trembler de tout son corps.

– Vraiment, vous ne mesurez pas la gravité de la situation, poursuivit le Maître, comment va-t-il faire ce soir pour monter sur les planches, se maquiller et tenir son rôle comme il doit ? On nous attend, vous l'avez oublié ?

L'alcool brûlait atrocement Xiao Shitou, mais il se contenta de froncer les sourcils, ce qui accentua sa douleur. Xiao Douzi était de tout cœur avec lui. Il aurait bien voulu partager sa souffrance.

C'était la dernière soirée de l'été. La demeure arborait un air de fête. De grosses lanternes rouges étaient allumées dans la cour en signe de réjouissance et annonçaient dix mille ans de bonheur. Une estrade siégeait en plein milieu de l'enceinte, couverte d'une grande toile finement travaillée, derrière laquelle était dressé un rideau de brocart, orné d'un énorme caractère : « longévité ». Le spectacle débuta par l'air du « fonctionnaire nouvellement promu ». Un comédien sur scène portant un masque blanc tenait une banderole verticale avec une inscription souhaitant un bon anniversaire au mécène, le vieux Maître Ni. La Chine avait beau être maintenant en république, et non plus sous la dynastie mandchoue, certains anciens dignitaires vivaient dans le culte du passé, dans le regret de leur faste d'antan. Le maître des lieux était de ceux-là.

Comme Maître Guan et ses élèves se maquillaient et s'apprêtaient, un conseiller, son programme à la main, demanda :

– Pourquoi avoir choisi de jouer ce soir *Adieu ma concubine* à l'occasion de l'anniversaire du vieux Ni ?

Maître Guan hocha la tête, perplexe :

– Oui, je trouve ce choix bizarre et peu approprié pour un anniversaire, mais le seigneur Ni adore cet opéra et l'a spécifiquement réclamé.

Un peu plus loin, Xiao Douzi, le visage fardé de rouge, était penché sur Xiao Shitou et s'appliquait à le peindre aux couleurs de Xiang Yu, le roi-hégémon. Sa blessure lui faisait encore mal, surtout quand on la touchait. Xiao Douzi, de peur d'aviver la douleur, prenait mille précautions, mais Xiao Shitou endurait stoïquement la souffrance, et ne laissait transparaître aucune émotion pour ne pas inquiéter son ami. Le Maître se contentait d'observer les enfants, n'osant les gronder dans cette demeure étrangère.

– Dépêchez-vous un peu, mais dépêchez-vous donc, la pièce va commencer!

Le régisseur, qui avait bien passé la moitié de sa vie à presser les gens, répétait inlassablement cette même phrase à qui voulait l'entendre. Les jeunes acteurs écartèrent furtivement le grand rideau pour épier les spectateurs, tous de riches partisans, jeunes ou vieux, de la restauration des Qing. Ils étaient accompagnés de leurs épouses, des femmes ravissantes et somptueusement habillées à l'ancienne mode. Même si leur natte avait été coupée, on en devinait aisément la trace. Ces gens-là vivaient dans le passé et ne voulaient pas se résoudre à soutenir le nouveau régime. Isolés et sans pouvoir, ils passaient désormais leur temps à écouter des opéras, à boire du thé, à grignoter des graines de pastèques et à fumer de l'opium.

Ils étaient rassemblés aujourd'hui pour célébrer l'anniversaire du vieux maître de maison, le seigneur Ni, qui fêtait ses soixante ans. Avec l'âge, la peau de son visage s'était desséchée et quelque peu ridée comme une vieille pomme, et ses joues étaient gagnées par la couperose. Il ne portait pas de barbe mais ses cheveux poivre et sel attestaient son âge. Ses paupières tombaient à peine sur le coin des yeux. Il avait de l'allure, mais une voix pour le moins surprenante, aiguë et désagréable, qui jurait avec l'ensemble de sa personne, une voix de fausset, comme s'il s'agissait d'un androgyne.

– Je vous en prie, je vous en prie, ne faites pas de manières, invita le maître de céans avec courtoisie, asseyez-vous mes amis.

Il mit ainsi un terme aux révérences et autres politesses que lui prodiguaient ses hôtes. Il s'installa à son tour comme une vieille coquette et, les yeux mi-clos, se laissa bercer par le spectacle, comme envoûté.

Xiao Douzi, qui interprétait le rôle de la favorite Yu, entra en scène. Il portait un splendide costume qui appartenait depuis des lustres à une compagnie d'opéra et qui avait été prêté pour l'occasion. Il avait été beaucoup porté et jamais lavé, si bien qu'il dégageait une forte odeur de moisi et de transpiration. Mais qu'importe! Les spectateurs ne s'en rendaient pas compte et personne ne soupçonnait que l'habit était trop lourd et trop grand pour Xiao Douzi. Yu était si belle avec sa coiffe de circonstance, sa grande veste à larges manches toute brodée de fils d'or, sa ceinture à boucle dorée et sa longue jupe plissée! Elle se mit à chanter dans le plus pur style *xipi* :

Depuis toujours je vous suis par monts et par vaux.
Passant mes années, épuisée, à affronter le froid et les tourments.
Mais mon seul regret est de voir notre peuple plongé dans la souffrance et la misère.
Ne connaissant, hélas, pour toute vie, que privation et douleur.

– Bravo! Bravo! hurla le public, conquis.

On entendit alors le hennissement du vaillant coursier Zhui qui annonçait l'arrivée du général Xiang Yu. Xiao Shitou entra en scène à son tour, majestueux dans sa grande robe de cérémonie noire, ornée de dragons sur le devant et flanquée de quatre étendards noirs dans le dos.

Je suis allé au camp ennemi de Liu Bang, j'y ai tué des généraux,
Plusieurs de nos braves héros sont morts dans la bataille,
Que personne ne quitte le camp, que ceux qui sont sortis reviennent.

Xiang Yu avait du coffre et la salle croula sous le poids des applaudissements. Depuis les coulisses, où il les observait, Maître Guan était encore plus tendu que ses deux élèves. Il poussa un long soupir de soulagement en entendant les cris d'enthousiasme mais resta digne et, à la différence des spectateurs enflammés, ne laissa rien transparaître de sa satisfaction. Après la représentation, le majordome de Maître Ni vint lui remettre une bourse pleine de pièces d'or :

– Mon seigneur vous remercie, s'empressa-t-il d'ajouter, le sourire aux lèvres.

– Remerciez! Allez vite dire merci! exigea Maître Guan de ses deux héros qui étaient en train de retirer costumes et fards.

– C'est si peu de chose, rétorqua le domestique toujours souriant, pour une troupe aussi extraordinaire.

Xiao Douzi s'appliqua à démaquiller le visage de Xiao Shitou en essayant de ne pas frotter trop fort à l'endroit de la plaie. Contrarié de voir souffrir son ami, il lui prit la tête entre ses mains et se mit, avec douceur et tendresse, à lécher du bout de sa langue la blessure.

– Le seigneur Ni tient à remercier lui-même la jeune favorite Yu pour son excellente interprétation, vint dire alors le domestique sur un ton qui se voulait un ordre.

– Allons, vite, dépêche-toi!

Xiao Douzi releva la tête, surpris et candide, et s'en alla sans avoir eu le temps de nettoyer, autour de sa bouche, les traces rouges du maquillage de son partenaire.

Le seigneur Ni reposait dans sa chambre, avachi sur son lit à opium, en train d'achever sa deuxième pipe. Il paraissait d'excellente humeur. Lorsque la porte se referma subrepticement derrière son dos, Xiao Douzi eut l'impression, vu le décor somptueux qui s'ouvrait à lui, de se retrouver dans le palais d'un prince. Un tel luxe l'intimidait. Les murs étaient tapissés de livres reliés de toile violette, parfaitement alignés. Se détachaient très lisiblement, en gros caractères noirs, le nom des *Vingt-Quatre Histoires dynastiques officielles* qui retraçaient l'histoire de la Chine jusqu'à la fin de la dynastie des Ming. La fumée que le vieux lui soufflait ostensiblement dans le visage l'irritait et l'incommodait, mais il n'en dit rien et, comme l'exige la politesse, il s'inclina devant lui pour le saluer et lui souhaiter un bon anniversaire :

– Je vous adresse tous mes vœux de bonheur. Longue vie à votre seigneurie!

Le vieux Maître allongea une main frêle et décharnée pour couper court au cérémonial.

– En quelle année sommes-nous?

– La dix-neuvième année après la fondation de la République.

– Faux! (Sa main s'agita) nous sommes toujours la

vingt-deuxième année de l'ère Xuantong de la dynastie des Qing.

Il nettoya les traces rouges sur la bouche du gamin avec un fin mouchoir de soie blanche qu'il laissa négligemment tomber dans un superbe crachoir à fond doré, décoré de pivoines rouges, reposant sur un support en bois de santal.

Puis il prit Xiao Douzi sur ses genoux et il lui tapota les fesses, lui caressa le visage, très affectueusement, comme une mère câline son enfant.

– Alors, raconte-moi... Pour qui la belle Yu meurt-elle ? lui demanda-t-il doucement.

– Mais pour le roi-hégémon.

Il se montra particulièrement satisfait et tout excité de la bonne réponse. Sans doute les bienfaits de l'opium se faisaient-ils sentir.

– C'est exact ! La favorite Yu est une femme tendre et soumise, qui prouve sa fidélité et sa loyauté à son prince en se tranchant la gorge par amour pour lui. Tu vois, les fonctionnaires, aussi bien civils que militaires de la dynastie Qing ne lui arrivaient pas à la cheville.

Il s'emporta et se mit à parler plus fort.

– Comme ils sont lamentables ! Quelle époque ! Si j'ai choisi cette pièce aujourd'hui, c'est précisément pour leur faire honte !

Xiao Douzi se sentait mal à l'aise. Il ne comprenait pas grand-chose à ce patriotisme désuet.

– Qu'est-ce que tu as, mon petit ? demanda-t-il à Xiao Douzi qui ne tenait plus en place.

– J'ai... J'ai envie de... faire pipi, répondit-il avec timidité.

Le vieux lui montra le précieux crachoir et Xiao Douzi descendit enfin de ses genoux. Il regarda le vieux d'un air perplexe et se retourna en se cachant pour baisser son pantalon. Mais le vieux réussit à voir le sexe de l'enfant, un pénis rose et tendre. Maître Ni tentait de contrôler son excitation, mais son visage reflétait son trouble.

Xiao Douzi, affolé, ne savait plus que faire.

– Une minute ! Le vieux l'arrêta, tremblant d'émotion, troublé par cette beauté juvénile.

Il présenta à Xiao Douzi, ahuri, un petit bol de jade qu'il venait de prendre sur la table basse, cadeau de l'empereur lui-même pour une quelconque occasion dont il ne se souvenait plus. Il plaça cet objet rare et précieux juste sous le sexe de l'enfant en l'encourageant d'une voix à peine audible mais d'une tendresse infinie de peur de l'affoler :

– Tiens, vas-y, fais pipi là-dedans !

Xiao Douzi, malgré son égarement, se laissa aller, ne pouvant plus se retenir.

Oh ! doux ruissellement de bonheur et d'extase ! Le vieillard regardait avec délectation ce spectacle. « La plus précieuse des pièces impériales n'était rien en comparaison de ce sexe », pensait-il ! Son regard brouillé par les larmes s'éclaira soudain, presque inconsciemment. Sans doute souffrait-il en silence, car seul perça comme un gémissement cette petite phrase :

– Mon Dieu, que tu es beau !

Avec le revers de sa grande manche il essuya proprement la dernière goutte. Subitement, n'y tenant plus, il se pencha sur l'enfant, prit son sexe dans sa bouche et le suça frénétiquement avec volupté. Xiao Douzi resta interloqué sans comprendre ce qui lui arrivait...

La troupe quitta la demeure du vieux seigneur Ni le lendemain matin à l'aube. Maître Guan était enchanté de la tournure des événements et déambulait en chantonnant. Les gamins, le visage chiffonné sur lequel subsistaient quelques traces de maquillage, suivaient leur Maître, les yeux encore éblouis par les richesses qu'ils avaient découvertes la veille au soir.

– Tu as vu comme la porte d'entrée était gigantesque !

– Et la scène ! Elle était bien plus grande que dans la maison de thé.

– Regarde un peu, on n'en a jamais eu autant de notre vie ! Et d'aussi bon ! On en a pour un moment ! Tiens !

Xiao Shitou montrait à son ami toutes les friandises dont il s'était rempli les poches. Mais Xiao Douzi ne parvenait pas à se soustraire de sa mélancolie.

– Qu'est-ce que tu as ? Ça ne va pas ? lui demanda gravement Xiao Shitou.

Mais Xiao Douzi ne répondait toujours rien. Comment raconter à son ami ce qui s'était passé ? Et par où commencer ? Lui-même n'avait pas bien compris ce qui lui était arrivé, mais il en était encore traumatisé.

– Réponds ! Tu es devenu muet ?

Xiao Shitou le pressait gentiment, mais il refusait obstinément de répondre.

– Xiao Douzi, comment puis-je savoir ce qui te préoccupe si tu ne me dis rien ?

Ils passaient dans une ruelle quand ils entendirent un faible vagissement qui venait d'un tas d'ordures. En se retournant, Xiao Douzi aperçut un ballot de vieux vêtements qu'il s'empressa d'ouvrir. Sa stupéfaction fut à son comble lorsqu'il découvrit qu'il dissimulait un bébé, une toute petite fille dont le corps encore fripé était maculé de taches de sang et les cheveux tout humides. Un morceau de chiffon lui cachait le nombril.

– De quoi vous mêlez-vous ? C'est un enfant abandonné ! trancha le Maître en s'approchant pour prendre le baluchon et le remettre où il était. Allons, venez, maintenant.

– Maître, implora Xiao Douzi, les larmes aux yeux, gardons-la, c'est une petite fille !

– Arrête ! Que veux-tu qu'on fasse d'une fille ? répondit le Maître sur un ton intransigeant. Il n'y a jamais eu de fille dans les troupes d'opéra. On ne va pas s'embarrasser de cette petite chose fragile alors qu'on a déjà du mal à survivre.

Xiao Douzi n'osait insister, mais il ne pouvait pas s'empêcher de pleurnicher bruyamment. Le Maître lui-même était visiblement ému. Pour donner le change, il continua de sa grosse voix :

– Vous êtes nourris, logés, habillés, vous aurez peut-être la chance de devenir d'excellents acteurs. Vous savez que vous êtes des enfants privilégiés ?

Xiao Shitou tapa gentiment sur l'épaule de son ami pour le consoler et l'entraîner, mais Xiao Douzi ne bougeait pas. Il éclata même en sanglots et semblait ne jamais pouvoir s'arrêter. Il pensait à ce bébé jeté, là, sur ce tas d'ordures, qui pouvait geindre des heures durant sans que personne ne fasse un geste pour le sauver. C'était sûr, il finirait par être balancé dans le fleuve, avec les autres immondices... Le duvet mouillé sur sa petite tête semblait si doux! Ses cris plaintifs étaient tragiques, et déjà ils faiblissaient. Bientôt il n'aurait plus de souffle. « Il avait sans doute faim, se dit-il, oui, il mourait certainement de faim. » Comment sa mère avait-elle pu l'abandonner sans remords, sans chagrin? Il songea à la sienne...

Maître Guan revint vers les deux enfants et sortit de sa poche deux sapèques, une pour chacun, avant de les prendre par la main et de les emmener avec lui.

– Surtout ne me jugez pas durement, je ne suis pas plus mauvais qu'un autre, dit-il pour se justifier, comme s'il se parlait à lui-même.

« Ma mère reviendra sûrement me voir, pensa Xiao Douzi, je vais m'appliquer pour devenir quelqu'un. Puis j'économiserai mon argent et jamais plus nous n'aurons faim. » Avec sa main, il essuya sur son visage les traces de larmes.

– C'est bientôt le Nouvel An, proclama tout à coup Xiao Shitou, on va aller à la fête du Temple. Avec tout l'argent qu'on a gagné on va pouvoir s'acheter des bonbons, plein de gâteaux! Hum! Que c'est bon! C'est sucré, collant et parfumé, quel régal! Il y aura sûrement des bâtons d'azeroles caramélisées. Tu verras, Xiao Douzi, on va s'en mettre plein la panse!

Ce dernier était loin de manifester autant d'enthousiasme que son aîné.

La Fête du Printemps battait son plein et pour célébrer le Nouvel An les enfants s'étaient joyeusement précipités dans la ruelle où ils faisaient éclater des chapelets de pétards en jouant à cache-cache. Ils chantaient à tue-tête et exécutaient des culbutes et des sauts en tous genres. Une joyeuse animation et une excitation fébrile régnaient un peu partout. De toutes les maisons, on entendait s'élever le bruit du hachoir qui coupe et sectionne allégrement viandes et légumes pour la farce des raviolis. Même chez les pauvres, on faisait semblant de s'activer dans les cuisines pour éviter d'être la risée des autres.

Xiao Douzi, assis sur le *kang*, découpait du papier transparent rouge pour décorer les fenêtres. Il maniait les ciseaux avec adresse, réalisant avec une minutie extraordinaire de superbes papillons et des fleurs ravissantes, gardant toujours ce geste très théâtral des doigts relevés en « fleur d'orchidée ». Vlan! La porte claqua avec fracas. Xiao Shitou arriva en nage, excité et ravi de ses jeux. Il tira Xiao Douzi par le bras pour l'entraîner dehors.

– Viens, pourquoi restes-tu enfermé tout seul? On s'amuse si bien, on fait sauter des pétards, on allume des fusées. Xiao Meiqiu a même des feux de Bengale!

– Attends un peu.

– Qu'est-ce que tu fais?

Xiao Shitou s'empara un peu brusquement du découpage et en déchira un morceau, Xiao Douzi le fusilla du regard.

– C'est quoi? On dirait un papillon.

– Oui, c'est bien un papillon, il est joli, n'est-ce pas? C'est pour toi. Je t'aiderai à le recoller.

– Je n'en veux pas, je préfère un dragon à cinq griffes, ou un tigre féroce.

Xiao Douzi ne répondit pas car il ne savait pas les confectionner.

– Alors tant pis, je ne veux rien, poursuivit-il en prenant de grands airs, je m'en achèterai avec l'argent que j'ai, et pour toi aussi. Tu auras ce que tu voudras, ne perds plus ton temps. Allez, viens!

On entendait partout des pétards exploser bruyamment et des cris joyeux retentir : « Bonne année! » « Bonne année! » La ville était en liesse. En ce premier jour de l'an, la troupe au complet festoyait. Petits et grands savouraient l'unique bol de riz blanc auquel ils avaient droit pour toute l'année. Sitôt le repas terminé, Xiao Shitou et Xiao Meiqiu se déguisèrent et, parés de leur peau de bête d'un rouge orangé éclatant, arpentèrent les rues en exécutant la danse du lion pour souhaiter la bonne fortune à chaque famille en échange d'une enveloppe rouge bien garnie. Malgré les temps difficiles, les gens étaient généreux ce jour-là. Ils avaient attendu depuis longtemps la nouvelle année espérant des jours meilleurs.

Xiao Douzi avait revêtu un habit à fond bleu sur lequel se détachaient des papillons blancs. Le costume, serré aux poignets et aux chevilles, était un peu recherché mais idéal pour son rôle de dompteur. Il guidait le cortège, tenant à la main une boule multicolore qu'il faisait tourbillonner devant les yeux du lion. Il la lançait de temps à autre, et devait exécuter prestement une pirouette avant de la rattraper. Il recommençait inlassablement ce même numéro face au lion qui se tortillait de droite et de gauche sans jamais pouvoir la saisir. La danse se poursuivait dans toutes les ruelles sous les cris de joie de la foule qui se délectait du spectacle. Même les bébés, endimanchés pour l'occasion avec leurs chaussures neuves à tête de tigre et leur petit chapeau à grelots de jade, applaudissaient, enchantés. Tout le monde battait des mains avec admiration. Le cortège arriva à l'est de la ville, au temple Longfu. Ils gravirent les quelques marches du perron et aperçurent le temple Huguo, diamétralement opposé, à l'ouest. Le chemin qui reliait les deux sites était un gigantesque marché aux fleurs, dont les couleurs chatoyaient, toutes plus belles les unes que les autres. Une procession ininterrompue de fidèles tenait à la main des bâtons d'encens destinés à honorer les dieux. Maître Guan fit de même, il se prosterna d'abord dans le premier temple en priant Bouddha d'exaucer ses vœux, puis il se rendit au second, où se trouvait une inscription sculptée à l'entrée sur une plaque de bambou :

« Ces deux temples de l'est et de l'ouest sont les plus prospères et les plus animés.

Ce ne sont pas les riches qui ont donné des jades et des pierreries ;

Ici, on aime seulement les couleurs du printemps ;

Les amoureux de la nature viennent y respirer toute l'année le doux parfum des fleurs. »

Comme tous les ans, c'était pour les enfants la plus belle journée. Mais, comme tous les ans aussi, c'était le jour des promesses non tenues : le jour où leurs mères ne revenaient pas. Xiao Douzi, maintenant, le savait. « Heureusement que j'ai un ami », se dit-il.

En ce premier mois du calendrier lunaire, le faubourg

Changdian connaissait une animation sans égale. Il suffisait de franchir la porte Heping et de passer la voie de chemin de fer pour découvrir un spectacle inhabituel de petites boutiques décorées qui s'étendaient à perte de vue. Un peu plus loin, on entendait le clapotis d'un superbe moulin à vent multicolore, qui tournait sans cesse, infatigable, envoûtant comme un rêve. Xiao Douzi et Xiao Shitou étaient là, debout, au milieu des badauds, captivés, subjugués par le spectacle. Juste à côté se trouvait un étalage de cerfs-volants aux formes extraordinaires représentant des mille-pattes, des papillons, des libellules, des carassins dorés. Xiao Shitou avait dépensé presque toute sa fortune en gâteaux, galettes de maïs cuites à la vapeur, beignets mandchous et autres sucreries. Il ne résista pas non plus devant les bâtons d'azeroles caramélisées qu'il trouvait si grands et si beaux avec leur petit drapeau rouge piqué sur le haut de la baguette. Il en acheta deux, un pour lui et un pour Xiao Douzi. Au moment de le lui donner, ce dernier avait disparu. Il trouva son ami en extase devant le comptoir d'une boutique qui vendait du linge raffiné destiné aux beaux messieurs et aux élégantes. Xiao Douzi se résolut, après un court instant à se séparer de sa pièce d'argent qu'il gardait précieusement depuis plusieurs années pour acheter deux magnifiques mouchoirs sur lesquels étaient brodés des papillons. Il en offrit un à Xiao Shitou, mais celui-ci avait les mains pleines, et il se contenta de faire un petit geste avec son menton en lui disant :

– Garde-le, je ne peux plus rien prendre.

Xiao Douzi se sentit triste et meurtri.

– C'est pour t'essuyer quand tu transpires !

Xiao Shitou se mit alors à chanter :

Ah ma belle !
Je m'en reviens aujourd'hui vaincu, mon cœur est déchiré !

– *Ne vous tourmentez pas, mon Seigneur,* poursuivit Xiao Douzi, se prêtant au jeu.

– Dis donc, tu as dépensé tous tes sous pour acheter deux mouchoirs ? demanda, étonné, Xiao Shitou.

– Il faut bien commencer. Après je m'offrirai les plus

beaux costumes et accessoires de théâtre. Je veux avoir ma propre garde-robe et mes parures, mes coiffes, à moi, rien qu'à moi, à moi seul!

Xiao Douzi venait de lui livrer le fond de sa pensée et questionna à son tour :

– Et toi ?

– Moi ? Il n'y a que les bonnes choses à manger et à boire qui m'intéressent!

Xiao Douzi le regarda avec commisération, mais aussi avec une certaine indulgence. Ils entrèrent dans la boutique d'un antiquaire, remplie d'objets rares et précieux. La plupart de ces pièces provenaient du patrimoine de grandes familles ruinées. Ils découvrirent, accrochée au mur, une épée entourée d'une cordelière à pompons et d'un fourreau minutieusement ciselé. C'était une véritable merveille.

– Regarde, quelle splendeur! s'exclama Xiao Shitou, qui en resta pantois.

Puis il ajouta instinctivement :

– Seul un roi-hégémon peut prétendre à une telle épée!

– Je vais te l'offrir, lui proposa Xiao Douzi sans réfléchir.

– Mais tu es complètement fou! Même à nous deux, on n'aurait jamais assez d'argent. Tu te rends compte : elle vaut cent pièces d'argent. Allez, viens, partons!

Xiao Shitou avait fini ses friandises. Il prit son ami par l'épaule et l'entraîna hors de la boutique. Mais Xiao Douzi avait toujours les yeux rivés à cette épée magnifique.

– C'est décidé, un jour, je te l'offrirai! Son ton était ferme et tranchant.

Xiao Shitou le tira par le bras :

– Allons, dépêchons-nous! Rentrons, sinon on va arriver en retard...

Le Maître était dans la cour, assis sur ses talons, avec son air grave et imposant. Toute la petite troupe des gamins, raides comme la justice, le crâne rasé, la mine sévère, se tenait derrière lui dans un silence absolu. Le photographe se glissa sous le tissu noir et s'assura que tout le monde était bien cadré avant de prendre la photo. L'éclairage était parfait et les rayons de soleil éclairaient leurs corps. Mais la chaleur commençait à les gêner et il leur était difficile de rester immobiles. Ils finirent par perdre patience. Un cerf-volant, en forme de mille-pattes, comme ceux qu'ils venaient précisément d'admirer, voltigeait en toute liberté au-dessus de leur tête. L'un des enfants le remarqua et se mit à le suivre des yeux. Avec l'innocence et l'insouciance de l'enfance, ils détournèrent tous la tête et se laissèrent distraire un instant, absorbés par le spectacle.

Un éclair de magnésium précéda la voix du photographe :

– C'est bon maintenant, ne bougez plus!

Les enfants reprirent leur posture, bien droits derrière leur Maître. L'instant allait être fixé pour l'éternité et Maître Guan resterait leur père à tout jamais. S'il leur avait demandé de rester ainsi debout jusqu'à la mort, aucun d'entre eux n'aurait osé s'asseoir. Nouvel éclair de magnésium. Tout le monde fut ainsi fixé, saisi par l'objectif, le moment immortalisé et le sort de chacun désormais scellé là, sous les yeux du grand Maître.

Seule une tablette des ancêtres reposait sur la table décorée d'un brocart de soie rouge où brûlaient bougies et encens et où étaient affichées des banderoles de papier rouge à caractères noirs portant le nom des divinités : Bodhisattva Guanyin, le Grand Maître de la Terre et du Ciel, le Grand Maître du Gong, le Grand Maréchal Wuchang chef d'escouade, et tous les astres protecteurs... Venaient ensuite les plaques commémoratives des cinq grands ordres. Le Maître invita les jeunes disciples à se prosterner les uns après les autres devant l'ancêtre et à se joindre à sa prière :

– Puissiez-vous vite être tous des cenelles mâtinées de cerises. Trop de rouge ne fait pas de mal.

Dix ans plus tard, devant ce même autel, une troupe de théâtre se recueillait. Le régisseur invita ses acteurs à se prosterner et à se joindre à sa prière :

– Puisse notre succès être plus doux que sucre mélangé au miel.

Une silhouette aux traits fins, au maintien noble et grave, se détachait du groupe. A ses côtés se tenait un jeune homme au visage délicat et gracile. Xiao Shitou et Xiao Douzi avaient grandi.

3

Xiao Shitou et Xiao Douzi quittèrent au bout de dix ans l'école de théâtre de Maître Guan. Les jeunes gens (l'aîné avait vingt-deux ans et le cadet dix-neuf) rejoignirent une troupe de comédiens itinérants qui montaient des spectacles de village en village, de maison en maison, transportant avec eux des malles remplies de costumes, d'accessoires et de décors. Ils changèrent aussi de nom. Le premier s'appelait Duan Xiaolou et le second Cheng Dieyi. Leur opéra préféré et qu'ils interprétaient avec toujours autant de plaisir restait *Adieu ma concubine*.

De l'enfance à l'âge adulte, la maturation d'une voix nécessite un travail considérable. Il est des phases difficiles, notamment la période de la puberté, où le timbre s'éraille. Il faut ensuite des années pour poser à nouveau sa voix. Certains n'y parviennent d'ailleurs jamais. Ils ne peuvent plus chanter, leur vie se brise avec leur voix et tous les efforts se révèlent vains. Les jeunes disciples de Maître Guan n'avaient pas perdu leur temps en suivant son rude apprentissage. Ils avaient acquis les techniques et les subtilités de l'Opéra chinois. Xiao Meiqiu, par exemple, était devenu un expert en acrobaties diverses. Mais les deux meilleurs étaient incontestablement Xiao Shitou et Xiao Douzi. Le premier, devenu avec l'âge un fort beau garçon, maîtrisait parfaitement les différents registres que lui imposait son rôle. Il était aussi habile dans les numéros d'arts martiaux qu'accompli dans les parties chantées : sa voix était sonore et éclatante. Il était assurément taillé pour jouer le personnage de Xiang Yu, roi-hégémon rusé et tout-puissant. Quant à Xiao Douzi, c'était un acteur exceptionnel. Lorsque sa voix avait mué, il avait mis moins de trois mois à en maîtriser le timbre. Dès qu'il apparaissait sur scène, il déchaînait les foules et la salle croulait sous le poids des applaudissements. Il possédait tous les atouts nécessaires : une voix merveilleuse, une taille harmonieuse, une gestuelle expressive et un style gracieux et délicat, bref il suscitait l'admiration de tous. Un homme qui interprète des rôles de *dan* peut ne pas être beau, mais il doit savoir être séduisant. C'est du moins ce qu'on lui demande. Et Xiao Douzi semblait être né pour séduire. De plus, Xiao Shitou et Xiao Douzi, le roi et sa concubine, avaient fait toutes leurs classes ensemble, ils avaient depuis toujours une grande habitude l'un de l'autre et leurs jeux s'harmonisaient parfaitement. Il suffisait maintenant de peu de chose pour qu'ils atteignent la notoriété. Il leur fallait apprendre à bien lire et à écrire. En effet, ils avaient toujours approfondi leurs rôles sans comprendre le moindre caractère des textes qu'ils mémorisaient par cœur. Ils commencèrent donc par leurs nom et prénom.

Le directeur de la troupe chargé de les initier à la calligraphie leur donna à chacun une feuille de papier rouge avec un modèle d'écriture de forme carrée et régulière et leur demanda à l'un et à l'autre de tracer correctement les trois caractères qui composaient leur nom.

– Duan et Cheng, recopiez ici vos noms.

Xiao Shitou n'en croyait pas ses yeux. Il regardait le modèle, émerveillé, et se mit à lire à voix haute les trois caractères en articulant lentement :

– Duan... Xiao.... lou. Tu entends! Quel merveilleux nom le maître m'a choisi! Il est aussi beau à entendre qu'à voir.

– Ecoute un peu le mien! Cheng... Die... yi! Il n'est pas mal non plus!

– Allons-y! Essayons de les recopier!

Duan Xiaolou adorait toutes les nouveautés. Il se mit aussitôt à l'ouvrage en s'appliquant de tout son cœur. Il était dans une grande salle, installé devant une petite table. Il tenait un pinceau, comme s'il s'était agi d'une épée et se lança dans la calligraphie de son nom. Il procéda avec méthode, trait par trait. Le caractère « Xiao » fut incontestablement le mieux réussi; les deux autres ne ressemblaient à rien. Il s'en rendit compte et jeta les feuilles. Xiao Douzi ramassa ce premier essai pour le conserver, tout en l'encourageant :

– Vas-y, recommence!

– Hum! Regarde! Que penses-tu de celui-ci?

Cheng Dieyi s'y mit à son tour et demanda aussi l'avis de son ami. Que de complicité et d'affinités entre eux! Ils s'entendaient vraiment à merveille. Leur calligraphie restait gauche, comme si les caractères avaient été tracés par la main d'un petit enfant.

Dans le temple du saint patron de l'opéra, des bâtonnets d'encens se consumaient à longueur de journée; le sanctuaire semblait hors du temps, entièrement dévolu à la foi et à l'espoir. Leur nouveau patron était ravi d'avoir recruté d'excellents acteurs et il leur témoignait beaucoup d'égards, en veillant notamment à ce qu'ils soient largement rétribués. Ils avaient jusqu'à présent donné des représentations dans des zones rurales. Le temps était venu pour eux de jouer dans des villes. Un jour, Cheng rappela à son ami que la date de l'anniversaire de Maître Guan approchait. Il restait profondément marqué par cette période de sa vie où il n'était encore que Xiao Douzi.

– Le mois prochain, il va fêter ses cinquante-six ans. Comme nous ne serons pas là le jour-même, nous ferions mieux de lui envoyer un peu d'argent tout de suite.

– D'accord, c'est une bonne idée.

Duan Xiaolou, moins attentionné, se souvenait tout de même de cette date. S'il s'était bien fait à sa nouvelle existence, il n'avait pas pour autant oublié le passé. Lors de leurs déplacements, il n'omettait jamais d'envoyer à son vieux Maître des lettres qu'il faisait écrire par des écrivains publics sans omettre d'y glisser des paquets de tabac.

Maître Guan habitait toujours au même endroit, dans cette maison chinoise à cour carrée située près du marché de la viande de Guanghelou. Si le décor n'avait pas changé, ils trouvèrent en revanche que leur Maître avait vieilli. Il était là, dans la pénombre, n'ayant pas encore allumé les lampes, entouré d'une troupe de gamins en train de s'exercer au maniement de l'épée et à l'art de la danse. Maître Guan ne les avait pas vus entrer; il continuait à crier comme autrefois à ses nouveaux disciples les différents exercices qu'il voulait leur voir pratiquer :

– Position numéro un : l'immortel ouvre le chemin, en marchant gracieusement; numéro deux : le serpent blanc dévoile sa langue, en rampant avec dextérité; puis embrasse la lune avec volupté, balaie les fleurs de lotus avec le vent! La boussole imperturbable montre la direction! Plus d'élan, le seigneur va à la pêche; la jeune ingénue file la laine, en souplesse; les deux dragons aspirent de l'eau; les chevaux sauvages secouent leur crinière, augmentez l'amplitude de vos mouvements, etc.

Lorsque Dieyi les vit danser avec l'épée, il eut un pincement au cœur. C'était son exercice préféré. Dans *Adieu ma concubine*, lorsque le roi-hégémon achève sa complainte après sa défaite, la belle Yu empoigne son épée et se met à chanter tout en la manipulant avec grâce au rythme de sa danse. Il ne put s'empêcher de constater que ces jeunes gamins savaient effectivement utiliser une arme, mais que leur jeu était totalement dépourvu de sentiment. Il fallait donner une âme aux mouvements souples et coulants de l'épée. Il restait là, à les observer, à les juger, perdu dans ses pensées, quand brusquement un des garçons hurla :

– Au secours! un rat!

Il s'affola, trébucha et relâcha son attention. Le Maître furieux le gifla plusieurs fois.

– Quand on travaille, il faut se concentrer! Après, on ne sait plus où on en est.

La barbe du Maître avait perdu sa teinte d'ébène, elle commençait à blanchir par endroits. Dieyi se rappelait encore parfaitement la première fois où il l'avait vu : à cette époque, il n'osait pas le regarder en face tant son regard était féroce. Il avait néanmoins remarqué les longs poils qui sortaient de ses oreilles.

– Combien de fois faudra-t-il vous le répéter? Quand vous voyez un rat, abstenez-vous de crier et surtout d'en parler. Xiao San, toi qui es un des plus grands, rappelle-leur la règle.

Un gamin qui devait avoir dans les treize ou quatorze ans s'apprêtait à répondre lorsque Xiaolou, resté près de la porte pendant tout ce temps, intervint pour déclarer à voix haute et intelligible :

– Les enfants, écoutez-moi bien ! Souvenez-vous qu'ici cinq noms d'animaux sont tabous et que vous ne devez jamais les prononcer. On appelle le rat, le huitième seigneur gris, le hérisson, le cinquième seigneur blanc, tous les serpents ou les vers, septièmes seigneurs verts, la belette, le seigneur jaune et le renard, le roi des immortels. Si l'un d'entre vous ne respecte pas cette règle du théâtre et persiste à désigner l'animal par son nom, il sera sévèrement châtié par les esprits de nos ancêtres !

Le Maître le reconnut :

– Mon Dieu ! C'est toi, Xiao Shitou !

Cheng Dieyi s'approcha en souriant.

– Bonjour Maître ! Nous sommes venus vous rendre visite !

Le Maître les regarda avec une certaine nostalgie. Ils avaient beaucoup changé, c'étaient des hommes maintenant dans toute la force de leur jeunesse, alors que lui, vieillissant, déclinait. Il avait vu grandir plusieurs générations d'élèves qui l'avaient ensuite quitté pour voler de leurs propres ailes.

– Alors, qu'en est-il de votre carrière ? L'épée n'a plus de secret pour vous !

– Mais non, il faut dire que nous avons été à bonne école : « Cessez de vous battre comme des sauvages, de vous démener comme des malades, un peu de douceur... » N'est-ce pas ?

Dieyi imitait son ton rude.

Xiao Si, l'un des jeunes élèves, restait interloqué.

– Il vous faisait aussi les mêmes reproches à vous ?

– Oui, et maintenant nous récoltons le fruit de nos efforts, finies les insultes ! répliqua Dieyi. Mais on n'obtient pas l'un sans l'autre !

Le vieil homme toussota. Les deux amis se turent respectueusement et lui remirent aussitôt leurs cadeaux. Maître Guan imposait toujours autant le respect. Il accepta volontiers leur offrande présentée dans de petites enveloppes rouges, couleur du bonheur.

– Que devenez-vous ?

– Tout d'abord il faut vous dire que nous avons changé de nom, se dépêcha d'ajouter Xiaolou, nous nous appelons pour la scène Duan Xiaolou et Cheng Dieyi. De jolis noms, n'est-ce pas ? Et qui nous réussissent ! Nous avons aussi appris à les écrire.

– Vous savez écrire vos noms ? répéta le Maître, étonné.

– Pas encore très bien, admit Dieyi, un peu gêné.

– Vous voilà devenus des acteurs confirmés.

– Nous n'oublions pas vos conseils. Et si nous avons du succès, si nous chantons si bien maintenant, c'est grâce à vous...

– On a toujours besoin d'un maître pour l'opéra, mais si ses élèves n'ont pas de talent, il ne peut rien faire. Quel opéra préférez-vous ?

– *Adieu ma concubine*, répondit Dieyi plein d'enthousiasme.

– Oh ! Ce n'est pas une pièce facile, si on veut satisfaire le public.

Le Maître n'avait vraiment pas changé. Certes, il avait vieilli, mais il avait toujours cette attitude rigide et ce ton implacable lorsqu'il s'exprimait. Dieyi se prit à penser au jour où sa mère, dix ans auparavant, avait signé d'une croix le registre de Maître Guan. Ce simple geste avait bouleversé sa vie.

Après de nombreuses tournées, ils décidèrent de se faire mieux connaître du public en affichant leurs portraits en habits de scène. Ils se rendirent donc un jour au studio Wansheng, où ils posèrent devant un décor de carton-pâte polychrome représentant un paysage « naturel » près d'une haute table décorée d'un rideau à franges et d'une plante symbolisant l'éternité. Duan Xiaolou et Cheng Dieyi s'étaient légèrement maquillés et avaient passé leurs plus beaux costumes : une robe de mousseline de soie bleue et une jaquette de mandarin en brocart, aux grandes manches relevées. Cheng Dieyi regardait langoureusement son ami, d'un air tendre et charmant, dissimulé derrière un éventail qu'il tenait de ses doigts relevés, en un geste théâtral qui était devenu chez lui une seconde nature. La cicatrice à gauche de son pouce avait presque disparu. Dieyi, en belle courtisane, jouait la coquette soumise et un peu timorée... « Mais après tout, se dit-il, ce n'est qu'une simple photo ! Rien de plus naturel que de savoir poser quand on est un acteur qui habite perpétuellement d'autres personnages ! » Il demanda au photographe quel jour les photos seraient prêtes.

– Bientôt ! Dans quatre ou cinq jours, répondit ce dernier.

– Faites attention à la teinture !

– Oui ! Oui ! N'ayez aucune crainte !

L'homme les raccompagna jusqu'à la porte en se montrant très affable :

– Vous allez donc partir en tournée dans le sud ?

– Oui, et nous voulons afficher ces photos dans les théâtres où nous jouerons.

– Ne vous en faites pas, tout sera parfait.

Il se confondait en courbettes, comme s'il avait été très honoré d'avoir de tels clients. Mais ses flatteries furent interrompues par un bruit sourd qui enflait progressivement, un grondement qui se rapprochait. Les vitres du magasin volèrent soudain en éclats, effrayant les deux acteurs.

– Oh là là ! C'est sans doute à cause de la photo de la geisha en vitrine, constata, effondré, le photographe qui avait perdu tout son entrain.

Il se précipita dehors pour voir ce qui se passait, bientôt suivi par Duan et Cheng qui ne comprenaient rien, si ce n'est que cette effervescence n'augurait rien de bon. Les rues étaient envahies par une foule déchaînée qui hurlait :

– A bas l'impérialisme japonais !

– Chinois, réveillez-vous ! Luttons et résistons à la politique nipponne !

– Boycottons l'importation des produits japonais ! Nous ne serons jamais les esclaves d'une puissance étrangère !

– Rendez-nous nos montagnes et nos plaines ! Rendez-nous nos trois provinces du nord-est !

Une cohorte d'étudiants exaltés et incontrôlés déferlait

dans la ville. Sur leur passage, ils avaient brisé la vitrine, s'étaient emparé des photos de geishas japonaises qu'ils avaient déchirées avec délectation avant d'en jeter les morceaux qui voltigeaient comme des confettis autour de Xiaolou et de Dieyi. Un peu plus loin, à quelques mètres de là, une boutique tenue par un Japonais fut prise d'assaut par les manifestants indignés qui, furieux, cassaient tout. Le patron, vêtu à la mode japonaise, avait tenté de s'interposer pour limiter les dégâts, en vain. Soudain, dans cette pagaille indescriptible, un étudiant remarqua les deux comédiens :

– Hé, les acteurs! Vous avez envie de devenir des esclaves de l'armée japonaise? Quelle idée de vous faire prendre en photo dans cette tenue désuète!

Dieyi se retourna vers Xiaolou, un peu interloqué.

– Vous savez ce qui se passe en ce moment? Il est temps de sortir de votre tour d'ivoire! Qu'attendez-vous pour vous mobiliser? Vous êtes Chinois, oui ou non?

Xiaolou se dépêcha de héler un pousse-pousse dans lequel il jeta littéralement Dieyi pour le protéger. Puis il ordonna au tireur de s'activer et de prendre la première rue en sens inverse.

– Ils sont à peine sortis du sein de leur mère! Si les Japonais sont déjà dans les faubourgs, qu'ils aillent tous se battre contre eux, au lieu de s'en prendre à des Chinois!

Les lettrés depuis toujours méprisaient les acteurs et les saltimbanques; ces derniers, se sentant honnis, le leur rendaient bien. Xiaolou était ulcéré :

– Tu parles qu'ils vont sauver le pays parce qu'on leur a permis de lire quelques livres! Ils sont aussi utiles que quelques graines de sésame ajoutées à un boisseau! La différence n'est même pas perceptible!

Ils s'éloignèrent du lieu de l'échauffourée et Dieyi, enfin un peu rassuré, sortit de son silence :

– Tant que tu seras là, à mes côtés, personne ne pourra me faire de mal. Comment te remercier de tant de sollicitude?

Le tireur ralentit sa course et reprit son souffle. Ils traversèrent le quartier de Changdian.

– Quelle tristesse, soupira subitement Dieyi, cette boutique d'antiquaire est devenue un magasin de pompes funèbres! On ne saura jamais ce que cette superbe épée a bien pu devenir.

– Quoi?

Xiaolou ne prêtait guère attention aux propos de son ami : il était attiré par une jeune fille élégante et gracieuse qui marchait le long de la route et qu'il suivait des yeux. Il se retourna et se mit à rire :

– Ah, tu as toujours été vraiment trop sérieux!

Dieyi, ne comprenant pas l'indifférence de son compagnon, pensa qu'un indice avait dû lui échapper; il regarda aussitôt de tous côtés mais ne vit rien. Pourtant, il était évident que Xiaolou ne l'avait pas écouté. Il était vexé qu'il soit distrait par autre chose. Le pousse-pousse les déposa enfin devant le théâtre.

C'était en 1939, la vingt-huitième année de la République, à la veille de l'invasion japonaise. D'énormes lanternes multicolores étaient accrochées sur la façade. Les lumières éclairaient les affiches où étaient inscrits en gros caractères les deux noms, Duan Xiaolou et Cheng Dieyi, qui brillaient de mille feux.

– Regarde! Viens, on va voir de plus près! déclara Xiaolou à son ami en s'approchant des grands placards. Ce sont nos noms!

Depuis qu'ils savaient lire, ils se réjouissaient de pouvoir déchiffrer le nom des interprètes sur les affiches, ainsi que le programme.

– Voilà, je l'ai trouvé! s'exclama gaiement Xiaolou, dès qu'il eût découvert le caractère « Xiao ».

Dieyi reconnut son nom à son tour. La pièce de la soirée était *Adieu ma concubine.* Dieyi se sentait au comble du bonheur. Il avait oublié la tristesse passagère qu'il éprouvait tout à l'heure face à la négligence de son ami.

– Pourquoi donc ont-ils mis mon nom en premier? remarqua-t-il, comme si cela le contrariait.

– Sans doute parce que le public te préfère, répondit Xiaolou d'un ton léger. Mais ce n'est pas grave, le mien est juste après.

Dieyi ne put s'empêcher de réagir à ces propos.

– Comment ça, avant ou après cela n'a pas d'importance? Bien sûr que cela en a!

Xiaolou se montra agacé par l'obstination de son ami :

– Mais non, puisque je dis que cela m'est égal!

Il ne comprenait pas. Il pensait qu'il avait toujours protégé Xiao Douzi; ils avaient grandi l'un à côté de l'autre, quitté au même moment la troupe de Maître Guan, traversé les mêmes difficultés, et avaient réussi à s'en sortir ensemble. Quelle affaire que le nom de l'un précède celui de l'autre! Ils interprétaient un rôle masculin et un rôle féminin et ils formaient un couple indestructible. Ils devaient jouer ensemble. Si l'un d'eux venait à manquer, l'autre ne pourrait continuer seul.

– Je ne voudrais pas que tu te méprennes sur mon compte, déclara Dieyi en lui donnant une tape amicale.

– Si! Je suis vexé! rétorqua Xiaolou d'un ton enjoué et bienveillant, le taquinant gentiment.

Le directeur les pressait.

– Dépêchez-vous un peu tous les deux! Le parterre est déjà plein et les spectateurs s'impatientent.

Puis il ajouta tout bas, en collant presque sa bouche à l'oreille de Dieyi :

– Le seigneur Yuan Siye est là. Vous vous rendez compte de l'honneur qu'il vous fait? Allez, vite!

Xiaolou avait déjà rejoint les coulisses, et commençait à se prendre pour le général Xiang Yu. Il connaissait parfaitement son rôle, il l'avait joué tant de fois! Il sentait monter en lui « *la force déracinant les montagnes, l'énergie dominant le monde* ». Comme toujours, le régisseur, en nage, les harcelait. Yu, la belle favorite, avait achevé de se maquiller et de s'habiller, et se tournait vers son roi pour l'aider à mettre le dernier coup de crayon. C'était devenu un rituel. Le gong et le tambour les rappelèrent à l'ordre, annonçant le moment d'entrer en scène. Celui qui jouait le palefrenier, un rôle bien secondaire, se tenait sur le côté, déjà en place depuis longtemps.

– Allons, dépêchez-vous! hurla le régisseur aux spectateurs de derrière qui prenaient place. Puis, il se tourna vers Xiaolou :

– Mais qu'est-ce que vous faites, tu devrais être en scène depuis bientôt une heure!

– Patience! Je vais faire quelques vocalises avant de

commencer. Dès qu'ils m'entendront ils sauront bien que je suis là ! rétorqua Xiaolou, se souciant peu de l'agitation du régisseur.

Derrière le rideau, il pratiqua quelques exercices qui furent aussitôt accueillis par des hurlements de joie et des applaudissements qui ne cessèrent que lorsqu'il entra enfin sur le plateau, suivi du palefrenier. Les spectateurs redressèrent la tête et attendirent, extrêmement attentifs. Des petits vendeurs de friandises, de cigarettes, de serviettes rafraîchissantes ou de thé passèrent le long de la scène... Mais les messieurs du premier rang avaient préféré apporter leur propre tasse et leur thé, de meilleure qualité. Ils piochaient négligemment dans les paniers de graines de pastèque et de fruits confits qui avaient été posés sur le bord de la scène par commodité. Il était bien sûr plus élégant d'avoir une loge comme le seigneur Yuan Siye. C'était un homme d'une quarantaine d'années, d'allure assez sévère, corpulent, avec un nez aquilin et de grands yeux vifs et expressifs. Il était vêtu avec raffinement d'une longue robe traditionnelle et d'une jaquette de mandarin d'un noir de jais, somptueuse, mais qui accentuait son caractère austère. Deux domestiques l'encadraient et un troisième lui servait du thé parfumé à la pivoine blanche, le plus savoureux, qu'il dédaignait pourtant, car il semblait captivé par la pièce.

Xiang Yu, le roi-hégémon, se trouvait en effet dans une situation désespérée et son chant était tragique :

Dire que ma force déracinait les montagnes,
Que mon énergie dominait le monde,
Mais les temps ne sont plus favorables,
Mon cheval Zhui ne galope plus ;
Si Zhui ne court plus, que vais-je faire ?
Yu ! Yu ! Qu'allez-vous devenir ?

Cheng Dieyi, la belle favorite Yu, poursuivit et déclama à la perfection :

Seigneur, votre chant si tragique me fend le cœur,
Je ne peux retenir mes pleurs.

De sa main gracieuse, les doigts relevés « en fleur d'orchidée », elle essuya ses larmes avant de lui proposer :

Seigneur, patientez, laissez-moi, rien que pour vous,
Danser une dernière fois. Voulez-vous ?

– *Oui, si vous le désirez...*, répondit Xiang Yu.

Yu se domina en s'efforçant, malgré son chagrin, de paraître gaie. Elle recula lentement, défit sa cape pour ne garder que sa cuirasse et se mit à évoluer avec douceur, à tournoyer avec souplesse, tout en maniant son épée avec une grâce extrême. Sa voix s'éleva alors, belle et émue :

Seigneur, je vous en conjure, prenez encore une coupe de vin et écoutez mon chant plaintif,
Je veux, par ma voix et ma danse, soulager vos souffrances.
Les Qin ont tout détruit, les fleuves et les montagnes,
Forçant vos héros à déposer les armes.
Mais il ne faut pas se laisser outrager.
De tout temps à jamais, grandeur et décadence, réussite et échec se succèdent.
Ne soyez pas triste, buvez votre vin, venez.

Cette femme sur le point de se donner la mort parvenait malgré tout à distraire son prince, acculé lui aussi à la dernière extrémité. Les spectateurs restaient bouche bée, envoûtés par le jeu merveilleux des deux acteurs. Le seigneur Yuan Siye tapota son éventail, puis il montra un des acteurs :

– Ce comédien est extraordinaire !

Son domestique se hâta de lui répondre :

– Il s'agit de Cheng Dieyi et *Adieu ma concubine* est sa pièce préférée.

Yuan Siye hocha la tête avant de se laisser à nouveau transporter. Depuis sa loge, il dominait la situation et ne manquait aucun détail de la représentation, comme si les deux jeunes gens étaient dans le creux de sa main. « Elle » faisait virevolter son épée, juste devant ses yeux. Yuan Siye fut rivé au spectacle jusqu'à la fin de la pièce.

4

Une représentation consiste en une brève communion entre les comédiens et le public. Son charme dépend de l'intensité qu'elle génère et de la mélancolie qu'elle suscite. Les acteurs incarnent des héros et, en échange d'un peu d'argent, ils offrent aux spectateurs, durant quelques heures, de s'identifier à ces personnages extraordinaires. Le public, ainsi transporté hors de son petit monde, leur voue une admiration infinie. Mais l'évasion est éphémère et dès le lendemain chacun retrouve sa routine.

Après le spectacle, il régnait dans la salle un désordre indescriptible : des chaises étaient renversées, des graines de pastèque décortiquées jonchaient le sol et des petites serviettes de toilette plus noires que si elles avaient servi à lustrer le plancher traînaient dans tous les coins. Les musiciens rangeaient leurs instruments pendant que Duan Xiaolou et Cheng Dieyi commençaient à se démaquiller. Dieyi passa son mouchoir à son ami qui épongea son visage ruisselant avant de le reposer sur la table. Puis ils s'assirent et échangèrent leurs impressions sur la représentation du jour.

– Les applaudissements résonnaient dans la salle, constata Xiaolou en se rengorgeant. Nous nous sommes vraiment surpassés.

Dieyi, très satisfait lui aussi, le regarda en souriant.

– J'ai découvert un moyen d'affiner mon interprétation, ajouta Xiaolou. Quand je chante notre grand duo, je dois poser mes mains sur mes hanches pour m'aider à reprendre mon souffle...

– Où dois-tu les poser ? demanda Dieyi.

– Sur mes hanches.

– Comme ça? interrogea Dieyi qui s'était placé derrière son ami et lui avait posé en douceur ses deux mains sur les hanches.

– Non, un peu plus bas, oui, c'est ça. Ainsi, vois-tu, je donne toute ma mesure, ma voix porte mieux et mon maintien n'en est que plus imposant et solennel, expliqua Xiaolou qui, tout d'abord, ne prêta pas attention aux gestes de son ami, mais dont l'insistance finit par le gêner.

– A propos d'imposant, dit Dieyi, un homme très important vient nous écouter tous les soirs.

– De qui s'agit-il?

– D'après ce que m'ont confié les membres de la troupe, il s'agirait du seigneur Yuan Siye.

– Méfions-nous, nous ignorons ses intentions.

– Je serai vigilant.

Après une pause, Dieyi ajouta :

– Sais-tu que nous venons, ce soir, d'être mari et femme pour la deux cent trente-huitième fois?

Xiaolou ne prêta pas attention aux propos de son ami et prit sa petite théière pour boire une gorgée.

– J'aime ajouter des fleurs de chrysanthème dans mon thé, je trouve qu'elles dégagent un agréable parfum, observa-il.

– Je te pose une question, répliqua Dieyi qui poursuivait son idée et n'en démordait pas. Combien de fois avons-nous joué ce couple du roi-hégémon et de sa concubine?

– Pardon? Au moins deux cents fois je suppose, répondit évasivement Xiaolou.

– Deux cent trente-huit fois exactement, rectifia Dieyi.

– Ah, tu les as toutes comptées précisément? demanda Xiaolou, qui n'avait nullement envie d'entrer dans les détails.

– Oui, toutes sans exception.

Après un instant de silence, il reprit :

– J'ai maintenant assez d'argent pour m'offrir mes propres accessoires. Je n'aurai plus à les emprunter.

– Tu as vraiment de la suite dans les idées! Depuis que tu es gamin, tu ne rêves que de pouvoir t'acheter des costumes de théâtre! se moqua Xiaolou. Mais enfin, est-ce vraiment si important puisqu'une fois le spectacle terminé on les range de toute façon ? Tu ne vas quand même pas les revêtir pour dormir !

– Je ne partage pas ton point de vue. J'ai envie d'avoir les costumes de la favorite Yu Ji ou de la concubine Yang Guifei pour moi tout seul.

– Alors ne te prive pas! Dépense tous tes deniers et achète ces frusques, mais n'oublie pas la malle pour les ranger. Une vieille malle, énorme, avec un gros cadenas dans laquelle tu pourras entasser toutes tes richesses. Elle te servira de banc le jour et d'oreiller la nuit. Si tu veux aller te promener, tu n'auras qu'à lui ajouter quatre roues et elle se transformera en carrosse !

Xiaolou joignit le geste à la parole et n'hésita pas à railler ouvertement son ami.

– Tu ne comprends rien à l'opéra ! Ton seul plaisir est d'empoisonner l'existence d'autrui, rétorqua Dieyi, piqué.

Il songea alors au chemin parcouru depuis l'époque de son enfance où il n'était encore que Xiao Douzi et sa notoriété actuelle sous le nom de Dieyi : il n'avait rien décidé, tout lui avait été imposé, son destin aussi bien que son partenaire. Quelle voie choisirait-il s'il devait tout recommencer ? Probablement la même malgré ses vicissitudes car, exception faite de ces personnages héroïques du répertoire classique, il ignorait tout de l'humanité. Il s'était coupé du monde extérieur et vivait retranché sur les planches. Et s'il avait pu étudier, ou devenir apprenti, apothicaire, cordonnier, si...

Machinalement Dieyi allongea le bras, saisit la théière pour boire à son tour et découvrit avec surprise que ce n'était pas la même que d'habitude.

– Elle est toute neuve ?

Xiaolou acquiesça.

– Ce motif avec les chrysanthèmes est vraiment magnifique.

– C'est... c'est un cadeau.

Le doute et la suspicion s'installèrent alors dans l'esprit de Dieyi tandis que son regard passait de l'objet à Xiaolou. A ce moment-là, Xiao Si, l'air jovial, fit une bruyante irruption. Les deux acteurs l'avaient rencontré lors de leur première visite à Maître Guan. Le gamin avait été tellement impressionné qu'il avait demandé au Maître la permission de devenir leur commis. Ce travail, en effet, lui permettrait de s'ouvrir de nouveaux horizons et d'acquérir de l'expérience. Maître Guan l'avait autorisé à assister aux représentations données par Xiaolou et Dieyi. Xiao Si se plaçait souvent derrière le rideau de leur loge, les regardait et les écoutait, fasciné, partagé entre l'envie et l'admiration.

– Maître Cheng, vous avez de la visite, annonça Xiao Si.

Le directeur du théâtre et le gérant flanqué de quelques acolytes firent leur entrée escortant Yuan Siye.

– Chers amis, votre réputation n'est pas usurpée ! Bien au contraire, s'exclama le seigneur Yuan Siye, qui leur présenta ses hommages en joignant les mains, le buste légèrement incliné.

Puis d'un geste, il héla l'un de ses domestiques qui présenta un plateau recouvert d'un voile de satin que le directeur retira avec le plus grand respect, découvrant un somptueux diadème de rubis et de diamants qui était manifestement destiné à Dieyi.

– Pardonnez-moi de faire ainsi irruption dans votre loge mais je voulais juste vous remettre ce modeste présent en espérant qu'il vous plaira, puisque, hélas, je ne connais pas vos goûts.

– Je ne puis accepter un tel cadeau, répondit Dieyi.

– La prochaine fois, je tâcherai de me renseigner sur vos préférences, ajouta Yuan Siye très aimablement.

– Je vous en prie, asseyez-vous, intervint Xiaolou avec beaucoup de courtoisie. Quel immense plaisir que de vous recevoir ! Un expert en opéra tel que vous ! Nous sommes vraiment flattés.

Yuan Siye n'était pas né à la bonne époque ; en d'autres temps, il aurait été un grand général ou un homme d'Etat, mais il ne pouvait plus jouer ces rôles que par le biais du monde imaginaire du théâtre. C'était dans les étroites limites de ce royaume du rêve, figées depuis près de deux cents ans, qu'il trouvait son épanouissement. Il avait lu tant d'ouvrages tels que des biographies de personnages célèbres de l'époque des Sui et des Tang, l'histoire de Wang Bao, le traité des *Trois Royaumes,* ainsi que son opéra préféré *Adieu ma concubine,* et si les temps changeaient, les hommes eux, perduraient. Il était lui aussi, à sa façon, un roi-hégémon, un despote de pacotille, comme tous ces petits seigneurs qui tiraient avantage de l'occupation japonaise et pactisaient avec l'ennemi. Ainsi Yuan Siye, quoique fin connaisseur d'opéra, n'en était pas moins tyrannique. Il ajouta alors avec véhémence et fougue :

– La figure de la favorite Yu existe depuis fort longtemps. Elle est tirée d'un opéra du sud intitulé l'*Histoire des mille pièces d'or,* et perpétue ce style classique de théâtre musical, sobre et distingué, originaire du Jiangsu, qui fleurit au XVIIIe siècle et supplanta tous les autres styles du sud. Je dois dire que bon nombre d'acteurs s'y sont essayés, mais sans résultat. Vous êtes vraiment excellent, Cheng Dieyi, autant par votre jeu que par votre diction, votre chant ou vos acrobaties. Et quelle grâce dans le maniement de votre épée lors de la danse d'adieu ! Vous m'avez fasciné, totalement ébloui. On aurait dit que l'esprit de la concubine Yu s'était réincarné !

Il regarda Dieyi avec un sourire éloquent. Celui-ci se sentit rougir et le cœur de Yuan Siye s'emballa aussitôt, mais il se tourna vers Xiaolou et poursuivit sur ce même ton péremptoire :

– Monsieur Duan Xiaolou, vous êtes doté d'une voix profonde et rare, sans conteste celle d'un chanteur hors pair. Cependant, j'émettrais quelques réserves quant à votre interprétation.

Yuan Siye était entouré de visages aux sourires crispés et s'en réjouissait.

– Par exemple, dit-il en revêtant une expression ironique, lorsque Xiang Yu, le souverain du royaume de Chu, retourne à son camp, il apparaît alors devant sa favorite. La règle veut que pour cette scène il fasse sept pas alors que vous, vous n'avancez que de cinq, n'est-ce pas ?

Xiaolou eut un sourire forcé :

– Comment pourrait-on contredire les propos d'un expert tel que vous ? répondit-il.

Alerté par le ton sarcastique de Xiaolou, Dieyi s'empressa de s'interposer en souriant obséquieusement.

– Seigneur Yuan Siye, ce sera toujours un grand plaisir et un immense honneur de vous recevoir, si vous aviez la bonté de revenir nous voir.

– Je n'y manquerai pas. Si vous le désirez, je vous invite tous les deux à prendre un verre chez moi. Ainsi, nous pourrons bavarder à notre aise. Etes-vous libres ce soir ?

– Je suis absolument désolé..., s'excusa Xiaolou, mais ce soir c'est impossible, j'ai malheureusement un engagement. Remettons cela à un autre jour, avec le plus grand plaisir.

Dieyi se força à rester souriant mais il était affligé intérieurement. Une autre obligation ? Mais où et avec qui ? Pourquoi donc Xiaolou ne lui en avait-il pas parlé ? Son regard se porta alors sur la nouvelle théière de son ami...

La Maison des Fleurs était un théâtre d'un tout autre genre. Ici aussi l'illusion était présente, du hall d'entrée où étaient reçus les clients, aux chambres privées à l'arrière de la bâtisse. Dans la première pièce, un homme consultait la liste des filles : Caifeng, Shuangxi, Shuixian, Xiaomei, Yulanxiang... Il suffisait de les appeler et elles descendaient majestueusement les marches puis marquaient une pause face aux éventuels clients. Les hommes assis là désignaient celle qu'ils désiraient. La fille ondulante, aux escarpins à talons et moulée dans une longue robe fendue, rouge ou orangée, brodée de motifs floraux chatoyants, s'approchait nonchalamment du client et s'asseyait près de lui. Quel éblouissant déferlement de couleurs !

Duan Xiaolou arriva à son rendez-vous. Il portait un élégant costume améthyste.

– Où puis-je trouver Juxian ? demanda-t-il.

– Elle ne va pas tarder. Asseyez-vous en l'attendant, répondirent les domestiques et les autres filles.

– Vous voici, beau roi, nous vous attendions ! La tenancière, fébrile, l'accueillit avec un empressement excessif.

– Je venais juste remercier la jeune fille pour son cadeau, dit-il, très heureux mais non sans une certaine suffisance, en montrant la petite théière.

– Vous vous en servez réellement? demanda la patronne en riant. Epargnez vos sornettes aux filles!

– Pourquoi vous mentirais-je? Elle est remplie d'alcool de sorgho et m'apporte du réconfort avant d'entrer en scène.

Tandis que Xiaolou se justifiait, un bougre un peu pressé le bouscula. Sur son passage, il avait involontairement desserré le rideau de l'une des alcôves, dévoilant une fille superbe vêtue avec élégance d'une grande robe chinoise en satin brodée. Une épingle à cheveux en forme de chrysanthème rehaussait sa coiffure. Il s'agissait de Juxian qui portait aussi des colliers et boucles d'oreilles en perle et jade. Sa frange était en désordre et son regard révélait un mélange de détermination et de peur.

– Je ne boirai pas! répétait-elle avec obstination.

Elle n'avait pas remarqué Xiaolou qui se tenait à quelques pas de là, tant elle était harcelée par un client grossier qui marmonnait entre ses dents, son fume-cigarette en jade coincé au bord des lèvres, d'un petit ton canaille :

– Comment ça? Vous ne voulez pas me tenir compagnie et boire ?

– Allons, Juxian! un petit verre, c'est pas terrible! lui reprocha la tenancière avec sa voix de crécelle.

– Il veut que nous buvions lèvres contre lèvres et je m'y refuse!

Elle leva brusquement la tête et aperçut alors Xiaolou.

– Xiaolou, je t'en prie, viens à mon secours! supplia-t-elle.

– J'y vole, répondit-il sans trop réfléchir.

– Tiens, mais c'est le célèbre ténor!

Il reconnut la voix tonitruante de Zhao Dexing, plus communément appelé Zhao Qiye, le septième seigneur Zhao.

– Qui es-tu pour elle?

– Je suis un homme et elle est une femme, répondit Xiaolou qui avait fort bien compris le sens de sa question mais qui préférait l'esquiver pour le moment.

– Ha! Ha! Ha! Laisse-moi rire! On est tous pareils... on ne pense qu'à ça... fit Zhao Dexing, rivant son clou à Xiaolou. Ce n'est pas parce que tu as plus de voix que nous que tu peux faire tout ce qui te chante. Personne n'a le droit de voler le plaisir d'autrui!

Il posa avec fracas sur la table tout l'argent qu'il avait dans sa poche.

– Voyons, la belle, de quel côté es-tu? Choisis l'élu de ton cœur!

Juxian se rapprocha de Xiaolou, qui afficha aussitôt un air protecteur. Son adversaire le toisa avec mépris.

– Soit! Alors j'enlève toutes les belles de cet établissement et je les invite à écouter Duan Xiaolou dans son grand numéro de chant! Mais attention l'ami, il ne faudra pas décevoir ces dames! N'est-ce pas, belle Juxian?

– Je prendrai soin de Juxian! trancha Xiaolou.

Elle en resta bouche bée. Bien qu'elle ne le connût que depuis peu de temps, elle ressentait de la tendresse pour Xiaolou. Si elle avait été une femme comme les autres, tout aurait été si simple, mais l'amour et la passion étaient interdits aux prostituées comme elle. Elles passaient leurs nuits et leurs journées avec des hommes qui, pour la plupart, considéraient l'amour comme un jeu. Si une fille exprimait des sentiments, elle en devenait rapidement la victime. Leur insensibilité n'était en fait qu'une parade pour se protéger. Juxian regarda fixement Xiaolou.

– Tu veux bien m'épouser? demanda-t-elle en articulant chacun de ses mots.

– Oui, je le veux, répondit Xiaolou sans la moindre hésitation.

Etait-il sincère ou jouait-il la comédie?

– Portons ce soir un toast à nos fiançailles!

Il prit un verre qu'il porta à sa bouche, en but une gorgée, le tendit à Juxian puis se ravisa au dernier moment et le tourna de façon qu'elle boive au même endroit que lui. Les témoins étaient abasourdis par ce spectacle si inattendu.

– Ha! Ha! s'esclaffa Zhao Qiye, quelle bonne plaisanterie! On dirait que vous récitez les dialogues d'une mauvaise pièce! Mais des centaines de clients ont bien dû coller leurs lèvres sur les siennes, tout comme moi d'ailleurs il y a un instant à peine...

Duan Xiaolou ne lui donna pas le temps d'achever sa

phrase, il l'attrapa, le souleva, le plaqua sur la table au milieu des verres. Le combat commença. Xiaolou, tel un héros, leva ses poings bien serrés, se concentra et, avec la bravoure d'un valeureux général, frappa Zhao, le septième seigneur. Cinq témoins se joignirent à la bagarre. Dans la mêlée générale l'un d'entre eux s'empara subrepticement de la bouteille de vin sur la table et assena à Xiaolou un violent coup sur le front. Il ne broncha pas. Les gens émerveillés le regardaient parer chacune des attaques successives avec une facilité déroutante. Voilà un véritable chevalier qui savait livrer bataille pour l'honneur de ces dames. Il était bien le meilleur acteur de théâtre pour faire montre de tant de vaillance. Juxian assistait, subjuguée, à ce combat bruyant et violent, fascinée par le courage de ce garçon. Elle pensa alors qu'il était peut-être temps pour elle de changer de vie.

Le lendemain soir, Cheng Dieyi et Duan Xiaolou se trouvaient dans leur loge avant la représentation. Dieyi, tout en achevant de se farder de rouge, regarda du coin de l'œil dans son miroir Xiaolou, assis derrière lui, qui se peignait l'arcade sourcilière, en faisant une grimace pour cacher sa douleur.

– J'ai entendu dire que tu t'étais illustré hier soir dans la ruelle Bada, lui dit Dieyi.

Xiaolou demeura interdit. Les deux comédiens avaient beau être assis dos à dos, la glace leur renvoyait leur image et ils avaient l'impression de se retrouver face à face.

– Tu t'es pris pour Wu Song lorsqu'il attaque l'auberge du lion ? se moqua Dieyi.

Xiaolou n'avait aucune envie de polémiquer.

– Et comment sont les filles ?

– Quelconques.

– Il n'y en a pas une de bien ? reprit Dieyi, imperturbable.

– L'une d'entre elles, est touchante et ne manque ni de passion ni d'ardeur.

A ces mots, Dieyi, en train de se maquiller le coin de l'œil, relâcha son attention et le trait déborda. Aussitôt, il corrigea son erreur en l'effaçant avec son auriculaire.

– ... Qu'est-ce que tu dis ? Elle ne manque ni de passion ni d'ardeur ?

Xiaolou se retourna et après un instant de silence lui proposa non sans une certaine satisfaction :

– Si tu veux je t'emmènerai y faire un tour. Qu'en penses-tu ?

– Jamais je ne me commettrai dans un endroit pareil ! rétorqua Dieyi avec le plus grand calme alors qu'il bouillonnait intérieurement.

– Quoi ?

– J'espère bien que tu éviteras dorénavant ces lieux de perdition, dit Dieyi en lui tenant tête. Toutes ces femmes de mauvaise vie sont porteuses de terribles maladies. Notre voix est notre seule fortune. Pourquoi, lorsqu'on est parvenu à cette maîtrise, risquer de tout perdre pour de futiles plaisirs !

Xiaolou était un peu troublé par les propos de son ami. Pour lui, la vie d'artiste n'était pas un sacerdoce et il lui paraissait impensable que l'on puisse forcer quelqu'un à confiner son existence aux planches. Il fallait savoir profiter de sa jeunesse et prendre du plaisir avec les filles.

Dieyi ne partageait absolument pas ce point de vue. Il se donnait corps et âme à son métier, et le moindre instant non dévolu à l'opéra était du temps de perdu. Un silence s'ensuivit mais la curiosité de Dieyi fut plus forte.

– Comment s'appelle-t-elle ?

– Juxian.

Le silence s'installa à nouveau entre eux. Dieyi alla se maquiller les yeux et traça ensuite un grand trait noir pour les souligner. Cependant, une fois son geste achevé, il constata que ces derniers ressemblaient à des feuilles de pêcher agitées par la brise.

– C'est ta maîtresse ? poursuivit Dieyi qui avait compris rien qu'en entendant son nom. C'est elle qui t'a offert la petite théière ornée de chrysanthèmes ? Et c'est pour elle aussi, je suppose, que tu t'es battu, n'est-ce pas ?

– Quelle importance vraiment !

Xiaolou ne comprenait pas pourquoi il s'entêtait à le tourmenter avec cette affaire. Quant à Dieyi, c'était plus fort que lui, il voulait savoir comment cette histoire se terminerait, et il ne put s'empêcher de poursuivre son interrogatoire. Il venait d'appliquer le blanc, auquel il avait ajouté un peu de miel pour une meilleure tenue, sur son cou, ses oreilles et le dessus de ses mains. Dire qu'à l'origine cette mixture avait précisément pour objet de masquer son teint blême. Depuis toujours Dieyi avait coutume de peaufiner le maquillage de Xiaolou en donnant les derniers coups de crayon. Mais ce soir-là, il n'en éprouva aucune envie. Il lui tourna le dos, et même si ses lèvres tremblaient derrière son masque, il s'y refusait.

La représentation d'*Adieu ma concubine* commença.

Seigneur réveillez-vous!
Seigneur réveillez-vous!

Sur la scène, la favorite en plein désarroi se tourna vers son roi-hégémon. Elle venait d'entendre du bruit à l'extérieur du camp. Les ennemis les avaient encerclés et les chants des guerriers Chu qui montaient du camp adverse leur apprenaient qu'ils étaient vaincus.

Yu, ma belle favorite, quand je repense à la manière dont vous m'avez suivi
Dans mes campagnes durant toutes ces années,
Votre dévotion me touche au plus profond de mon âme.
Nous n'avons jamais songé un seul instant à nous quitter
Mais aujourd'hui le moment est venu de nous dire adieu.

La voix de Xiang Yu était pathétique.

« Pan! Pan! » Deux coups de feu claquèrent dans la salle obscure. Un quidam appartenant sans doute à une société secrète baignait dans son sang. Les spectateurs se levèrent, paniqués. C'était la troisième fois en un mois que ce genre d'incident, désormais de plus en plus fréquent, se produisait.

Xiaolou, affolé, se tourna aussitôt en direction de l'orchestre, tandis que Dieyi, immobile fixait les spectateurs. Alors il vit Juxian qui, assise à droite au premier rang, faisait tranquillement craquer une graine de pastèque entre ses dents. Bien qu'étant très pâle, aucune trace d'inquiétude n'altéra son visage lorsqu'elle vit Xiaolou lui signaler que tout danger était écarté. Confortablement installée dans son fauteuil, elle lui sourit timidement, soudain charmante et vulnérable. Ce n'était pas étonnant qu'il soit tombé amoureux d'elle. Puis Dieyi remarqua avec une satisfaction malsaine que cette délicate créature avait parsemé le plancher de ses écorces de graines de pastèque. Xiaolou lui adressait de temps à autre de petits signes discrets. Succombait-elle au charme de la pièce ou à celui de l'acteur ? Sa joie était manifeste, elle n'avait d'yeux que pour lui.

Dieyi avait retrouvé son sang-froid. Le spectacle devait continuer et il se concentra sur son chant afin de ne pas perdre la mélodie ni le rythme. Yu Ji devait maintenant réconforter son amant dans sa défaite :

Les hauts rochers et les crêtes tortueuses de Gaixia nous entourent.
Peut-être y a-t-il un moyen de nous frayer un chemin à travers les lignes ennemies pour quérir de l'aide ?

La police arriva et enleva prestement le cadavre, déclenchant une nouvelle vague de panique dans la salle. Puis les esprits se calmèrent et furent de nouveau absorbés par l'histoire de ce roi au déclin de sa vie.

– Ah! du vin!
– Seigneur, je vous en prie, prenez cette coupe et buvez!

clamait la belle favorite avec un sourire forcé.

Ils buvaient pour noyer leur chagrin, mais une ombre planait sur leur cœur car le chant des Chu résonnait dans le royaume tout entier.

Juxian était détendue, sa décision était prise. Elle avait besoin d'un homme qui la protège, sur qui elle puisse compter et s'appuyer. Elle aspirait au mariage et à changer de condition. Elle avait trouvé son champion. Le rideau tomba sur le finale entre Dieyi et Xiaolou.

Dieyi, qui disposait de peu de loisir, décida de se rendre chez un écrivain public. Cet homme âgé, vêtu de la grande robe grise traditionnelle des lettrés, avait un air digne et paisible. Il restait assis là toute la journée, interprétant les sentiments, écrivant des lettres qui tentaient de combler le fossé du temps ou de la distance. Bien qu'il ne le connût pas, Dieyi lui accorda immédiatement sa confiance et commença à lui dicter lentement :

– Maman, je suis très bien ici, ne t'inquiète surtout pas pour moi. Xiaolou est comme un grand frère qui veille et me protège à chaque instant depuis plus de dix ans maintenant. Nous consacrons nos journées à l'entraînement, aux exercices de chant et à l'acrobatie, et nos nuits aux représentations. Nous nous entendons très bien...

Il sortit de sa poche un porte-monnaie blanc d'où il tira une vieille photo en couleurs sur laquelle il posait aux côtés de Xiaolou et prit des billets qu'il donna au vieillard en lui demandant d'ajouter une phrase à sa lettre :

– Voici un peu d'argent qui te servira à améliorer l'ordinaire.

Il termina enfin en lui donnant des détails sur sa vie quotidienne, puis décida de signer lui-même. Il s'empara du pinceau et traça en s'appliquant de tout son cœur « Cheng Dieyi », puis il réfléchit et compléta en écrivant trois autres caractères : « Xiao Douzi ».

Quelques gamins qui sortaient de l'école s'agglutinèrent derrière son dos et regardèrent avec étonnement cet homme qui écrivait si maladroitement son nom. Une petite fille se mit à lire par-dessus son épaule : « Maman, je suis très bien ici, ne t'inquiète surtout pas pour moi... un grand frère... » Comme elle avait du mal à déchiffrer certains mots, elle allongea le cou :

« Xiaolou est très gentil... »

– De quoi vous mêlez-vous ? demanda Dieyi, furieux et gêné de constater que les enfants lisaient sa correspondance.

Un gamin imitant ses airs efféminés répéta : « De quoi vous mêlez-vous ? De quoi vous mêlez-vous ? »

Le vieil écrivain plia soigneusement la lettre avant de la glisser dans l'enveloppe et de la cacheter avec quelques grains de riz.

– Quelle adresse faut-il inscrire ?

Sans un mot, Dieyi lui retira la lettre des mains et s'éloigna tristement. Il la déchira à mi-chemin, et en jeta les morceaux. Un peu plus tard, il arriva au théâtre, se dirigea dans sa loge où il se prépara pour la représentation du soir.

La tenancière de la Maison des Fleurs était pour le moins stupéfaite. Elle avait une quarantaine d'années. Ses sourcils étaient dessinés au crayon, et ses cheveux rassemblés en un chignon bien lisse dans la nuque. Elle passait ses journées à manger et à se curer les dents. Ses lèvres charnues étaient grossièrement peintes en rouge. Les bras croisés, elle se tenait devant Juxian, pantoise. Une table de marbre recouverte d'un jeté brodé du Hunan croulait sous le poids des pièces, des bijoux, des billets...

La vieille n'était pas au bout de ses surprises. Juxian retira un à un ses jades et ses perles, ses somptueuses parures qu'elle posa là, les unes après les autres. Elle accumula sur cette table la totalité de ses richesses personnelles. Et ce n'était pas tout! semblait-elle insinuer. Elle était bien décidée à renoncer à tout. Sans se départir d'un petit sourire, elle retira brusquement ses chaussures brodées d'une tête de phénix, et les abandonna sans regret sur la table.

La vieille changea d'expression, elle était émue. Elle n'en revenait pas. Elle avait pourtant bien essayé de la persuader de rester en lui répétant qu'un comédien n'était capable que de peu de passion.

Juxian, telle une ingénue, lui arracha un sourire :

– Merci d'avoir été ma mère durant toutes ces années.

Elle se prosterna devant la mère maquerelle, fermement résolue. Rien, aucun obstacle n'aurait pu l'arrêter. Elle s'en allait. La vieille la regarda partir ainsi dépouillée. Elle avait tout vendu pour racheter sa liberté. Gracieuse, avec ce charme qui lui était coutumier, elle partait seule et renonçait à cette vie facile et luxueuse. Elle foulait la poussière du chemin avec ses chaussettes de coton blanc.

Tant d'années passées à soigner cette belle qui donnait tant de fleurs et rapportait tant de fruits... pour la voir ainsi s'envoler! La vieille, folle de rage, en avait le souffle coupé. Plus jamais Juxian ne se farderait pour vendre son corps. Elle avait renoncé à cette vie pour un homme : Duan Xiaolou.

5

Dieyi, dans sa loge, était lui aussi prêt à renoncer à tout, à quitter poudre et joyaux, pour son ami Xiaolou. La belle favorite Yu se déparait, un à un, de ses bijoux, de ses joyaux, de sa coiffe...

Xiaolou, qui s'était déjà changé, s'approcha de Dieyi et lui tapota gentiment l'épaule en lui demandant :

– Alors, toujours courroucé à cause de cette malheureuse rixe de l'autre soir ?

– J'avais oublié.

Xiaolou allait ajouter quelque chose lorsqu'il aperçut dans son miroir la silhouette d'une très belle femme.

– Toi ici ! s'exclama-t-il.

Puis se tournant vers Juxian, il lui prit galamment le bras.

– Pourquoi es-tu venue ? Viens, je vais te présenter mon ami Dieyi.

Dieyi leva la tête et la salua rapidement.

– Mademoiselle...

– Ne sois pas si cérémonieux, engagea Xiaolou sans dissimuler sa joie.

– Il m'a si souvent parlé de toi, que j'ai le sentiment que nous sommes déjà de vieux amis, ajouta chaleureusement Juxian pour combattre le mutisme de Dieyi.

Mais Dieyi garda ses distances et persista à la traiter comme une inconnue en l'appelant poliment « mademoiselle ».

– Je vous en prie, asseyez-vous, mademoiselle, veuillez m'excuser un moment.

Il remarqua l'insistance et la familiarité avec laquelle elle tenait le bras de Xiaolou.

– Allons plutôt dîner ensemble! proposa Xiaolou.

– Ne pars pas...! intercéda Dieyi, puis se souvenant d'un prétexte, il ajouta :

– N'avions-nous pas convenu d'un rendez-vous avec Yuan Siye? Il s'était proposé de nous inviter.

– Je crains de ne pas tenir mon rôle ce soir et de tirer ma révérence à la concubine Yu.

– Xiaolou, avais-tu un autre engagement pour ce soir? demanda Juxian avec insistance.

– Mais non! Penses-tu! Le héros est libre pour sa belle!

Puis il ajouta avec tendresse en la prenant par le bras :

– Viens, allons-y!

Juxian se figea, visiblement embarrassée.

– Je suis venue pour te dire quelque chose.

Xiaolou sortit de sa torpeur et regarda attentivement sa bien-aimée. Il constata alors qu'en dépit de son calme apparent, Juxian était quelque peu troublée. Il remarqua aussi qu'elle n'avait pas de souliers.

– Que s'est-il passé?

Elle baissa la tête et fixa ses chaussettes de coton blanc couvertes de poussière. Elles étaient si crottées qu'on aurait presque dit une nouvelle paire de chaussures.

– J'ai vendu tous mes biens personnels en échange de ma liberté, expliqua-t-elle d'une voix posée.

Xiaolou resta interloqué.

– N'avons-nous pas porté un toast à nos fiançailles, l'autre soir, à la Maison des Fleurs?

Il saisissait lentement le sens de ses propos mais restait pétrifié, telle une marionnette inerte sans les impulsions qu'exerçait son montreur.

– Certes, articula-t-il d'une voix neutre.

Juxian le regarda, silencieuse, et attendit qu'il se prononçât. Elle avait abandonné tout ce qu'elle possédait. Le pari était hasardeux; ses yeux s'humidifièrent. Autour d'eux, les membres de la compagnie s'affairaient, sans paraître leur prêter attention. Seul Dieyi, feignant l'indifférence, les observait avidement. Son grimage – car il ne s'était pas encore démaquillé – masquait commodément ses expressions pendant qu'il tendait l'oreille. Il nettoyait soigneusement et avec une lenteur calculée la parure qu'il portait pour jouer le rôle de la favorite Yu. Avec une petite brosse, il l'astiqua, la frotta, la fit briller et enfin l'enveloppa dans du papier de soie pour la protéger. Il ne voulait rien perdre des échanges de Xiaolou avec la fille. A l'air de son ami, il constata qu'il était sur le point de prendre une décision.

– Je n'ai qu'une parole!

« S'était-il engagé ? » se demanda Dieyi intérieurement.

Brusquement les autres comédiens manifestèrent leur enthousiasme :

– Bravo! Quel grand et noble cœur!

– Félicitations, Duan!

– C'est encore mieux que l'opéra *Printemps dans la chambre de jade*! La réalité transcende la fiction.

– Mon cher Duan, s'empressa d'ajouter le directeur du théâtre, c'est merveilleux! Quel bonheur pour vous d'avoir trouvé l'âme sœur! A quand les noces?

– On parle de mariage et la bague n'est pas encore choisie, ajouta Xiaolou, excité et heureux.

Juxian se sentit apaisée et soulagée. Xiaolou, qui prenait son nouveau rôle de mari très au sérieux, déclara en désignant les pieds de Juxian :

– Commençons par chausser dignement la promise!

Aussitôt une paire de ballerines brodées tomba aux pieds de Juxian. Sans que personne s'en rendît compte, Dieyi s'était levé et glissé en catimini dans le groupe. Maniéré et délicat, perpétuellement en représentation, il déclama :

– Mademoiselle Juxian, je vous offre de bon cœur ces souliers, puis il lui demanda :

– Comment se fait-il que vous jouiez avec tant de justesse le rôle de la courtisane dans *Printemps dans la chambre de jade*?

– Moi? (Juxian essaya de déjouer l'insinuation.) Comment pourrais-je prétendre interpréter un opéra? Je n'ai pas ce talent.

– Alors, un peu plus de modestie serait de mise.

Il lui jeta un regard chargé d'une haine trop longtemps contenue, tout en cherchant à dissimuler ses sentiments. Il n'allait pas se commettre, lui, un acteur confirmé, et discuter avec une vulgaire prostituée. Théâtral, il tourna les talons et s'en alla comme il était venu.

Xiaolou, qui était bien le seul à ne pas avoir perçu les sous-entendus, s'empressa de le rejoindre de son côté de la loge.

– Hé, mon frère, c'est un grand jour! Laisse-moi choisir une épingle à cheveux pour ta future « belle-sœur ».

Ils étaient comme les doigts de la main, une amitié fraternelle les unissait, Xiaolou trouvait donc toute naturelle cette familiarité.

Après une minute de réflexion, il choisit une épingle en forme de papillon sertie de diamants. Quelles qu'aient pu être les pensées qui agitaient Dieyi, elles étaient dissimulées sous son fard rouge et blanc.

– Viens un peu plus tôt chez moi! Surtout n'oublie pas que tu es notre témoin! renchérit Xiaolou rayonnant de joie. Nous devons arroser cela.

Juxian était gagnée par la liesse, l'homme qu'elle avait choisi avait tenu sa promesse. Dieyi regarda s'éloigner les deux amoureux et s'effondra, accablé. De dépit, il s'acharna sur son maquillage, traquant toute trace de poudre, se frottant jusqu'à s'irriter la peau. Seule cette frénésie sembla l'apaiser. Sans fard, il paraissait las, exténué. Il avait d'ailleurs le cœur brisé. Il connaissait la souffrance de la femme abandonnée et un vieux proverbe lui revint en mémoire : « Femme sans homme est comme sarment sans tuteur. »

Soudain, il aperçut dans son miroir, là, juste devant lui, la penne d'un paon qui vacillait, qui frissonnait – plume plantée dans la coiffe du guerrier également ornée de pompons en soie grège et d'incrustations diverses. Lorsque les ondulations cessèrent, Dieyi découvrit derrière lui le visage de Yuan Siye, majestueux et solennel, qui lui coulait un regard pétillant.

– C'est épouvantablement difficile de trouver pareille penne. Ce n'est pas une question d'argent d'ailleurs. Pour obtenir une aussi belle plume, il faut l'arracher sur la queue de l'animal vivant. Voilà pourquoi elle reste souple, agile, sinon elle devient tout de suite dure et cassante.

Puis il ajouta, d'un ton équivoque :

– Une plume de paon de cette envergure et de cette qualité est bien délicate. Cheng, mon cher ami, elle n'attend que vous, qui êtes, seul, digne d'elle.

Aussitôt Yuan Siye se retira, laissant ses domestiques prêts à escorter Dieyi. Ils l'attendaient en silence. Yuan était un homme puissant : Dieyi n'avait guère d'autre choix que d'accepter son invitation.

Comment pouvoir remporter une victoire seul face à une armée entière,
Il vaut mieux attendre patiemment l'arrivée des renforts.

Cette tirade lui revint en mémoire, tant elle était appropriée. La suite du lamento était aussi de circonstance :

Forcé et contraint, il ne me reste plus qu'à boire ce doux nectar pour dissiper mon chagrin,
Puisque de toute façon, victoires et défaites alternent toujours,
C'est l'ordre des choses.

Dieyi, non sans réticence, saisit sa cape et suivit les domestiques. En traversant les coulisses, il distingua un ou deux figurants à peine âgés de dix ans, qui dormaient aux pieds des malles ; un peu plus loin, des adolescents d'une quinzaine d'années tiraient l'aiguille toute la nuit pour broder les costumes à la lueur d'une faible lampe. Les jeunes comédiens devaient en passer par là pour s'en sortir. Il se revit quelques années auparavant, lui, Xiao Douzi avec Xiao Shitou... la vie d'infortune qu'ils avaient menée... leurs joies, leurs peines... Dieyi se mordit les lèvres, l'évocation de ces images d'antan le torturait, mais il était inutile d'y songer davantage, sa décision était prise, advienne que pourra ! Sa cape se soulevait à chacun de ses pas, pour retomber sur ces enfants, sur lui et sur tout ce passé comme un rideau de théâtre. Qu'importait, il avait choisi et courait vers son nouveau destin.

Yuan Siye le reçut dans le salon. C'était une demeure luxueuse, arrangée avec goût. Peintures et calligraphies ornaient les murs. Tables en palissandre, commodes en bois de santal rouge et autels en marbre meublaient ce décor raffiné. De l'encens brûlait. La mise en scène était parfaite. L'hôte s'était changé, il portait une tenue décontractée : longue robe chinoise et jaquette. Il serra vivement les mains de Dieyi entre les siennes et l'invita à entrer. Le chanteur était terriblement intimidé. Que de trésors, que de merveilles insoupçonnées! Yuan lui fit les honneurs de sa collection :

– Regardez ce tripode, magnifique vase rond à trois pieds sculpté dans le jade! Une pièce inestimable, qui n'a de fragile que l'apparence.

Il lui montra ensuite une peinture, un portrait de la déesse Guanyin en précisant :

– Voyez-vous, elle arrive à concilier en un seul et même corps les deux énergies yin et yang, mâle et femelle, pour parvenir à se détacher du monde et à atteindre le nirvana.

– Vous vénérez Guanyin ?

– Pour l'instant je m'adonne encore aux plaisirs et m'abandonne aux turpitudes de la vie, rétorqua-t-il en souriant. J'attends que cette déesse de la miséricorde délivre mon âme des souffrances quotidiennes et rachète mes péchés. Mais, ne restons pas ici, allons nous asseoir dans ma chambre, nous serons mieux pour bavarder.

La pièce était spacieuse. Dieyi fut impressionné par une énorme pendule en émail cloisonné, cachée sous un globe de verre. « Même le temps est captif ici », songea-t-il. Comme un remords, le tic-tac sourd rythmait inlassablement le silence. Le lit immense – mer inconnue et infinie cachant en ses abîmes de multiples dangers – était recouvert d'un jeté de satin marron. Seul le balancement sourd de la pendule s'imposait.

Le couvert avait été dressé sur une table en bois à plateau de marbre. Les domestiques y avaient déposé une marmite mongole. Des éclats de braise crépitaient et scintillaient dans son socle. Cet éclairage crépusculaire créait une ambiance mystérieuse et envoûtante. Malgré la chaleur, Dieyi frissonna.

Yuan Siye continua son éloge de Guanyin :

– Sur cette terre, le cœur de l'homme succombe volontiers au vin, aux femmes, aux richesses et à la colère, les quatre tentations les plus dangereuses, dit-on. Pourtant, je ne désire pas renoncer à cette misérable existence et n'aspire nullement à l'immortalité puisqu'elle me priverait du bonheur de vous écouter chanter, mon ami!

La moustache de Yuan Siye, en forme d'accent circonflexe, courte et bien soignée, reflétait parfaitement son humeur. Lorsqu'il était contrarié, les deux parties se redressaient pour ne plus former qu'un seul trait noir, assez grossier, puissant et menaçant; lorsque le rire le prenait, elles ondulaient, avec alacrité, en vagues successives. Yuan Siye lui versa du vin avec un certain empressement.

– Le théâtre a ses vertus, l'homme ses qualités. Pour être franc, il m'était bien difficile de complimenter Duan Xiaolou. Je vous en prie, buvez. Je nous ai ouvert une bonne bouteille qui date de l'ère guangxu et que l'on servait à la cour. A l'époque, c'était le privilège des seuls fils de l'empire, personne d'autre ne pouvait y prétendre.

Il se versa un verre qu'il dégusta en observant Dieyi du coin de l'œil.

– L'union doit être totale entre la favorite Yu et le roi Xiang Yu. De leur jeu doit émaner une sorte de communion réciproque, d'harmonie subtile de sorte que les deux personnages ne fassent plus qu'un. On a coutume de dire : « Lorsqu'un acteur n'est pas parfait, l'émotion ne passe pas. » Disons que Duan Xiaolou semble un peu distant et on a l'impression que c'est plutôt *Adieu mon roi* que vous jouez!

– Xiaolou aurait dû venir puisque vous l'aviez aimablement invité, fit observer Dieyi avec un sourire un peu forcé. Nous sommes vos obligés.

– Ha! Ha! Ha! Que ma franchise ne vous blesse pas!

Il s'adressa à son domestique et lui ordonna :

– Ammène-la!

Puis il chuchota à Dieyi :

– J'ai une surprise pour vous.

Le domestique s'éclipsa. Dieyi était inquiet, de quoi s'agissait-il ? Sous l'effet de l'alcool, sa vue se brouillait et son esprit s'embrumait. Il entendit un bruissement d'ailes suivi par l'apparition d'une chauve-souris qui se débattait. Quelle envergure lorsque ses ailes furent largement déployées! Sa gueule béante laissait entrevoir un bataillon de dents blanches menaçantes.

– Impressionnant, n'est-ce pas? se réjouit Siye, elle a été capturée dans une bourgade de la Chine du sud. On a dû voyager de jour comme de nuit pour qu'elle me parvienne vivante.

Il profita de la frayeur de Dieyi pour l'enlacer et lui demander sur un ton mielleux :

– Vous avez peur ?

Tout en parlant, il fit un signe des yeux à son valet qui trancha la gorge de la chauve-souris d'un seul coup. La bête, la bouche grande ouverte, se débattit quelques secondes, secouée par de violents spasmes. Le sang coula et perla dans le bouillon de la fondue mongole. Chaque goutte tombait en corolle, boutons carmins qui viraient aussitôt au rouge incandescent... L'animal fut ainsi saigné au-dessus de la marmite. Yuan Siye semblait ravi de son petit effet, ses yeux scintillaient de joie. Il avait l'impression que le sang dans ses veines bouillonnait comme celui qui attisait leur soupe. Cheng Dieyi, écœuré, les lèvres serrées, se recroquevilla. Le spectacle de la bête égorgée, gisant là, sous ses yeux, lui évoquait les derniers instants de la favorite Yu. Yuan Siye taquina de sa baguette la viande de mouton à moitié cuite qui baignait dans ce liquide pourpre. Il remplit un bol de ce breuvage immonde et le tendit à Dieyi.

– Buvez! C'est bon pour la circulation!

Dieyi, livide, frissonnait de tout son être. Il se leva et dans son désarroi tenta de fuir. Il recula jusqu'au mur qui l'arrêta.

– Allez-y, buvez! s'esclaffa Yuan Siye.

A moitié ivre, les jambes flageolantes, Dieyi titubа. En tentant de recouvrer son équilibre, il remarqua une superbe épée pendue au mur. Etait-ce un mirage? Yuan s'avança vers lui et le força à boire. Il avala sous la contrainte ce liquide coagulé. Tout en essuyant le sang sur ses lèvres, il tourna à nouveau la tête vers le mur. L'épée était toujours là. Son vieux rêve ressurgissait au beau milieu de son ivresse.

– Cette épée est donc à vous maintenant? bredouilla-t-il.

– Vous la connaissez? Je l'ai achetée chez un antiquaire à Changdian pour moins de cent yuan, voici dix ans à peu près. Vous l'aviez donc déjà vue! Vraiment, comme le hasard fait bien les choses! Nous étions faits pour nous rencontrer.

Dieyi s'empara de l'arme. Aucun doute, c'était bien elle. D'un geste ample, il la sortit de son fourreau.

– Elle vous plaît ? Un tel présent ne peut être offert à n'importe qui! Mon cher Cheng, elle est à vous, si vous devenez mon « ami fidèle »!

« Ami fidèle ? Qu'entend-il par là ? » se demanda Dieyi. Il brandit l'épée de sa main tremblante, mais ses jambes se dérobèrent. Des frissons de fièvre et de peur parcoururent son corps. Il fut gagné par une certaine langueur et aspira à s'allonger, à se laisser gagner par le sommeil. Le vin l'engourdissait.

– Si nous nous amusions plutôt à chanter un air d'*Adieu ma concubine*? suggéra Yuan Siye. Une interprétation impromptue ne serait pas pour me déplaire.

L'opéra n'avait pas de secret pour lui, il se maquilla en roi-hégémon avec dextérité. Puis il farda Dieyi avec douceur et tendresse, en effleurant à peine sa peau. Egayé par le vin, Yuan Siye lança :

A quoi bon faire la guerre et pour qui s'enrôler à mille lieues d'ici,
Quand mon royaume n'est plus qu'une vaste friche!

A moitié ivre, Dieyi se laissait cajoler. L'alcool avait eu raison de sa résistance et il s'abandonnait peu à peu.

Yuan enchaîna :

Ô ma bien-aimée,
Les troupes ennemies de Han nous encerclent,
J'entends de toutes parts chanter des hymnes de Chu,
Liu Bang serait-il déjà maître de mon royaume ?
Hélas, que puis-je faire...

– A vous, allez-y!

Dieyi, les larmes aux yeux, chanta :

Les troupes ennemies de Han nous encerclent,
J'entends de toutes parts chanter des hymnes de Chu,

Si vous disparaissez, Seigneur,
Comment pourrais-je, moi, votre humble servante,
Avoir la force de poursuivre mon chemin?

Dieyi jouait de l'épée avec grâce. Après quelques hésitations, il la fit tournoyer, virevolter, la maniant avec autant d'aisance et de charme que sur scène. Yuan Siye s'interposa aussitôt d'une main vigoureuse.

– Hé! Doucement! Ce n'est pas un accessoire, elle coupe! (Il le maîtrisa, lui arracha l'épée.) Vous ne me croyez pas?

Il lui entailla le devant de sa robe. Dieyi, menacé, battit en retraite en émettant des cris plaintifs. Yuan Siye s'esclaffa et, avant de jeter l'épée à terre, exécuta une dernière feinte. Constatant que Dieyi, désemparé, était prêt à s'effondrer, il le prit dans ses bras et le plaqua sur la table. Puis, se penchant sur lui, il colla son visage aviné contre sa peau laiteuse, comme la puissante main broie les pétales de rose. Leurs faces grimées et luisantes, plaquées l'une contre l'autre, ils semblaient se livrer à une étrange représentation.

Dieyi tremblait de tout son corps, car il savait qu'il ne pouvait plus échapper à l'étreinte de son hôte qui voulait le posséder, là, dans cette chambre spectrale! Il venait de sombrer dans un univers aux couleurs infernales, où une chauve-souris démoniaque s'abattait sur lui. La créature, en affirmant son emprise, précipitait sa chute. Assailli, dévoré, il se débattait en vain. Il sentait que ce corps à corps sauvage ne s'achèverait qu'avec l'assouvissement du désir de la bête qui passait par sa possession totale. Meurtri, haletant, il n'était plus qu'un râle. La pendule, sous son globe de verre, martelait chacun de ses gémissements et sonnait le début d'une nuit interminable.

Il faisait encore sombre mais le jour allait bientôt percer. Dieyi s'installa dans un pousse-pousse, épuisé, exténué, envahi par une immense solitude. Il tenait bien serrée sur son cœur cette épée si longtemps convoitée. Pour cacher son vêtement déchiré, le misérable s'entortilla dans sa cape. Cette épée était son unique propriété maintenant. Le reste, il l'avait perdu ou offert. Quand il était parti à ce rendez-vous chez Yuan, la nuit dernière, il pressentait ce qui l'attendait, et il y était allé de son plein gré. Maintenant, il n'éprouvait pas le moindre regret, il avait même l'impression de s'être ainsi vengé de Xiaolou.

La rue était inhabituellement déserte et silencieuse à cette heure. Craignait-on un ouragan ? Soudain, en guise de pluie, il entendit dans le lointain un bruit de galop qui se rapprochait, puis brusquement les chevaux surgirent, lui barrant la route. Un groupe de cavaliers, des Japonais, faillit renverser le pousse-pousse. Le soleil rouge sur l'étendard de la brigade avait l'éclat de l'astre invincible. Le tireur, tel un oiseau affolé, ne savait plus ce qu'il faisait, il allait de droite, de gauche, cherchant désespérément un abri. Paniqué, il s'engagea dans la première ruelle venue qui, hélas!, se trouvait être un cul-de-sac. Lorsque l'homme vit qu'il s'agissait d'un boyau entouré de tous côtés par de hauts murs d'enceinte, il freina, déconcerté, ne sachant plus que faire. Dieyi n'était pas non plus très rassuré. Les Japs étaient bel et bien là. Ils avaient prévenu que l'invasion était imminente. Implacables, ils avaient mis leur menace à exécution.

Dieyi sentit l'accablement l'envahir. En l'espace d'une simple nuit, tout avait basculé. Au bout de la ruelle, un enfant d'une dizaine d'années environ, le visage souriant, tenait dans ses bras un nourrisson à la fontanelle non encore soudée et au cordon ombilical pansé grossièrement. Il reconnut parfaitement l'enfant qui portait le bébé, une petite fille. C'était sûr, il ne se trompait pas, c'était bien lui, Xiao Douzi, mais un Xiao Douzi qui affichait un sourire glacial, comme un fantôme surgi pour tourmenter Dieyi. Ces souvenirs le bouleversèrent. Il se rappela que c'était bien l'année de ses dix ans que sa mère lui avait tranché cette petite excroissance dont il ne restait plus qu'une cicatrice à peine visible. Aujourd'hui, l'homme qu'il était devenu n'était en fait qu'une ombre, celle de cet enfant d'autrefois, ou peut-être celle de cette petite fille. Dieyi ne se reconnaissait pas. Il entrebâilla le rideau du pousse-pousse et constata que la ville entière était aux mains des Japonais. L'armée ennemie défilait en flot continu.

Cheng Dieyi entra en serrant contre lui son unique trésor. Comme tout grand comédien, il avait son propre style et des attitudes très personnelles, dont il lui était difficile de se départir. Il fit donc son entrée à sa façon. Vu le désordre qui régnait et les reliefs qui jonchaient le banquet, le festin avait dû être copieux et le vin couler à flots. Des corps étaient allongés çà et là, sur le sol, ivres morts. D'autres convives en revanche, rayonnant de joie et d'entrain, profitaient encore de la soirée et ne manifestaient aucune envie de partir. Quelle pagaille pour célébrer un mariage! Dieyi se renfrogna.

Xiaolou s'avança vers lui dès qu'il l'aperçut pour le réprimander :

– Pourquoi arrives-tu si tard?

– Viens, assieds-toi! proposa gracieusement Juxian en les rejoignant.

Elle était tout à fait resplendissante dans sa longue robe de mariée rouge, comme le voulait la tradition. Une fleur de la même couleur, piquée dans ses cheveux, emblème de ce jour, rehaussait sa beauté. Dieyi lui enviait cette robe, réservée aux seules épousées. Juxian et Xiaolou formaient un couple vraiment harmonieux, nourri du même souffle et animé du même amour. Dieyi se sentit rejeté, il n'avait pas sa place au sein de cette union. La célébration était finie depuis longtemps et les musiciens s'étaient retirés. Seuls les bambochards veillaient encore, fêtant le jeune couple.

– Hier soir, Xiaolou t'a fait chercher partout, mais sans succès. Nous avons même retardé la cérémonie pour toi, ajouta-t-elle, souriante.

Dieyi trouva dans cette marque d'attention un certain réconfort mais ne manifesta aucune satisfaction.

– Qu'on nous apporte trois verres pour trinquer! déclara Xiaolou. Puis il ajouta à l'attention de son ami : ne crois-tu pas que tu devrais être puni pour être arrivé en retard le jour de mes noces?

– Voici le vin! s'empressa d'offrir Juxian.

Dieyi l'ignora et se tourna vers Xiaolou pour lui remettre l'épée.

– Tu ne te trompes pas, c'est bien la même!

Xiaolou resta médusé. Il saisit la lame, l'enleva de son fourreau et l'examina, émerveillé.

– C'est extraordinaire! Tu as fini par la retrouver!

Tous les invités s'approchèrent et admirèrent le trésor.

– Juxian, regarde! C'était mon rêve depuis toujours.

Juxian se pendit à son bras et examina à son tour la splendide lame.

– Prends-en soin toute ta vie! recommanda Dieyi, non sans une certaine agressivité.

Puis, avec indifférence et sans un regard pour l'entourage, il se rendit devant l'autel des ancêtres de la famille Duan où il se recueillit solennellement en allumant un bâton d'encens. Il ferma les yeux et inclina la tête; les petites lampes à huile et l'encens incandescent nimbèrent son visage impénétrable d'un halo de mystère.

– C'est sans conteste le plus beau cadeau de mariage que nous ayons reçu. Sommes-nous dignes d'un présent si somptueux?

Le bonheur aveuglait Xiaolou qui ne prêta aucune attention au comportement de son ami.

Dieyi se retourna, affichant un total détachement.

– Te voilà marié! Dorénavant, je devrai donc me contenter de chanter en solo.

Xiaolou ne comprit pas cette remarque. Seule, Juxian, intelligente et perspicace, avait perçu dès le début l'ambiguïté des rapports entre les deux hommes. Sans dire un mot, elle suivait l'évolution de la situation. Dieyi accepta avec empressement la coupe que lui proposait son ami et la vida d'un trait après avoir levé son verre en leur honneur. Il se saoula pour la seconde fois de la nuit, consommant sa déchéance.

Ils perçurent soudain des hurlements venus de l'extérieur, auxquels ils ne comprirent rien puisqu'ils étaient proférés en japonais. Avant même d'avoir eu le temps de rassembler leurs esprits, ils entendirent l'interprète vociférer :

– Hissez le drapeau! En témoignage de votre allégeance au grand empire du Soleil-Levant et de votre soutien à sa prospérité et à sa puissance.

Xiao Si, le fidèle serviteur de Dieyi, arriva aussitôt, essoufflé et tremblant :

– Les soldats japonais... sillonnent toute la ville... pour donner l'ordre d'accrocher à chaque maison... la bannière des vainqueurs.

Dans les rues et les impasses, les gens réveillés par le bruit passaient leur tête par la fenêtre, curieux. Ils exécutaient prestement, en silence pour certains, le poing levé pour d'autres, l'ordre des Nippons. Les pleurs d'un enfant furent rapidement étouffés par une douce main paternelle, pour éviter de s'attirer des ennuis. Chaque famille, contrainte et forcée, laissa pendre au-dessus de sa porte ce bout de chiffon blanc taché de rouge.

Seul Dieyi resta indifférent aux événements qui déchiraient son pays, tant la perte de son ami l'affectait. Il avait passé tant de nuits, gamin sans famille, figurant anonyme, dans le silence des coulisses à dormir au pied des malles, blotti entre deux éléments de décor. Il s'était forgé un monde, celui du théâtre, fait d'illusion et de pacotille certes, mais qui lui appartenait. La réalité n'avait plus aucune prise sur lui. Elle lui apparaissait aussi éthérée que les rêves. Il avait vingt ans à peine et déjà une brillante carrière s'ouvrait à lui. Si la solitude devait en être le prix à payer, il l'assumerait.

Chaque soir, la salle croulait sous le poids des applaudissements. Il remportait maintenant un triomphe. Cette gloire naissante était due à son immense talent, et à la protection du seigneur Yuan Siye. La résistance contre les Japonais faisait rage et nombreux étaient ceux qui s'enrôlaient. Mais cette mobilisation n'entravait pas l'enthousiasme des mélomanes. Au contraire, les lieux de distraction connaissaient même un essor considérable et inhabituel. On s'y précipitait, pour oublier la dure réalité quotidienne, pour s'évader loin de la guerre.

– Maître Cheng, intercéda le directeur du théâtre avec obséquiosité, le programme va changer. J'ai l'intention de réaliser de nouvelles affiches avec votre nom qui se détacherait en caractères rouge et or, sur une immense photo de vous en costume. Lequel de ces clichés préférez-vous ?

Dieyi passa en revue les photos prises au cours des représentations. Il hésitait... Allait-il choisir celle qui le mettait en scène dans cette robe de la déesse de la Rivière Luo ou dans celle de la concubine Yang Guifei ou encore... Il ne parvenait pas à se décider. Le mariage de Xiaolou l'avait contraint à modifier son programme. Il n'interprétait presque plus que des opéras où il chantait en solo.

– Voilà, celle-ci fera l'affaire.

– Parfait! Et votre nom sera imprimé en énormes caractères! Vous êtes notre grande vedette.

Dieyi tentait de chasser Xiaolou de son esprit et de jouir de son succès. Yuan Siye le couvrait de cadeaux. D'abord un élégant coffret à bijoux rempli de jade, de pierreries. Puis suivirent épingles à cheveux, boucles d'oreilles, médaillons, sans compter les somptueuses étoffes de satin, de soie, de damas ou de velours à porter selon la saison. Enfin, Yuan lui offrit tous les costumes de son répertoire. Il n'hésita pas à faire fondre un lingot pour les tisser en fil d'or. Ainsi brodées, les jupes et les tuniques de Dieyi scintillaient de mille feux.

– C'est lourd! se plaignait Dieyi, il y a là plusieurs kilos d'or.

– Regardez cette parure! Tout en œil de chat! Quelle merveille! s'exclamait non sans ironie le directeur du théâtre qui lui adressait toujours des compliments teintés de sarcasme.

Derrière le dos de Dieyi, on ne se privait pas de faire des commentaires désobligeants: « Il se conduit comme une fille... »; mais personne n'osait pour autant l'attaquer de front.

Il interprétait aujourd'hui pour la première fois l'histoire de Sun Yujiao, la belle au bracelet de jade. Comme à l'accoutumée, il s'était totalement investi dans le personnage et fut remarquable dans son interprétation de cette grande coquette amoureuse. Le rôle supposait qu'il découvrît un bracelet de jade, fût cruellement tenté de le dérober, mais hésitât. S'assurant alors que personne ne pouvait le voir, il laissait tomber négligemment son mouchoir pour recouvrir l'objet de sa convoitise et s'en emparait rapidement. La jeune mijaurée s'éloignait ensuite en serrant son larcin contre son sein.

Ces hommes qui jouaient les *dan* avaient en général un charme que les femmes elles-mêmes n'arrivaient pas à égaler. Disons plutôt qu'une femme était séduisante par nature, et que, sur les planches, il leur fallait décupler cette grâce naturelle. Seuls ces hommes déguisés en belle, pour savoir ce qu'éprouvait un homme épris, parvenaient à restituer cette émotion qui nous subjuguait.

Sun Yunjiao, alias Dieyi, après avoir ramassé l'anneau en jade, le passait à son bras et se contemplait avec vanité. Mais aussitôt elle apercevait le jeune propriétaire de l'objet – le partenaire masculin de l'opéra – et s'empressait de le lui rendre. Cependant, le galant était conquis par la donzelle. Dieyi dévisagea l'interprète. Ce n'était pas son ami de toujours, Xiaolou, mais un acteur mineur de leur troupe théâtrale qui lui servait de faire-valoir.

Sur scène, la belle mademoiselle Sun repoussait la proposition du jeune garçon :

– *Reprenez-le, je vous en prie! Je ne puis le garder.*

– *Mais non, je vous assure! Vous m'offenseriez en refusant.*

Ils n'en finissaient pas de se rendre la politesse, chacun se montrant obstiné et ne voulant pas céder. A chaque réplique la voix de Dieyi se faisait plus douce, plus suave. Qui aurait pu imaginer combien le cœur de cet homme était torturé ? Ce bracelet symbolisait son tourment : il avait beau chasser Xiaolou de son esprit, son souvenir revenait aussitôt le hanter, comme ce bijou dont il ne pouvait plus se défaire.

Deux jours plus tard, il interpréta un passage de *La Concubine ivre.* Il avait choisi ce morceau car il n'avait pas besoin de partenaire. Guifei, jeune favorite de l'empereur, était délaissée. Désœuvrée, elle se pâmait devant les poissons rouges, s'enivrait du parfum des fleurs, portait le vin à ses lèvres... Elle finissait par s'écrouler, ivre, sous les applaudissements du public. Il triompha. L'espace d'un instant, il avait touché au divin, égalé Chang'E, la déesse de la Lune. Lorsque les poissons rouges et les oies sauvages se prosternaient sur son passage, il atteignait le sublime et parvenait à oublier Xiaolou. Yang Guifei tombée en disgrâce attendait en vain le retour de son prince. Elle s'imaginait l'apercevoir au loin. Hélas! il ne s'agissait que d'un brave homme sur sa monture. Elle se laissait griser par ses rêveries, par le vin.

Soudain, des tracts lancés depuis une loge tourbillonnèrent tels des flocons de neige, avant de tomber sur les spectateurs. Un frisson d'effroi parcourut la salle. « Résistez aux Japonais, sauvez votre pays, soyez fiers d'être Chinois! » exhortaient ces pamphlets. Certains s'en emparaient pour en prendre connaissance, d'autres restaient imperturbables. Dieyi, qui poursuivait son jeu, décrivit une arabesque et, d'un revers de sa manche soyeuse, balaya les papiers qui reprirent leurs voltiges. Brusquement la lumière s'éteignit. Ces coupures intervenaient de plus en plus fréquemment : lorsque les Japonais voulaient localiser les émetteurs clandestins, soit du parti communiste soit du parti nationaliste, chaque quartier était plongé tour à tour dans le noir. Au début, ces pannes d'électricité inopinées affolaient Dieyi, mais à la longue il s'y était accoutumé. Il restait de toute manière indifférent à tout ce qui se passait en dehors de l'opéra. Le théâtre était sa seule et unique passion, sa raison d'être. Comme il ne voulait en aucun cas flouer le spectateur, il s'efforça donc d'achever sa partition, comme si de rien n'était. Dans le noir, une élégante silhouette évoluait sur les planches et poursuivait :

Ce n'est pas le plaisir qui nous induit en erreur
mais nous-mêmes.

– Bravo! Bravo! hurla la foule en délire.

Aussitôt après l'incident, la police militaire effectua une perquisition pour essayer de mettre la main sur les traîtres qui avaient lancé les tracts. Le théâtre fut fermé et les représentations suspendues jusqu'à nouvel ordre. La troupe au grand complet s'était réunie dans les coulisses, Juxian et Xiaolou compris. Juxian semblait différente. Depuis qu'elle était avec Xiaolou, elle avait renoncé aux parures et aux artifices de son ancien commerce. Ainsi dépouillée, sa beauté n'en était que plus éclatante. Dieyi, quant à lui, astiquait avec une minutie extrême ses parures et rassemblait ses accessoires afin que tout soit prêt pour la réouverture. Il ne pouvait s'empêcher, de temps à autre, de jeter un œil à la dérobée en direction du couple. Juxian était en train de dévider sa laine et de l'enrouler en écheveaux autour des poignets de Xiaolou qui se prêtait volontiers à cette corvée. Le couple plaisantait gaiement, à demi-mot, sur le ton du libertinage.

– Je dois me dépêcher de te tricoter ce chandail afin que tu puisses le porter. Il te faut du sang chaud pour me séduire.

– Te plaindrais-tu ? Ma flamme serait-elle trop tiède à ton goût ?

– On dit que les hommes au sang chaud donnent naissance à des garçons.

– Balivernes ! Tu te moques de moi ? Même en croquant des glaçons, je serais capable de te donner un fils !

Dans un mouvement brusque, Xiaolou déséquilibra la pelote qui tomba à terre, roula jusqu'à Dieyi pour s'enrouler autour de ses chevilles. Ce dernier se débattit pour essayer de s'en débarrasser mais ne fit que s'empêtrer davantage.

– Mademoiselle, déclama Dieyi, un sourire fourbe aux lèvres, pourquoi tricoter ce pull à Xiaolou ? Il ne le mettra jamais ! C'est peine perdue !

– Qu'est-ce que tu racontes ? J'en porte toujours pour dormir, taquina Xiaolou.

– Ah bon ? Et depuis quand ? répondit Juxian.

Xiaolou tira sur la laine pour faire venir Juxian tout près de lui et lui murmura tendrement un secret à l'oreille.

– Coquin, le gourmanda-t-elle.

– N'est-ce pas toi le plus coquin des deux ? roucoula-t-il.

Leur badinage insupportait Dieyi. Il préféra s'éloigner et reprendre son nettoyage. Il passa ses nerfs sur sa parure qu'il brossa avec fébrilité, enfonçant jusqu'au sang la monture dans sa paume qui se mit à saigner.

Juxian taquinait toujours Xiaolou affectueusement. Dieyi, n'en pouvant plus, intervint :

– Voilà trois jours que l'opéra est interdit. Si cela continue, nous allons nous rouiller. Tout ça pour quelques tracts! Cette satanée police militaire en profite pour nous brimer.

Xiaolou interrompit sa diatribe.

– Tant pis! s'ils veulent nous museler, grand bien leur fasse : nous cesserons de jouer.

– Cesser de jouer ? Et de quoi allons-nous vivre ? rétorqua Dieyi, effondré.

– Ne t'inquiète pas pour ça! On trouvera bien du travail! De toute façon, tant que je serai là tu ne mourras pas de faim. On est de la même famille.

Dieyi fut profondément touché. Juxian s'approcha de lui gentiment et rectifia d'une voix cajoleuse :

– Voyons, Xiaolou, tu te rends compte de ce que tu viens de dire! On a chacun notre vie maintenant, nous ne sommes précisément plus une seule et même famille, Dieyi a le droit de fonder son propre foyer.

Dieyi vacilla, sonné. Quant à Juxian, elle poursuivit :

– J'ai une sœur cadette, brillante et jolie, qui réussit tout ce qu'elle entreprend (Juxian se tourna souriante vers Dieyi), nous voulions t'en parler avec Xiaolou...

Dieyi ne voulut pas en entendre davantage, il se leva et leur lança juste avant de partir :

– Plus tard! Maintenant il faut que je rentre me reposer!

Il fit deux pas, se prit à nouveau les pieds dans la pelote de laine enroulée autour de ses chevilles et profita de l'inattention du couple pour se libérer en cassant le fil.

– Dans quel monde épouvantable vivons-nous! Le désordre règne partout : dans la ville, dans nos esprits, le théâtre lui-même est maintenant gagné par le trouble, il y règne une pagaille monstre!

Alors que Dieyi s'en allait, un bruit s'éleva de l'extérieur. C'était Xiao Si qui arrivait à la hâte pour avertir son maître.

– Maître Cheng, le directeur du théâtre vous en conjure, ne sortez pas maintenant.

– Qu'est-ce qui se passe ? Pourquoi tant d'affolement ?

– C'est à cause d'une jeune fille, une étudiante... Elle reste plantée devant l'entrée à crier qu'elle est votre fiancée et qu'elle vient chercher son mari, comme il se doit. Elle se défend d'être une admiratrice.

On entendit des gifles voler.

– Qu'est-ce ? demanda Dieyi, interloqué.

– La police est intervenue et l'a expulsée.

Le directeur arriva lui aussi à sa rencontre et s'excusa platement pour cet incident.

– Tout ce tumulte a été causé par une étudiante du nom de Fang, lui expliqua-t-il, qui assurait « qu'un sourire de vous représente mille printemps et qu'une larme est plus douloureuse que mille tortures ». Elle est follement éprise de vous, mon cher ami. Elle tenait absolument à vous voir et aurait fait n'importe quoi pour y parvenir. Ce n'est d'ailleurs pas la première fois ! Mais on finissait toujours par s'en débarrasser, même si elle se montrait obstinée et entêtée. Aujourd'hui elle s'en est prise au gardien et l'a giflé : c'est une véritable furie !

Dieyi ne put s'empêcher de sourire. Ce n'était pas la première de ses admiratrices à se comporter ainsi, mais elle était sans doute plus déterminée et plus virulente que d'habitude pour être arrêtée par la police. Ses parents paieraient probablement la somme nécessaire pour éviter qu'elle soit emprisonnée. Il fallait espérer qu'ils se chargeraient de la marier au plus vite, de gré ou de force, pour que tout rentre dans l'ordre. Toutes ses admiratrices se méprenaient. Qui était-il au juste ? Les hommes le considéraient comme une femme, et les femmes comme un homme. Mais qui était-il vraiment ?

La chambre de Dieyi reflétait son esprit délicat et sa préciosité. Des portraits d'acteurs célèbres l'entouraient. Il s'agissait des « treize vedettes » des Qing qui s'étaient illustrés par leur jeu remarquable pendant les ères tongzhi (1862-1875) et guangxu (1875-1909). Naturellement, il s'agissait d'hommes qui interprétaient indifféremment des rôles de femmes ou de guerriers. Ils étaient là, impassibles dans leur cadre de verre, un sourire immuable aux coins des lèvres, à veiller sur Dieyi qui, telle une concubine, reposait inerte dans son fauteuil. Au travers d'une broderie réversible ornée de papillons, on l'apercevait somnolant. La nuque appuyée contre le dossier de son fauteuil, il semblait en transe. Ses cheveux qui avaient légèrement poussé étaient noués et pendaient dans son dos. Une odeur agréable et parfumée – l'odeur suave de l'opium – flottait dans la pièce. Il venait juste de fumer sa seconde pipe. L'embout incrusté d'or était tombé au moment où il s'était assoupi. Une épaisse fumée envahissait toute la pièce, dégageant des vapeurs suffocantes. Il ressemblait à ces alchimistes qui concoctent le cinabre à la recherche du bonheur et de l'immortalité, pour échapper à l'existence.

Dieyi avait du mal à ouvrir les yeux, la drogue commençait à faire son effet. Peu à peu, ses peines et ses tourments s'envolèrent. Il prit les portraits des quatre belles accrochés au mur pour des miroirs, pensant qu'ils allaient lui renvoyer son image, mais il ne vit que leur regard persistant. Un instant il s'imagina que cette gracieuse silhouette d'une autre époque allait apparaître, là, devant lui. Outre ces grands tableaux, quelques photos personnelles décoraient sa chambre. Certaines le représentaient en costume de scène, d'autres en civil; il y avait aussi cette photo de groupe qui avait été prise à l'époque où il était à l'école de Maître Guan. Il posait avec tous les autres élèves, la tête rasée, l'air innocent, grand et squelettique. Enfin, il se tourna vers celle pour laquelle il avait un attachement particulier et dont il gardait toujours le souvenir précis du jour où elle avait été prise dans les studios Wansheng. Ils étaient là, tous les deux, Duan Xiaolou et Cheng Dieyi en costumes d'opéra, tendres et romantiques.

Dieyi avait pour compagnon un petit chat noir aux yeux verts qui, lorsqu'il fumait de l'opium, était presque dans le même état que lui car il profitait largement de toutes les bouffées de drogue que rejetait son maître. Tous deux semblaient partager cette passion pour les paradis artificiels. Dieyi aimait à le caresser de sa main vagabonde, apathique, de cette main qui n'avait jamais connu le dur travail des champs, jamais manié le fusil, de cette main tendre et fine, légèrement atrophiée, il aimait à caresser son chat... comme un être humain.

Son jeune commis, Xiao Si, s'était métamorphosé en grandissant. C'était maintenant un charmant jeune homme. Il avait su profiter de toutes ces années passées à ses côtés pour développer son intelligence et sa finesse. Dieyi retrouvait sous ses traits sa propre jeunesse envolée.

Xiao Si entra portant deux nouveaux costumes de théâtre sur le bras.

– Ce matin, observa-t-il, lorsque vous vous êtes absenté, votre chat Laifu en a été bien tourmenté. Il gisait, abattu. Les bienfaits des quelques pipes que vous venez de fumer l'ont galvanisé.

– Tu as raison! C'est une créature divine! renchérit Dieyi, tout attendri.

– Mais vous aussi! ajouta Xiao Si, toujours prêt à flatter son maître.

– Ah! reprit Dieyi en soupirant, il n'y a vraiment que toi, mon brave Xiao Si, qui veilles encore sur moi jour et nuit!

Il marqua une pause avant de poursuivre:

– Toi, tu ne m'as jamais déçu!

Le compliment combla Xiao Si qui redoubla de dévouement. Il pendit religieusement les costumes que son maître devait essayer à sa convenance.

– Ah, j'allais oublier, déclara Xiao Si, monsieur Zhu, le régisseur, sort à l'instant d'ici. Il voulait savoir si votre partenaire pour la représentation de ce soir serait Duan Xiaolou? Vos admirateurs s'en inquiètent. Ils appellent vos retrouvailles de leurs vœux. Un émissaire de la police militaire est même venu s'enquérir de votre prochaine apparition commune.

– Pourquoi pas..., soupira Dieyi. Il y a longtemps que nous avons chanté cet *Adieu ma concubine* pour la dernière fois. Quand nous nous retrouverons, ce sera pour un nouvel adieu.

– Maître Cheng...

– Qu'y a-t-il donc?

– Monsieur Zhu m'a confié qu'il avait cherché Duan Xiaolou sans succès. Il passe, paraît-il, son temps à boire et à jouer. Il adore les courses de grillons.

En 1943, le pays était toujours aux mains des Japonais mais la vie suivait son cours. Certains se réfugiaient dans le travail pour s'en sortir, tandis que d'autres s'adonnaient au jeu et au plaisir. Un groupe de fêtards et de buveurs invétérés s'était réuni chez un certain M. Chen, une connaissance de Xiaolou. Comme d'habitude, ils avaient trop bu et trop mangé. Chaque convive était muni d'une ravissante boîte en porcelaine fine qui abritait les précieux insectes. Xiaolou était assis à l'une des tables de jeu.

– Hier soir, s'exclama-t-il, je lui ai donné à manger des œufs de fourmis : il va se surpasser ! Que le combat commence pour ceux qui ne sont pas convaincus !

Il sourit tendrement à Juxian.

– Juxian, rassemble mes gains, veux-tu !

Une fois encore, il avait gagné : l'argent s'entassait devant lui sur la table. Ses compagnons se pressaient autour de lui pour le féliciter.

– Vraiment il a tout de Xiang Yu ! Et ses grillons sont aussi redoutables que les soldats de Chu !

– S'ils n'étaient pas aussi valeureux, ils n'oseraient pas se présenter devant lui !

Xiaolou rit bruyamment et hurla à la cantonade d'une voix tonitruante :

– Voici le vin !

– Bravo ! Bravo ! s'écrièrent-ils d'une même voix.

L'un des joyeux drilles profita de la bonne humeur de Xiaolou pour lui demander :

– Maître Duan, tout va bien pour toi ce soir... Puis-je t'emprunter un peu d'argent ?

Xiaolou prit quelques pièces sur la table, et les lui donna.

– Voici, elles sont à toi.

Après le départ de l'homme, Juxian, furieuse, se tourna vers Xiaolou :

– Peu importe de combien d'argent tu disposes, il faut toujours que tu en dépenses trois fois plus !

– Et si tu rentrais maintenant, suggéra-t-il, ignorant sa remarque. Tu pourrais nous préparer du porc braisé pour ce soir.

Froissée, Juxian se retira et Xiaolou revint vers le jeu, ravi.

– Faisons une autre course, cria-t-il. Les femmes ne comprennent rien.

A ce moment-là, Dieyi fit son entrée, suivi de près par Xiao Si et par le régisseur.

– Va te maquiller! lui ordonna Dieyi sèchement.

– Ne vois-tu pas que je suis occupé ?

Le régisseur tenta à son tour de le persuader :

– S'il vous plaît, Maître, rendez-nous service et revenez au théâtre! Allons, dépêchez-vous! La police militaire assistera ce soir à la représentation, il faut que tout soit parfait. Aidez-nous, je vous en prie.

– Ce n'est pas un visage maquillé qui changera quoi que ce soit, répondit Xiaolou en fixant sa boîte à grillons.

Furieux, Dieyi balaya la porcelaine d'un revers de main, celle-ci tomba à terre et se brisa en mille morceaux.

Le régisseur tenta de calmer les deux hommes.

– Allons, messieurs, soyez raisonnables. Je vais vous précéder et tâcher d'occuper l'assistance jusqu'à ce que vous arriviez. Je vous en prie, faites vite. Nous vous attendons, messieurs.

Dieyi secoua Xiaolou par la manche.

– Que fais-tu ici ? s'exclama-t-il.

– J'essaie de me procurer suffisamment d'argent pour reprendre mes costumes au Mont-de-Piété. J'ai dû tout y abandonner.

Dieyi trépigna, appela Xiao Si, lui confia sa bourse et lui chuchota ses instructions. Xiao Si acquiesça et s'éclipsa.

– Duan Xiaolou, reprit Dieyi hors de lui, tu t'es mis dans de beaux draps! Ce n'est pas étonnant que le patron du Mont-de-Piété se réjouisse de te voir augmenter ton crédit. Il sait bien que, si tu lui confies quelque chose aujourd'hui, quelqu'un d'autre pourra toujours le racheter pour toi demain.

– A quoi bon penser à demain ? Quand les Japonais nous aurons complètement anéantis, que nous restera-t-il ?

– Peut-être que tu n'as pas d'avenir, mais ce n'est pas mon cas!

– Un bel avenir qui s'offre à toi! s'exclama ironiquement Xiaolou. Chaque jour tu te prélasses en fumant cette saleté. Cela t'abîme la voix, sans parler de ton apparence physique. Tu as perdu tout ton éclat. C'est cela que tu appelles ton avenir?

– Tu jettes l'argent par les fenêtres mais quand la source sera tarie, qui prendra soin de toi? Quand nous suivrons chacun notre voie, qui rachètera les costumes que tu auras mis en gage?

– Si tu persistes à te détruire ainsi, tu vas perdre ta voix. Et si tu te laisses sombrer, ce n'est pas toi qui partiras, c'est moi : je ne voudrai plus être ton partenaire.

Dieyi frissonna de colère. Des images lui revenaient à l'esprit; il revit, une dizaine d'années auparavant, Xiao Shitou et Xiao Douzi, au bord de la rivière, lorsque tous les autres gamins s'étaient moqués de lui. Son ami avait aussitôt pris sa défense : « Laissez-le tranquille! C'est compris ? Laissez-le tranquille! » Que leur était-il donc arrivé?

– Séparons-nous, alors, dit-il, résigné.

Xiaolou ne parvint pas à cacher son trouble et son désarroi. Il le regarda, hébété. Fallait-il en venir à une telle extrémité ? Xiao Si revint, les costumes à la main. Xiaolou s'avança.

– Dieyi, avant tout, tu devras masquer ta peau grise d'une couche de fond de teint supplémentaire. La favorite Yu Ji doit rester la sublime Yu. Quant à moi, je vais cesser de fanfaronner et abandonner ces pratiques malsaines. Nous reprendrons nos rôles et essayerons de nous surpasser. Un duo comme le nôtre n'a pas le droit de renoncer. Que le spectacle continue!

L'oisiveté aidant, les coulisses avaient été converties en cour des miracles. Certains jouaient aux dominos chinois, d'autres allongés dans un fumoir de fortune s'adonnaient à l'opium. On pouvait même recevoir des prostituées dans une petite pièce contiguë.

Xiaolou se maquillait, il avait déjà oublié sa dispute avec Dieyi et tentait de l'encourager.

– A mon avis, s'ils sont tous là ce soir, c'est uniquement pour la belle favorite Yu Ji.

– Je ne pense pas qu'ils fassent la différence entre elle et moi.

– Tu as certainement raison. La plupart des hommes viennent applaudir Yu, mais c'est toi qu'ils aiment. Tu peux en être sûr. C'est malsain.

Xiaolou qui n'ignorait rien de la vie de débauche de Dieyi pensait qu'il était de son devoir de lui en parler. Car si lui ne mettait pas son ami en garde, qui le ferait ? En tant que grand frère, il se sentait responsable.

– Ce n'est pas tout, j'ai autre chose à te dire, ajouta-t-il gravement. Tu devrais cesser de fumer de l'opium, ça te rend léthargique et c'est mauvais pour tes poumons. Si tu continues, ta voix va s'érailler. Si je t'avertis ainsi, c'est pour ton bien.

Dieyi le regarda.

– Je...

– C'est Juxian qui m'a demandé de te parler d'une dernière chose, poursuivit Xiaolou. Tu te souviens du jour où elle a évoqué ton éventuel mariage ? Y as-tu pensé ? Elle attend ta réponse, Juxian voudrait...

Dieyi n'avait pas vraiment écouté. Il examinait les costumes que son jeune commis avait rapportés mais, dès qu'il entendit à nouveau Xiaolou prononcer le nom de Juxian, il se sentit mal à l'aise, irrité. Ne pourraient-ils donc plus jamais avoir une conversation anodine sans qu'elle s'immisce entre eux ? Xiaolou était son ami, son confident, mais elle, elle ne représentait rien pour lui. Il ne lui avait rien demandé. Sa colère ne fit que redoubler.

– Xiao Douzi ! soupira Xiaolou.

Dieyi tressaillit au surnom familier. Avec l'émotion, son passé ressurgit. Il gardait des souvenirs si doux de leur parfaite complicité d'antan. Mais, hélas, il ne se leurrait pas quant à leur avenir. Il se retourna brusquement et s'adressa avec véhémence à Xiaolou :

– Tu vas finir par mettre ta femme en gage ! s'exclama-t-il. Regarde dans quel état sont tes costumes ! Rongés par les souris. J'ai fait l'effort de les récupérer pour toi et voilà qu'ils sont pleins de trous !

Il se retira pour revêtir son propre costume. Les tambours et les cymbales retentissaient déjà. La représentation allait commencer. Quelques heures plus tard, l'émotion était à son comble. On touchait au dénouement tragique : on entendit monter de l'arrière-plan les chants de Chu. L'armée des Han était parvenue à encercler les forces de Xiang Yu. Même Zhui, son beau cheval, était condamné. La défaite plongeait le cœur dans la plus grande confusion. La tirade de Xiang Yu était empreinte de tristesse :

J'entends de toutes parts chanter des hymnes de Chu,
Se peut-il que Liu Bang soit déjà maître de mon royaume,
Hélas, que puis-je faire face à une situation aussi désespérée ?

Une escouade de soldats japonais pénétra dans la salle en plein finale, troublant ce duo pathétique. Ils étaient tous en uniforme et le bruit de leurs bottes couvrait voix et orchestre. Un bataillon ouvrait la marche, précédant l'officier Aoki, général dans l'armée de Mandchourie. Le reste de sa troupe fermait cette formation patibulaire. Aoki portait un uniforme impeccable bardé de décorations et ses éperons scintillaient comme le clair de lune sur la neige. C'était un homme au maintien fier et hautain, arborant un magnifique sabre en plus du pistolet réglementaire. Ce sabre pendait à un cordon doré rutilant dans les ténèbres. Il chercha du regard un siège libre et les placeurs se précipitèrent pour lui proposer les places d'honneur. Des Chinois furent donc expulsés et les malheureux, bien qu'effrayés, rechignaient à se priver du plaisir d'écouter cette pièce, mais s'inclinèrent néanmoins avec respect devant l'armée impériale pour éviter les représailles. Les soldats réquisitionnèrent les premiers rangs et assenèrent, à la consternation générale, de violents coups de pied aux Chinois qui ne s'effaçaient pas assez vite à leur goût. La tragédie se jouait également dans la salle. Les spectateurs, outrés, contenaient mal leur colère.

Ce spectacle ulcéra Xiaolou. N'écoutant que sa fibre patriotique et sans réfléchir aux conséquences, il cessa de chanter et sauta dans la fosse d'orchestre :

– Le spectacle est terminé ! Ce fichu théâtre est envahi de démons !

Le rideau tomba mais la musique continua, les musiciens n'avaient pas le courage de Xiaolou. Le directeur, l'administrateur et le régisseur blêmirent. Les applaudissements redoublèrent.

– Duan Xiaolou, je vous en supplie, implora l'administrateur, poursuivez, vous devez chanter, retournez sur scène, vous n'avez pas le choix ! Nous vous en supplions tous les trois !

– Vous êtes un homme sensé, mon ami, l'implora à son tour le régisseur, et vous savez qu'il est impossible de discuter avec la police militaire ! Ils vous y forceront de toute manière...

– Je refuse de chanter pour ces Japs, leur répondit avec gravité et détermination Xiaolou, avant d'ajouter : je me vois contraint d'abandonner un métier qui oblige à de telles compromissions.

Juxian intervint aussitôt :

– Xiaolou, contrôle-toi, ce n'est pas le moment de perdre ton sang-froid...

Il était trop tard et Xiaolou se retira, dans le bruissement de ses larges manches pagode, suivi par Juxian. Le reste du public l'imita. Dieyi n'avait pas bougé, et s'était encore moins prononcé. Il restait seul à présent, tandis que Juxian et son époux affrontaient l'avenir ensemble. Xiaolou n'était pas revenu sur sa décision et s'apprêtait à quitter les lieux, mais la police militaire ne lui en donna pas le temps, elle l'arrêta sitôt la porte franchie.

En prison, Xiaolou fut fouetté, roué de coups de pied, de poing et de crosse. Mais il resta digne, et sut se comporter en patriote, endurant avec stoïcisme et courage l'épreuve.

– Tu persistes à ne pas vouloir chanter ? Espèce de salaud, tu oses tenir tête à l'armée impériale !

Les tortures avaient été si brutales qu'il n'était plus qu'un tas de chair à vif, cassé. Son corps, rompu, ne lui répondait plus. Il s'écroula, au bord de l'évanouissement. Il était épuisé, anéanti, n'avait plus la force de se relever, mais refusait d'implorer leur pardon. Il rampa, se traîna, tenta de reculer. Son visage reflétait toute sa haine et sa détermination.

Dieyi dormait encore bien qu'il fût déjà très tard. En dehors du théâtre, il n'avait aucune autre activité. Les représentations étaient suspendues, il n'avait rien à faire et il passait son temps à dormir dès la tombée de la nuit.

– Ton maître est-il là ? Excuse-moi de le déranger mais c'est urgent.

Juxian supplia Xiao Si sur le seuil de la maison de Dieyi.

– Il vient juste de se réveiller, vous pouvez entrer, répondit le jeune valet.

En effet, Dieyi sortait de son sommeil mais il n'avait pas encore repris ses esprits. Son regard semblait perdu, un peu comme dans un rêve. Il ne savait d'ailleurs plus très bien où il était, et se demanda si, précisément, il ne rêvait pas en voyant arriver son ennemie dans sa propre chambre. Il cligna des paupières.

– Jeune frère, je t'en supplie, aide-moi, il faut absolument sauver Xiaolou, implora-t-elle.

Il la regarda froidement et s'aperçut qu'elle était livide. Elle avait vieilli de dix ans, et s'était flétrie soudainement. Une détresse immense devait la ronger.

– Ne m'appelez pas « jeune frère » (elle n'était pas son aînée), contentez-vous de m'appeler tout simplement par mon prénom, Dieyi.

Juxian ne releva pas l'insulte.

– Vous disiez ? Qu'est-il arrivé à mon « frère » ?

Juxian ravala sa colère, elle avait vraiment compris quel genre de personnage était Dieyi et n'avait plus aucune illusion à son sujet. Elle réitéra sa demande avec la même ferveur :

– Il a été arrêté par la police militaire. J'espérais que vous pourriez intervenir et le faire sortir de prison. Vous n'ignorez pas comment les Chinois y sont traités... comme des bêtes sur qui ils s'acharnent. Ils vont le torturer, le frapper et si on tarde trop, je crains que la mort nous prenne de vitesse. Je connais tellement le tempérament obstiné de Xiaolou...

– Pas autant que moi ! coupa Dieyi d'une voix qui se voulait suave, vous le connaissez depuis si peu de temps.

Il se tut, car il n'avait nulle envie d'évoquer ses souvenirs devant cet être méprisable. En aucun cas il ne voulait laisser transparaître un tourment qui lui permettrait de prendre un ascendant sur lui. Juxian, déconcertée, fondit en larmes. Elle était prête à tout pour sauver son mari. Elle avait l'impression qu'on lui arrachait le cœur. Elle se sentait mutilée, dépossédée, mais vu la situation, elle se devait de souffrir en silence et de s'effacer devant Dieyi.

– Dieyi, je vous en supplie, insista-t-elle. Si vous parvenez à le sortir de là, je vous serai redevable jusqu'à la fin de mes jours.

Bien que très anxieux pour Xiaolou, Dieyi resta de marbre. S'il ne lui en parlait pas tout de suite, il était probable qu'il ne le ferait jamais. L'opportunité se présentait, il ne devait pas la laisser échapper. Dieyi resta muet pendant un long moment. Juxian respecta sa volonté et attendit qu'il brisât ce silence insupportable.

– Je vais sans doute faire les démarches nécessaires pour libérer mon frère. Cela dépend.

Il dévisagea froidement Juxian qui comprit soudainement :

– Quelles sont donc vos conditions ?

– Pourquoi parler de conditions ! répondit Dieyi en souriant, les yeux fermés.

Juxian ne put contenir ses larmes et pleura doucement. Dieyi allongea le bras pour lui essuyer le visage d'un geste qui se voulait tendre et arrangea les mèches rebelles le long de ses tempes. Cette attention délicate évoquait plutôt l'attitude de deux sœurs entre elles.

Xiao Si les épiait depuis le seuil. Un peu désorienté par la scène dont il était témoin, il préféra se retirer.

– Il est mon partenaire depuis plus de dix ans, déclara rêveusement Dieyi, et nous nous connaissons depuis si longtemps maintenant, depuis l'enfance. Vous savez combien il est difficile de trouver le compagnon idéal ! Vous, vous l'avez à vos côtés. Mais moi, sur qui puis-je m'appuyer ? Je crains que Xiaolou n'ait plus envie de poursuivre sa carrière. Dernièrement, il s'est fourvoyé et a perdu la raison.

Juxian commença à nouveau à se méfier.

– Soyez plus explicite! implora-t-elle. Que voulez-vous au juste?

– Ce mariage! Vraiment c'était absurde. Est-ce que je me marie, moi?

Il feignait la colère pour minimiser son marchandage et préférait s'exprimer par allusions.

– Vous voulez que je renonce à Xiaolou!

– Ce serait une bonne idée.

Dieyi jubilait d'être parvenu à lui faire dire si spontanément, sans qu'elle y soit contrainte, ce qu'il voulait entendre.

– Nous voulons ce qu'il y a de meilleur pour lui, lui dit-il, ne perdons plus de temps maintenant. C'est un chanteur si brillant, il serait regrettable qu'il renonce à l'opéra...

– Je vois! Si vous réussissez à faire sortir Xiaolou de prison, il ne me restera plus qu'à disparaître, déclara Juxian en croisant les jambes et en serrant les dents. Dans le pire des cas, je peux toujours reprendre mes habitudes à la Maison des Fleurs. C'est bien ça?

Tous les convives assis sur les tatamis étaient des Japonais, officiers de la police militaire pour la plupart, en galante compagnie. Des acteurs de kabuki s'étaient joints à eux. Visiblement la représentation venait juste de s'achever et les interprètes n'avaient pas encore eu le temps de se démaquiller, si bien que l'on devinait sans peine les rôles qu'ils avaient interprétés: le ministre fidèle, le petit bonze coiffé du bonnet céleste, le roi plein de sagesse et le diable. Certains avaient juste le visage fardé de blanc, l'œil souligné de rouge et le tracé des lèvres légèrement accentué. On reconnaissait deux lions, l'un à la crinière rouge et l'autre blanche. Les chanteuses étaient en réalité des hommes. Parmi elles, la jeune Aigrette, vêtue d'une robe d'un blanc pur, resplendissait.

Jambes croisées autour d'une table, l'assistance semblait presque recueillie. Tous avaient l'air de retenir leur souffle en écoutant la représentation de l'Opéra de Pékin que Dieyi avait montée à leur intention.

Aoki, le général de l'armée de Mandchourie, se révéla être un passionné d'opéra. Son interprète chinois, Xiao Chen, possédait quelques rudiments dans ce domaine. Les deux seuls Chinois conviés à ce banquet étaient donc Xiao Chen et Dieyi, au visage sans fard, vêtu d'une simple jupe chinoise de couleur grise. De sa voix cristalline, il entonna la fameuse aria de Du Liniang :

A quoi servent tant de beautés naturelles,
De fleurs rouges et violettes largement épanouies,
Si elles sont condamnées à fleurir sur les débris des maisons et des puits en ruine.
Il faut se soumettre à la volonté divine
Malgré les beaux moments.
Les nuages et les brumes crépusculaires, verdâtres comme le jade, s'effilochent dans la matinée.
La pluie tombe comme un rideau de soie
Le vent entre par bouffées.
Les vagues s'évaporent comme de la fumée
Dans ce décor incertain où l'on se prend pour un bateau.
Des gens richement vêtus
Regardent d'un œil futile tous ces beaux paysages !

Il suffisait à Dieyi d'être sur les planches pour se concentrer exclusivement sur son rôle et faire abstraction de ce qui l'entourait. Il en avait toujours été ainsi : peu lui importait son rôle et son public.

Avec toi, les années s'écoulent comme l'eau,
Ce ne sont que des printemps fleuris...

Il mit dans cette représentation tout son cœur et toute son expérience. C'était son être entier qu'il offrait pour payer la dette qu'il avait contractée envers Xiaolou. Enfants, Xiaolou l'avait souvent protégé ; c'était son tour maintenant.

Aoki était un homme à la carrure impressionnante, au regard de jais et aux sourcils épais, plantés presque à la verticale. Ses yeux perçants lui donnaient une expression cruelle même quand il souriait.

– Merveilleux ! cria-t-il en japonais. Le théâtre chinois est un pur délice, et votre interprétation époustouflante !

Lorsque Xiao Chen lui traduisit les compliments de l'officier, Dieyi s'inclina en signe de déférence.

– Ce soir, ne parlons que d'opéra, voulez-vous? s'empressa d'ajouter Aoki, laissons de côté momentanément la guerre. Lorsque j'étais étudiant à l'Université impériale, j'ai appris par cœur *Le Pavillon des pivoines*.

– Vous êtes un vrai connaisseur, général! s'exclama Dieyi non sans joie.

Aoki s'exprimait en japonais.

– Naturellement, poursuivit gravement Aoki, l'art est pour moi ce qu'il y a de plus précieux, de plus pur et de plus beau, comme l'est la fleur de cerisier lorsqu'elle éclot. Quel sentiment de plénitude pour qui contemple cet instant éphémère de la fleuraison. Mais sans spectateur, la nature réalise ce miracle en vain.

Dieyi, qui ne comprenait pas le japonais, dut attendre que le traducteur ait fini pour découvrir la teneur de ses propos. Sur ce ton tranchant il lui adressait en fait un compliment. Malgré l'abîme qui les séparait, ils partageaient la même passion. A moins qu'Aoki ne fût simplement de bonne humeur ce soir-là?

La cloison japonaise – un paravent représentant le mont Fuji – s'ouvrait sur une autre pièce meublée de tatamis où se trouvait dressé un somptueux buffet. Vins fins, poissons et crustacés de qualité, tranches de sashimi pâles ou rouge foncé le composaient. La table était décorée avec goût de motifs saisonniers. Derrière chaque couvert, on avait déposé une feuille d'érable d'un rouge brillant semblable à la minuscule main cramoisie d'une très jeune femme aux ongles étrangement pointus. Le général japonais, d'un signe de la main, invita ses hôtes à se servir.

– Tout ce que nous apprécions le plus, expliqua le général, se trouve réuni sur cette table : la neige de l'hiver, les cerises du printemps, les cours d'eau de l'été et le feuillage de l'automne.

Dieyi écouta la traduction de Xiao Chen et fit une pause avant d'enchaîner :

– Nos paysages sont également merveilleux, mais tant de choses ont changé depuis votre arrivée.

– L'art n'a pas de frontière! rétorqua le général en

riant bruyamment. Acceptons cette coexistence mutuelle, nous pouvons tous vivre ensemble et prospérer de concert.

« Chinois et Japonais peuvent coexister » se dit Dieyi. « Quant à la prospérité, certains en bénéficient plus que d'autres ! »

Mais il n'était certes pas en position de livrer le fond de sa pensée. Il se souvint de la raison de sa présence à cette table et s'inclina avec déférence. Après tout, il n'était rien d'autre que le divertissement de cette soirée, un acteur qui réjouissait son hôte pour partager un bref repas.

– Nous autres, Chinois, déclara avec fierté Dieyi en regardant les plats, nous n'avons pas l'habitude de manger la viande et le poisson crus.

« Dévorer cru, songea-t-il, c'est ce qu'on ressent en tant qu'occupé. L'armée japonaise est en train de débiter la Chine en tranches, exactement comme les poissons. »

– Mon Général, puis-je solliciter une faveur de votre part ? Puis-je vous implorer de relâcher mon partenaire ? Je vous en serais infiniment reconnaissant.

– Non ! (Le visage d'Aoki se durcit aussitôt.) Vous devez encore chanter l'air de *La Concubine ivre.*

Dieyi était prêt à accepter toutes les humiliations possibles pour mener à bien son importante mission.

– Quel choix merveilleux ! s'exclama-t-il, en ravalant son orgueil. C'est l'un de mes airs favoris !

Après le repas, il chanta donc :

Et brusquement je suis comme la belle déesse
Chang' E qui descend les neuf cieux,
Pour être possédée par un oubli total dans son palais glacé,
Ah, son palais glacé...

Il déploya un éventail doré, décoré de pivoines rouges et dissimula son visage derrière son léger balancement. C'était une Yang Guifei languide et séduisante. Il suffisait à Dieyi d'être sur scène pour tout oublier. Il se surpassait toujours.

La nuit était tombée telle un lourd rideau quand le prisonnier fut relâché. Dieyi attendait devant la porte principale du quartier général de la police militaire qui se trouvait à l'orée d'un bois. Il pouvait à peine discerner les contours des arbres et des lointaines collines dans ces ténèbres automnales. Son ombre se fondait parmi les autres. Quelques minutes s'écoulèrent, une éternité pour Dieyi. Enfin Xiaolou apparut à la grille, soutenu par deux soldats. Il trébuchait à chaque pas, meurtri, épuisé.

– Mon frère, s'élança Dieyi, tout est arrangé.

Il s'avança pour l'aider, prêt à pardonner toutes les insultes échangées dans le passé, mais quand Xiaolou prit la parole, ses mots cinglèrent comme le fouet.

– Tu t'es abaissé à chanter pour ces tyrans ? cria-t-il d'une voix enrouée par la rage. Tu n'es qu'un minable !

Il lui cracha au visage et Dieyi ressentit comme un coup de poignard qui le transperça si profondément qu'il en conserverait à jamais la plaie. Une main délicate vint essuyer sa joue avec un fin mouchoir. Il y avait quelque chose de familier dans la douceur et la grâce de cette main qui appartenait bien sûr à Juxian. Elle passa légèrement le bras sous l'épaule de Xiaolou et jeta un regard éloquent à Dieyi, puis dirigea les pas de son mari vers un pousse-pousse qui attendait sur la route. Elle était là, dans l'ombre, depuis le début et attendait son heure. « Elle avait prévu que ces retrouvailles tourneraient en sa faveur », songea amèrement Dieyi. Elle n'avait pas tenu sa promesse. Il n'oublierait jamais le regard qu'elle lui avait lancé. « Ne jamais faire confiance à une prostituée », pensa-t-il. Endurer cette humiliation pour tant d'ingratitude en retour. Mais rien ne put l'atteindre davantage que le mépris de Xiaolou. Il se sentit à la fois floué et honteux. La lune émergeait de derrière les nuages, diffusant sa lumière froide et claire. Tout à coup, Dieyi entendit des bruits de voix et de pas, suivis de cris :

– Avance !

– A bas les Japs ! A bas...

Les cris furent étouffés comme si l'on bâillonnait les prisonniers. Puis l'on ne perçut plus que le bruit sourd d'une lutte suivie de coups. Enfin une détonation, puis une autre. Et les bois répercutèrent les déflagrations meurtrières. Dieyi se rendit compte alors qu'il était tout près de l'endroit où l'on exécutait les prisonniers. Tenaillé par une frayeur aveugle, il s'élança à travers la forêt tentant d'accoutumer ses yeux à l'obscurité pour retrouver son chemin. Il était plus mort que vif, comme pris au piège. Il chancela et s'effondra sur les genoux. La lune illuminait sa silhouette bancale de pantin désossé. Il perçut un grondement, suivi d'un fort claquement. Enfin tout redevint calme et silencieux. Pendant un long moment, il resta à genoux dans la clairière, la tête penchée, désespéré. Tout était fini.

6

Seule une musique suave et décadente tenait compagnie à un Dieyi d'humeur maussade. Sa maison, meublée avec goût et décorée d'objets précieux, respirait le raffinement. Comme on donne un jouet à un enfant pour compenser un manque affectif, Dieyi collectionnait frénétiquement bibelots et pièces rares. Des centaines de miroirs, de toutes les formes possibles et imaginables, étaient accrochés aux murs, tapissant coins et recoins. Dieyi aimait à s'admirer dans la glace et à juger de l'élégance de son expression corporelle. Narcisse, il se contemplait des heures durant en décrivant des doigts les mouvements de la gestuelle théâtrale, notamment cette position en « fleur d'orchidée ». « Toi », il levait l'index et le pointait avec élégance en direction de son partenaire; « Moi », le médium se tournait doucement sur sa poitrine; « Lui », ses deux mains prenaient leur envol, papillonnant tout d'abord vers la droite puis vers la gauche, avant de former une délicate rosace. Il minaudait devant son miroir, battait des cils à des fins séductrices. N'était-il pas irrésistible? Ses innombrables costumes ornaient la chambre telle une tenture chamarrée. Xiao Si était chargé de prendre soin et d'entretenir les riches atours de son maître : soieries somptueuses rehaussées de brocart, broderies de perles précieuses et de paillettes, véritable trousseau de princesse : jupes plissées, pèlerines et capes brodées de nuages pourpres, cuirasses en écailles... Que de trésors! Ces parures vives tranchaient sur le linge d'une blancheur nacrée, destiné à être porté sous les vêtements d'apparat. Leurs grandes manches dites aquatiques permettaient l'amplitude des mouvements et l'expression des sentiments. Aériennes et vaporeuses, ces blouses voltigeaient à chaque passage du diligent Xiao Si.

Dieyi passait ses journées muré dans la solitude, habité par les esprits du passé, attendant, mais en vain, qu'on lui rendît visite. Xiao Si était son confident, le seul fidèle.

– *On prétend que Luoyang est le paradis sur terre,* gémit Dieyi, *mais je croupis enfermée dans cette prison, sans jamais connaître le printemps.*

Xiao Si avait passé le costume de la belle Du Liniang, héroïne du *Rêve éveillé de la promenade dans le jardin.* C'était un vêtement extraordinaire rehaussé par de somptueuses incrustations brillant de mille feux. Lorsque Xiao Si déploya son éventail de soie, un délicieux parfum de bois de santal se répandit dans la pièce. Dieyi l'invita dans un pâle sourire à déchirer l'habit. Xiao Si s'exécuta pendant que son maître, calé dans un fauteuil profond, jouissait du bruissement de la soie déchirée.

– Découpe celui-ci aussi, commanda Dieyi.

A nouveau, sans mot dire, Xiao Si se soumit à sa volonté. Cette fois-ci, l'étoffe, plus résistante, ne céda pas si facilement. Il lui fallut tirer rageusement sur les contours pour fendre la trame trop solide. Le bruit de la déchirure monta enfin ! Dieyi ferma les yeux et s'abandonna à un sentiment de plaisir mêlé de douleur.

Son chat, étourdi par les vapeurs d'opium et langoureusement pelotonné dans ses bras, sursauta, effrayé. Ses poils se hérissèrent, il se redressa et, à la surprise de Dieyi, le griffa brusquement, lui qui le caressait avec tendresse. La marque était peu profonde mais Dieyi en resta néanmoins choqué. Lui aussi était donc capable de le trahir, malgré toute l'affection qui lui était témoignée ? Il regarda la griffure nette et fine comme un fil de soie rouge. Xiao Si reprit son chant pour le distraire :

Avec toi, les années s'écoulent comme l'eau,
Ce ne sont que des printemps fleuris.
Faisons un brin de causette,
Aimons-nous dans cet endroit solitaire !

Dieyi, bercé par le chant, laissa son esprit vagabonder. Il éprouvait une grande tendresse et une certaine compassion pour son domestique.

– Xiao Si, tu ne connaîtras jamais la gloire. Ni dans dix ans ni même dans vingt. Tu n'es pas fait pour ce métier.

Sa phrase à peine achevée, Dieyi referma les yeux et sombra dans le sommeil. Xiao Si se contenta alors de ranger docilement tous ces effets. Une nouvelle journée s'achevait.

L'hiver avait laissé place au printemps. Le soleil de juin dardait ses rayons sur la capitale. La chaleur était suffocante dans les maisons, si bien que les habitants s'installaient sur leur pas de porte sur des petites chaises ou sur des tabourets de bambou en s'éventant pour tenter de se rafraîchir. Dieyi cherchait à se frayer un chemin dans les rues animées. Il passait ses nuits à chanter et ses jours à dormir et n'avait pas vu le soleil depuis une éternité. Il était si pâle que parfois on avait l'impression que son visage était encore poudré; il était assis dans son pousse-pousse avec, à ses pieds, un grand sac rempli de costumes d'opéra qu'il venait d'acheter. Il ne pouvait s'empêcher d'en acquérir constamment. Le pousse-pousse traversait le marché aux fruits et légumes, où officiaient les vendeurs de soupe ambulants, quand soudain il entendit une voix puissante qui vantait la marchandise :

– A la bonne pastèque! A la bonne pastèque! Elles sont grosses et juteuses, vous ne serez ni déçus ni volés, elles sont savoureuses et sucrées, essayez!

Les inflexions chantantes, les pauses et la diction ne lui étaient pas inconnues. Il lui semblait même reconnaître là une voix familière. A l'ombre d'un grand arbre, on avait abrité une charrette à bras sur laquelle était installée une bassine pleine de glace pour garder au frais des pastèques à la peau vert tendre. Ce type vêtu d'un tee-shirt et d'un tablier étroitement serré à la taille ressemblait comme deux gouttes d'eau à Xiaolou. Dieyi ne put le croire. Lorsque son pousse-pousse arriva à la hauteur de l'étal, il fit signe au tireur de ralentir. Une femme de mise très modeste s'approcha de la carriole pour la recouvrir d'un drap bleu impeccable sur lequel elle aligna une à une les pastèques comme des petits soldats de plomb. Elle les aspergea ensuite d'eau fraîche, tandis que l'homme choisissait un beau fruit qu'il fendit avec habileté de son grand couteau avant de le débiter en petits morceaux. Ce vendeur n'était autre que Xiaolou aidé par Juxian. Elle enferma les portions sous une cloche de gaze et chassa les mouches au moyen d'une feuille de palmier en guise d'éventail. Dieyi n'en revenait pas. Alors qu'il s'apprêtait à poursuivre sa course et faisait signe au tireur, Xiaolou reprit sa rengaine :

– A la bonne pastèque ! Goûtez-les, elles sont juteuses, savoureuses, sucrées !

Soudain, son regard se posa sur Dieyi. Il interrompit aussitôt son boniment et se mit à hurler de joie :

– Mon frère ! Dieyi, mon ami !

Dieyi fut contraint de descendre et de les rejoindre. Xiaolou essuya ses mains poisseuses sur son grand tablier pour le tenir dans ses bras. La vie qu'il menait ne l'embarrassait nullement, semblait-il, bien au contraire. Sa nature généreuse avait tout oublié de leur discorde passée et lui témoignait avec exubérance une affection sincère :

– Comment ai-je pu être aussi injuste envers toi ? se reprocha-t-il. Pourquoi t'avoir à tort craché au visage ? Je veux depuis si longtemps te demander pardon, m'excuser, mais impossible de te retrouver !

– Moi aussi, j'ai tout oublié, assura Dieyi. Tu ne chantes donc plus ? ajouta-t-il en le toisant.

– J'ai mis tous mes costumes au Mont-de-Piété ! L'heure n'est plus aux divertissements. On se doit, en ces temps difficiles, de participer à l'effort collectif et de répondre aux besoins du peuple. Et toi, que deviens-tu ?

– Comme je ne sais rien faire d'autre que chanter, je me contente donc de chanter.

Le visage dépourvu de fard et sa tenue simple n'avaient en rien altéré la beauté de Juxian. Son teint de pêche et son regard de braise avaient conservé leur éclat. Elle se joignit à eux, une pastèque dans les bras.

– Une pure merveille, la meilleure de la récolte, déclara-t-elle. La peau est fine et la chair abondante. Elle est encore verte mais dans deux jours elle aura atteint sa maturité. Permets-nous de te l'offrir.

Dieyi se força à sourire et à réprimer une certaine animosité :

– Quelle joie de vous voir si prospères dans votre nouvelle vie!

– Qui peut prétendre être prospère par les temps qui courent... nous nous efforçons de subsister.

Xiaolou s'approcha de Juxian et la prit dans ses bras protecteurs tout en l'approuvant :

– C'est exact, nous luttons pour notre pain quotidien.

La rancœur envahit Dieyi. Comment pouvait-il lui pardonner, à elle! Il méprisait ce petit couple médiocre qui se moquait pas mal des souffrances qu'il avait endurées. Il haïssait Juxian car elle n'avait pas d'honneur. Elle avait manqué à sa parole et reconquis Xiaolou par la ruse. Brusquement, Dieyi découvrit avec horreur la rondeur de son ventre lorsque machinalement ses yeux glissèrent vers le bas de l'étal. Elle était enceinte de plusieurs mois sans doute. Voilà qui expliquait les gestes attentionnés de Xiaolou. Un frisson glacial, plus gelé que la pastèque qu'elle venait de lui remettre, parcourut sa colonne vertébrale. Il serra le fruit lourd sur sa poitrine, ce qui lui donnait des airs de grossesse secrète et illusoire.

– Tu ne chantes donc plus? se contenta-t-il de répéter.

– Non, j'ai abandonné, confirma Xiaolou.

Dire qu'un acteur et un chanteur émérite, à la voix riche et aux gestes majestueux, avait renoncé à son art, avait renié tout ce qu'il avait appris à l'école du théâtre pour devenir un vulgaire vendeur de pastèques, un pauvre bougre. Quel gâchis impardonnable, alors que tant d'efforts avaient été investis pour le former!

Le pauvre Maître Guan était bien vieux maintenant, mais il n'en avait pas pour autant perdu son air imposant. Il avait invité Duan Xiaolou et Cheng Dieyi à venir lui rendre visite pour lui présenter leurs hommages, en fait pour les réprimander. Il était assis là, devant l'autel du saint patron de l'opéra et sous les portraits des treize acteurs célèbres des ères tongzhi et guangxu, quand d'un doigt menaçant, il les tança :

– J'ai passé, en vain, dix ans à vous enseigner l'art dramatique, bons à rien!

Xiaolou et Dieyi, agenouillés, inclinaient la tête, honteux. « Maître pour un jour, père pour toujours », plus qu'une tradition, c'était un code moral dans le monde du théâtre. A jamais ils devaient obéissance au Maître.

– Je vous ai portés à bout de bras, fustigea le vieux Maître. J'ai tout fait pour que vous réussissiez, pour que vous vous surpassiez et parveniez à l'excellence. Et vous voilà qui baguenaudez! Manquer un seul jour d'entraînement affecte vos performances. Et vous renoncez à tout pour vendre des pastèques!

Le vieil homme s'étrangla et eut du mal à reprendre son souffle tant il était courroucé. Toute une meute de jeunes apprentis apeurés observait, incrédule, le spectacle de ces deux hommes agenouillés qui se faisaient sermonner par le vieux. Mais personne n'osait intervenir. Autrefois, ils n'auraient même pas eu le droit de se prosterner et auraient subi un châtiment corporel. Il s'emballait. Son indignation explosa avec plus de virulence encore :

– Nous autres Chinois, nous avons un vieux proverbe : lorsque deux frères unissent leurs forces, ils peuvent contenir une armée; mais si ces frères se querellent, alors ils sont écrasés par l'armée ennemie. Ne vous sentez-vous pas visés? Dire que ces diables de Japonais anéantissent notre pays et que vous, pendant ce temps-là, vous...

Sans prendre la peine d'achever sa phrase, il ordonna aux deux compagnons de s'en aller sur-le-champ :

– Disparaissez de ma vue et soyez de retour ici dans un mois à nouveau entraînés et prêts à vous produire devant moi. Je veux que vous montiez un spectacle en mon honneur.

Il ne fut pas donné au Maître de voir son vœu exaucé.

Quelques jours plus tard, en ce début du mois de juin, les élèves de Maître Guan s'entraînaient comme à l'accoutumée à faire des exercices d'élongation. Le pied posé sur la barre, ils étiraient leur jambe de tout leur poids.

– Soixante-seize, soixante-dix-sept, soixante-trois, soixante-quatre, quarante-quatre, quarante-cinq... quarante-six..., vociférait le Maître assis sur son tabouret de bambou. Les enfants souffraient en silence et se jetaient des regards alarmés, mais ils n'avaient pas le choix. Il leur fallait tenir jusqu'à ce que le Maître eût compté jusqu'à cent pour que le supplice s'achève. Mais, avec l'âge, sa mémoire n'était plus très bonne, il se perdait dans les comptes et reprenait sa récitation de manière anarchique. Quelquefois même à partir de zéro, au grand désespoir de ses élèves, il semblait distrait, s'embrouillait dans ses calculs puis se taisait. Ce jour-là, les enfants le virent tout à coup piquer du nez, le crurent assoupi et en profitèrent pour se faire des grimaces. Mais le Maître ne devait plus jamais relever la tête, il venait de s'éteindre doucement, dans cette cour carrée, sous les rayons du soleil couchant. Les jeunes garçons, malgré leur sagacité, ne s'étaient rendu compte de rien tant ils étaient attentifs à l'enseignement de leur Maître.

C'est Xiaolou, le premier informé, qui se précipita chez son ami Dieyi pour le prévenir. Il était quatre heures de l'après-midi, ce dernier venait juste de fumer sa deuxième pipe. Xiao Si lui avait pelé une poire dont le parfum atténuerait l'âcre odeur si persistante de l'opium. Vu la couche de poussière – aussi compacte qu'une toile – qui recouvrait le téléphone posé sur la table basse, on devinait qu'il n'avait pas servi depuis longtemps.

Dieyi vit Xiaolou arriver la mine défaite.

– Le Maître, dit-il.

– Je sais, il s'impatiente, répondit Dieyi en se secouant un peu, nous allons reprendre l'entraînement, comme au bon vieux temps...

– Maître Guan est parti.

– Parti ?

Dans sa surprise Dieyi laissa échapper la poire qui roula par terre.

– Il est mort !

– Mort ? Cela ne se peut !

– Son cours va être dissout, reprit Xiaolou très affecté, que vont devenir tous ces pauvres gamins ? Nous devons lever des fonds pour leur venir en aide.

– Mais nous l'avons vu il y a quelques jours à peine. Ne nous avait-il pas accordé un délai d'un mois ? se mit à gémir Dieyi.

Comme il se sentait triste et abattu! Il aurait volontiers enduré quelques coups de trique si cela avait pu ramener le Maître à la vie. Xiaolou, la tête baissée, la gorge nouée, s'efforça de faire face et de surmonter sa peine. Dieyi allongea le bras pour caresser son chat, mais, en l'entendant manifester son mécontentement, il n'insista pas. Comme il était dur de se retrouver seul. Mais dans l'épreuve ils étaient à nouveau réunis. Le souhait du Maître était exaucé.

Les garçons du cours de Maître Guan s'activaient en coulisses pendant la représentation donnée par Xiaolou et Dieyi à leur bénéfice. La recette de la soirée allait permettre d'offrir à Maître Guan des funérailles dignes de lui, mais aussi de redistribuer l'argent entre les petits orphelins, qui déjà se dispersaient comme une nuée de moineaux en déroute après la disparition de leur chef.

– Rothmans, 555, Shuangmei..., hurlait le vendeur de cigarettes sur l'esplanade, devant le théâtre.

Sur scène, vêtus respectivement d'une robe d'apparat et d'une armure, Xue Dingshan et Fan Lihua se faisaient face. Désormais plus rien ne comptait, excepté cette soirée pour laquelle ils avaient mis, l'un et l'autre, leurs désillusions de côté. Investis dans leurs personnages, ils s'abîmaient dans la pièce. Leur rôle leur dictait leur conduite et non l'inverse. Jouer signifiait incarner avec conviction et vérité le héros que l'on représentait, se glisser dans sa peau. Peu importe le chagrin qui vous rongeait si vous deviez interpréter l'amant comblé dont le bonheur transparaît avec insolence! Alors que résonnaient les instruments à percussion et à cordes, un bruit violent en provenance de la rue couvrit subitement les chants de Xiaolou et Dieyi.

– Tu as entendu le coup de feu? glissa Dieyi à son ami, sans rien laisser paraître de son émoi.

Même dans les situations les plus critiques, le comédien se devait de poursuivre, imperturbable. Xiaolou prêta l'oreille, car il trouvait ce vacarme bizarre, tout en veillant à conserver la cadence. Lorsque la rumeur et le brouhaha s'amplifièrent, ils distinguèrent très nettement des cris de joie qui déchiraient le silence.

– Nous avons gagné! Vive la paix!
– Les diables japonais capitulent!
– L'armée chinoise revient!

Le peuple, au comble de l'allégresse, se déchaînait. Les détonations qu'ils avaient perçues n'étaient autres que des pétards et les grondements de tambours improvisés comme des bassines ou des boîtes de conserve. La foule était en liesse! Les spectateurs exultants se précipitèrent à l'extérieur pour se joindre à la fête. La ville crépitait au son des feux d'artifice et des ritournelles.

– Nous avons gagné! Nous avons gagné! clamaient les passants.

Le bonheur était collectif, l'euphorie générale! Dans l'excitation, chacun jetait en l'air ce qui lui tombait sous la main : chapeau, petite serviette de toilette, vêtement, théière, tabouret, graines de melon, bonbons, cigarettes.

– Enfin la guerre est terminée! chuchota, joyeux, Dieyi à l'oreille de Xiaolou.

– Nous, nous devons continuer à nous battre! rétorqua-t-il avec le même entrain.

La représentation reprit avec brio sous les acclamations du public. Juxian, du bord de la scène, suivait le spectacle et pleurait de joie. Un des enfants, âgé de huit ou neuf ans, se serra contre elle. La pièce s'acheva.

Une averse détrempa les débris de pétards de tout à l'heure et creusa dans la cour du théâtre une rigole où serpentèrent les papiers rouges, déchiquetés, mélange de sang et de larmes.

La recette fut partagée entre tous les pauvres orphelins. La troupe de théâtre de Maître Guan s'aligna en bon ordre devant ses aînés. Juxian portait le ballot de toile bleue contenant l'argent. Tous attendaient, les uns derrière les autres, avant d'avancer à tour de rôle vers Xiaolou. Le plus âgé n'avait guère plus de quatorze ans et le cadet était précisément ce gamin de huit ans qui cherchait à l'instant réconfort auprès de Juxian. Xiaolou, en leur remettant leur écot, les exhorta à bien se conduire à l'avenir.

– Sachez vous comporter comme des hommes dès à présent!

Il leur donna à chacun deux yuans, qu'ils acceptèrent

en remerciant. Sans doute pourraient-ils vivre quelque temps avec ces deux sous, mais après que deviendraient-ils ? Que leur recommander ? Les mots manquaient à Xiaolou, aussi se contenta-t-il de répéter :

– Conduisez-vous en hommes !

Ils étaient tous plongés dans la consternation la plus totale, se sentant complètement abandonnés, démunis, sans logis. Les enfants allaient se retrouver sans le Maître pour les guider. Ils étaient condamnés à dériver comme des vaisseaux dont on aurait sectionné les amarres. Un homme comme Maître Guan incarnait la stabilité. Que leur restait-il, aujourd'hui ? L'un d'entre eux se mit à pleurer, les autres suivirent son exemple et se cachèrent le visage dans leurs mains pour laisser éclater leur chagrin. Ils devaient néanmoins se séparer, se séparer à jamais.

Xiaolou les regarda partir chacun vers leur destin. Mais quel serait-il ? Dieyi venait d'ouvrir un parapluie pour l'abriter. Ils étaient là, tous les deux, sous la grande ombrelle en bambou et en papier huilé sur laquelle tambourinait doucement la pluie. Avec le retour de Xiaolou, Dieyi retrouvait le grand frère auquel il devait déférence et soumission. Moment d'épiphanie où les malentendus se dissipaient, où les pardons étaient accordés. Toutes les frictions furent balayées. Le ballot de toile bleue de Juxian, délesté, s'était dégonflé alors que son ventre commençait à s'arrondir joliment !

– Voyez, on forme une véritable famille tous les trois, se félicita Dieyi. On a traversé tant d'épreuves tous ensemble !

– C'est vrai ! acquiesça Juxian. A propos, quand cet enfant sera né, comment devra-t-il vous appeler ? Puis, câline, elle se rapprocha de son mari, en suggérant d'une voix douce et suave :

– Dis-moi, qu'en penses-tu ? Devra-t-il lui dire « Oncle Dieyi » ou « Parrain » ?

– Il l'appellera « Parrain », répondit Xiaolou après un instant de réflexion. Dieyi a toujours voulu élever un enfant, depuis notre plus tendre enfance.

Juxian, sournoise, s'entêta :

– Vraiment? A votre tour, Dieyi, de fonder une famille et d'avoir des enfants.

Puis elle lui glissa, non sans perfidie :

– Mais il est vrai qu'un artiste aussi accompli et doué d'un tel talent pour les travestissements se passe sans doute de ces trivialités.

Un combat était à peine achevé que le second reprenait déjà. Dieyi supporta mal ce sarcasme qui déferlait soudain.

En 1945 l'empereur du Japon avait annoncé la capitulation. La guerre était finie. Les troupes ennemies se retiraient. Les banderoles accrochées au-dessus de la porte du théâtre étaient noires de poudre et de suie, on déchiffrait à peine :

Honneurs et titres, richesses et dignités se
perdent dans le vent,
Ceintures de jade et bonnets de mandarin
Disparaissent aussi vite que dix mille automnes.
Séparation et retrouvailles, bonheur et tristesse
sont du rêve,
Les belles dames et les beaux esprits
En un clin d'œil disparaissent.

Le directeur du théâtre ordonna à un domestique de descendre le drapeau japonais pour hisser celui de la Chine nationaliste : soleil blanc dans le ciel azur. L'emblème du Soleil-Levant gisait désormais sur le sol, livré à la vindicte populaire. Militaires, mutilés de guerre et va-nu-pieds crasseux foulèrent tour à tour ce symbole déchu.

Les Japonais laissèrent le pays exsangue. La Chine, plongée dans la récession et le marasme, dut fournir un énorme effort pour se redresser. Les étudiants en grève défilaient à longueur de journée dans les rues, brûlant sans raison et sans but tout ce qu'ils trouvaient sur leur passage. Ils aspiraient à l'abolition de toutes les valeurs établies. Le parti nationaliste, le Guomindang, était alors la force au pouvoir mais la situation n'en était pas moins désastreuse. Les soldats n'hésitaient pas à piller les magasins, et l'inflation atteignait un tel taux qu'une boîte d'allumettes valait désormais plusieurs dizaine de milliers de yuans.

Les directeurs des théâtres, en raison du manque de spectateurs, furent contraints de licencier leurs comédiens et de transformer leurs établissements en salles de danse. Peu de temps après, dans les magasins de la ville, des costumes et des accessoires tels que de somptueuses coiffes ornées de phénix et des jupes en mousseline de soie aux broderies multicolores furent mis en vente. En dépit des difficultés que son attitude risquait de provoquer, Dieyi refusa de se séparer de ses costumes. Il préférait encore mourir de faim. Rares étaient les personnes capables de comprendre que l'opéra restait son unique passion, sa raison de vivre. Il jouait où il pouvait dans Pékin, incapable de quitter la capitale.

Les théâtres faisaient salle comble parce qu'ils étaient pris d'assaut par un public qui ne payait pas; les directeurs ne vendaient que quelques rares tickets. Dans la salle, de part et d'autre de la scène, à côté des drapeaux nationalistes s'étalaient les slogans suivants : « Soutenons l'Armée nationaliste! Bienvenue à l'Armée nationaliste de retour à Pékin! Bienvenue à nos soldats! »

Toutes ces acclamations pour souhaiter un accueil chaleureux à cette armée de survivants ne pouvaient qu'émouvoir.

Un groupe de canailles et de soldats démobilisés s'était introduit dans la salle. Ces hommes sans logis dormaient souvent à la belle étoile devant les bains publics ou les restaurants. De temps à autre, ils se regroupaient et entraient de force dans les théâtres. Ils ne venaient pas pour le spectacle, mais simplement pour étendre leurs jambes et donner libre cours à leur amertume. Après avoir poussé ce qui les gênait, ils s'étendaient pêle-mêle à même le sol. Les directeurs les moins courageux avaient peur d'eux et n'osaient pas intervenir.

Dieyi chantait la douce et triste aria d'*Adieu ma concubine.* Dans un coin du théâtre, un vieux soldat se mit à pleurer. Il avait perdu une jambe, et marquait inlassablement le rythme avec sa béquille.

Dieyi fut soudain aveuglé par la lumière d'une lampe

électrique braquée par un soldat ivre et mécontent, et manqua perdre l'équilibre.

– Arrête de chanter et bats-toi! Bats-toi jusqu'à la mort! hurla l'homme.

Subitement un brouhaha assourdissant envahit le théâtre. Des remarques grossières fusaient de toutes parts :

– La belle favorite serait-elle indisposée pour nous refuser ses faveurs? hurla un borgne.

Dieyi blêmit de rage tandis que la salle était secouée de rires moqueurs. Il se sentait à la fois humilié et furieux. Xiaolou s'interrompit immédiatement pour essayer de calmer les esprits et, bien qu'il se contînt difficilement, s'inclina poliment face à l'ancien soldat.

– Monsieur, savez-vous qu'il est interdit de se servir de lampes électriques pendant les représentations? Veuillez retourner à votre place, s'il vous plaît...

Un cri strident le réduisit au silence.

– Je me suis battu pendant huit ans contre les diables japonais, et si je n'avais pas résisté vaillamment, les salopards de votre espèce ne seraient pas là en train de chanter! Salaud! Tu ne mérites même pas de vivre.

Les autres profitèrent de l'occasion pour dire ce qu'ils avaient sur le cœur :

– Pendant que nous risquions notre vie au front, vous vous amusiez tranquillement à l'arrière! Est-ce que de simples chanteurs de votre espèce sont capables de porter un fusil? Combien de Japonais avez-vous tués? Avez-vous au moins combattu pour votre pays?

A ce moment-là, une torche fut lancée sur Xiaolou et le blessa. Ce dernier, hors de lui, saisit un élément du décor, le projeta avec force, et le vit s'écraser dans un bruit fracassant sur les soldats démobilisés qui ripostèrent. Il bondit ensuite dans la salle pour se joindre au combat. Dieyi, voyant la tournure que prenaient les événements, n'hésita pas à se lancer à corps perdu dans la bataille pour défendre son ami. Mais il n'était pas aussi fort qu'il le croyait et prit plusieurs coups de poing dans la poitrine avant de recevoir un élément du décor sur la tête. Du sang coulait de sa blessure, il chancela et perdit presque conscience. Xiaolou empoigna alors le coupable par les cheveux et lui assena un coup de tête. Il était Xiang Yu, le général des temps anciens, s'en prenant aux soldats en haillons des temps modernes dans un ultime combat. Cependant, ses adversaires armés de tabourets et de béquilles étaient beaucoup trop nombreux. Dans un coin, Juxian observait Xiaolou quand soudain elle s'aperçut qu'un coup allait l'atteindre dans le dos. Elle s'élança instantanément pour le protéger et le reçut à sa place. Dans la mêlée, elle fut frappée plusieurs fois et un troisième coup l'atteignit au ventre. Terrassée par la douleur, elle s'effondra.

– Juxian! hurla Xiaolou.

Du sang coulait entre ses jambes. Elle ressentit un déchirement poignant semblable à un violent coup de couteau lui déchirant les entrailles. Elle se tordait de douleur mais le moindre mouvement la faisait saigner davantage.

Xiaolou, complètement hystérique, se débattait encore plus sauvagement.

– Mon enfant! hurla-t-il. Juxian! Mon enfant!

– Quelqu'un a été tué! Sauvons-nous! cria l'un des agresseurs. Au passage, Xiaolou distribua quelques derniers coups d'une force démente.

Dieyi couvrit la blessure de sa tempe avec ses mains. Il n'avait pas été capable de se sacrifier pour Xiaolou et regretta amèrement ne pas être la victime ensanglantée gisant sur le sol. Lui aussi était blessé, mais c'était en lui que la douleur était la plus vive et, s'il n'éprouvait que de la pitié pour Juxian, il était profondément affligé pour Xiaolou. Il se sentait responsable de son malheur, de la fausse couche de Juxian. Mais il n'y aurait « ainsi pas d'enfant pour rapprocher Xiaolou et Juxian ni s'interposer entre lui et moi », songea-t-il avec malveillance, un poids en moins sur le cœur. Il s'agissait simplement d'un juste retour des choses...

Sa blessure saignait moins mais un hématome appuyait sur sa paupière. S'il se consolait en pensant que sa souffrance était infime par rapport à celle de Juxian, il ne pouvait ignorer que la douleur de cette dernière affectait

Xiaolou dans sa chair même. Dieyi ainsi tourmenté par le chagrin et la rancœur, se prit la tête dans les mains.

Le sol était couvert de débris de verre qui reflétaient un triste spectacle. Dire qu'un opéra pouvait se terminer dans le sang et l'horreur alors qu'il était destiné à séduire et à distraire !

La police arriva et maîtrisa difficilement la foule. Ils étaient en fait venus arrêter un individu accusé de collaboration avec les Japonais. Ce traître n'était autre que Dieyi. Ce fut la dernière chose que vit Juxian avant de sombrer dans le coma.

Juxian, qui avait perdu son enfant, resta sans connaissance un jour et une nuit. A son réveil, Xiaolou se tenait à ses côtés. Il l'avait veillée durant toutes ces heures et pouvait à peine tenir les yeux ouverts. Son corps était couvert de contusions et d'ecchymoses, mais il avait l'habitude de se battre. Ses blessures les plus profondes étaient en fait la mort de son enfant et l'arrestation pour haute trahison de son ami, de son frère. Etre accusé d'un tel délit laissait augurer du pire. Les prisonniers soupçonnés d'intelligence avec l'ennemi n'avaient droit à aucun égard, risquaient la torture et finissaient le plus souvent au peloton d'exécution. Xiaolou ruminait ces sinistres pensées lorsque Juxian reprit conscience.

Son visage était blême et amaigri. La perte de l'enfant l'avait beaucoup affaiblie. Quelques jours auparavant elle portait une vie en elle et aujourd'hui elle se sentait vide, désemparée.

– Xiaolou ! gémit-elle.

Il la prit dans ses bras et la serra contre lui. Il ne parvenait cependant pas à chasser Dieyi de son esprit. Il devait le faire libérer coûte que coûte. Lorsqu'il put enfin parler de ses projets à Juxian, cette dernière se montra furieuse.

– Eh bien, tu n'a qu'à te faire faire un enfant par ta prétendue concubine ! déclara-t-elle.

– Je dois l'aider. Si je ne le fais pas, c'est un homme mort. Tu sais ce que signifie le mot traître ? Il faut absolument que je lui sauve la vie !

– Dieyi a commis les fautes pour lesquelles il est

accusé et il doit être puni en conséquence. Cependant je suis sûre qu'ils le libéreront une fois qu'il aura purgé sa peine. Connaissant les autorités, il n'y a rien que tu puisses faire.

Une fois de plus, Juxian se rendait compte qu'ils étaient aussi proches que des frères. Toutefois, si Dieyi prétendait être la femme de Xiaolou sur les planches, elle seule pouvait se prévaloir de ce titre dans la vie.

– Ce n'est pas un criminel, il n'a encore jamais tué personne, renchérit Juxian, il sera donc probablement traité avec indulgence. Qu'est-ce que tu peux faire de plus?

– Dieyi a chanté devant les Japonais pour obtenir ma grâce et maintenant il est accusé de collaboration avec l'ennemi. C'est absolument ridicule!

Juxian repensa à la libération de Xiaolou et se souvint du pacte qu'elle avait conclu avec Dieyi. Elle n'avait pas tenu parole. Ce jour-là, elle avait senti le regard jaloux de Dieyi lui transpercer le dos tandis qu'elle conduisait son mari au pousse-pousse qui les attendait à l'orée du bois. L'un comme l'autre, ils l'avaient abandonné. Peut-être était-ce l'occasion de se racheter ? Ils seraient alors quittes.

– Allons plaider en sa faveur, dit-elle en posant sa main sur celle de Xiaolou. Si nous réussissons à le sauver, nous ne lui serons plus redevables de quoi que ce soit. (Elle essaya de s'asseoir.) Donne-moi l'épée, ajouta-t-elle.

Dieyi, debout dans le box des accusés, lançait un regard hautain vers ses interrogateurs. Il ne considérait pas comme un crime le fait d'avoir chanté dans une soirée privée organisée par des Japonais. Sa seule faute, de son propre aveu, était la passion qu'il portait à l'opéra.

– Personne ne m'a forcé, j'ai chanté de mon plein gré, disait-il avec obstination. J'aime l'opéra et je chanterai toujours pour ceux qui savent l'apprécier. L'art n'a pas de frontières, ni de nationalité et le général Aoki était un grand amateur. Il est d'ailleurs fort probable que si le destin lui avait été favorable, il aurait introduit l'Opéra de Pékin dans son pays.

Sans invoquer la clémence ni manifester le moindre

repentir ou regret, Dieyi se dirigeait tout droit vers le peloton d'exécution.

Juxian, qui avait perdu goût à la vie, se farda abondamment les joues, mit du rouge à lèvres et tenta de retrouver son air ingénu et charmeur. Elle recourait aux tactiques et artifices de son ancien commerce et savait comment enjôler, séduire un homme afin qu'il accède à ses désirs.

Son idée consistait à se rendre chez Yuan Siye en compagnie de Xiaolou avec l'épée. Elle savait parfaitement comment Dieyi l'avait obtenue et pensait que si Yuan revoyait cette épée, elle lui rappelerait de doux souvenirs et qu'il accepterait de la reprendre en échange d'une somme d'argent qui permettrait de soudoyer les geôliers de Dieyi. Elle espérait aussi par ce biais se débarrasser habilement d'un encombrant témoignage d'affection.

Yuan Siye les reçut avec condescendance. Bien que Juxian fût ravissante et n'eût rien perdu des charmes ni de la beauté qui avaient fait d'elle une grande courtisane, Yuan prêta surtout attention à Xiaolou. Il reprocha au jeune homme son ingratitude, mais Xiaolou ne dit rien et endura l'humiliation dans l'espoir de sauver son ami.

En fin de compte, leurs efforts furent vains. Durant le procès, Dieyi fut inexpliquablement exclu de la salle d'audience. Personne ne savait où il avait été emmené et, bien que gracié, il n'avait toujours pas été libéré. Des rumeurs circulèrent. On prétendait qu'il travaillait pour le compte des nationalistes depuis le début. En vérité, les soldats l'avaient escorté à une soirée privée, organisée cette fois en l'honneur d'un officier supérieur du haut commandement militaire nationaliste. Comme « cadeau » de bienvenue pour l'officiel de retour à Pékin, les autorités locales avaient décidé de lui offrir un opéra interprété par l'un des plus célèbres chanteurs du moment. Il ne fut alors plus question de procès, de trahison ou d'exécution. On se garda bien de faire allusion à cette précédente représentation d'une embarrassante similitude. Dieyi, sauvé, fut à nouveau acclamé.

Le clou des festivités fut l'aria de *Rêve éveillé de la pro-*

menade dans le jardin, que Dieyi déclama de sa voix cristalline :

A quoi servent tant de beautés naturelles,
De fleurs rouges et violettes largement épanouies,
Si elles sont condamnées à fleurir sur les débris des maisons et des puits en ruine.
Il faut se soumettre à la volonté divine
Malgré les beaux moments.
Les nuages et les brumes crépusculaires, verdâtres comme le jade, s'effilochent dans la matinée.
La pluie tombe comme un rideau de soie.
Le vent entre par bouffées.
Les vagues s'évaporent comme de la fumée
Dans ce décor incertain où l'on se prend pour un bateau.
Des gens richement vêtus
Regardent d'un œil futile tous ces beaux paysages !

Les vieux opéras n'avaient rien perdu de leur vérité historique. Leur thématique – grandeur et décadence des dynasties successives – conservait la même valeur symbolique. Ils illustraient à merveille la situation : un parti nationaliste d'abord porté aux nues qui conduirait à la guerre civile.

Toujours convalescente, Juxian passait ses journées au lit et semblait incapable de recouvrer la santé. Cette fragilité lui conférait un certain pouvoir sur Xiaolou et il était difficile de dire si elle était vraiment fatiguée ou si sa langueur était feinte.

Dieyi n'évoquait jamais le passé et essayait de restaurer une certaine complicité entre eux. Il vint leur rendre visite et constata combien Xiaolou se montrait attentionné à l'égard de son épouse. Il lui préparait ses médicaments et l'aidait à les prendre. Il était fatigué, mal rasé, rongé par le chagrin. Dieyi éprouvait des sentiments mitigés quand il envoya son jeune domestique Xiao Si à la pharmacie avec un sac plein de billets de banque destinés à acheter des médicaments pour Juxian. Le geste se voulait miséricordieux.

– Arrêtez de vous lamenter, lui conseilla-t-il avec

compassion, la vie serait plus dure encore si l'enfant était né. Maintenant reposez-vous un peu.

Puis il ajouta sans le moindre ménagement :

– Si vous ne prenez pas plus soin de vous, vous ne guérirez jamais et vous pourrez facilement attraper la tuberculose. Que feriez-vous alors ?

Juxian se tourna vers son mari et, un sourire forcé aux lèvres, déclara sur un ton agressif :

– Un jour, je saurai te donner un bon gros bébé bien joufflu puisque nous, les « femmes », sommes faites pour cela !

Elle insista volontairement sur le mot « femme » pour qu'il comprenne bien qu'elle au moins en était une vraie.

– Qui prétend le contraire ? rétorqua Dieyi.

– Les médicaments sont froids maintenant, dit Xiaolou, tu les veux quand même ?

– Naturellement je vais les prendre ! Tu te donnes tellement de peine pour moi. Suis-je digne de tant d'attention ? Ai-je le droit de te retenir ainsi à mon chevet ?

– Tu as raison sur un point : je suis comme enchaîné à toi ; impossible de me détacher. Essaie juste de te débarrasser de moi et tu verras, la taquina-t-il.

Tout à coup, conscient qu'il était de trop, Dieyi commença à se sentir gêné. Heureusement pour lui, Xiao Si revint de la pharmacie muni du même sac contenant autant de billets qu'à son départ.

– As-tu acheté les médicaments ? l'interrogea Dieyi.

Xiao Si lança le paquet d'un geste furieux.

– Le pharmacien m'a dit qu'au cours d'hier j'aurais eu suffisamment d'argent, mais qu'aujourd'hui cela ne suffit plus.

Xiaolou donna un violent coup de poing dans les coupures qui voltigèrent à travers la pièce.

– Foutu gouvernement et maudit argent ! Il est tout juste bon comme papier toilette maintenant ! Les gens veulent que le gouvernement s'occupe de tout, mais, une fois satisfaits, tout va de travers !

Xiao Si dut endurer la colère de Xiaolou, mais il y était habitué. A dix-neuf ans, cet orphelin avait d'abord supporté la discipline de fer de Maître Guan avant de devenir le serviteur de Dieyi et le commis de la troupe. Xiao Si se dévouait jour et nuit pour Dieyi, pourtant il servait de bouc émissaire, personne ne le respectait. Pourrait-il un jour parvenir à s'affranchir de toutes ces servitudes, ou devrait-il accepter de plier indéfiniment devant tout le monde ? Qui voudrait bien le protéger et lui donner un minimum d'éducation pour qu'il devienne enfin quelqu'un ? Dieyi lui-même s'était montré très dur à son égard en lui disant méchamment : « Mon pauvre Xiao Si, tu ne seras jamais un grand acteur ! »

Durant la diatribe de Xiaolou en partie dirigée contre lui, Xiao Si resta debout à fixer cet argent inutile éparpillé sur le sol. Il canalisait toute son énergie sur ces billets pour endurer ce sermon et ne pas claquer la porte de rage. Car où pourrait-il aller ? La situation était encore pire à l'extérieur. En dépit des mauvais traitements quotidiens qu'il devait subir, il avait au moins de quoi s'habiller et de quoi manger. L'amour-propre était un luxe qu'il ne pouvait pas s'offrir.

Il parcourut du regard la pièce à la recherche d'un objet de valeur qui pourrait être mis au Mont-de-Piété. Il ne vit rien du tout. Soudain il aperçut l'épée accrochée au mur. Les autres, qui avaient suivi son regard, lurent dans ses pensées. Elle devait bien valoir quelque chose. Les yeux de Juxian et de Dieyi se portèrent sur Xiaolou qui comprit aussitôt ce que signifiait tant d'insistance.

– J'interdis qu'on touche à cette épée ! trancha-t-il catégoriquement.

Dieyi soupira de soulagement mais Juxian lui envoya des regards lourds de reproche. Il n'y avait rien d'autre qu'elle désirait plus que de voir cette maudite épée brûler dans les flammes de l'enfer. Xiaolou passa le pas de la porte en marmonnant :

– Je vais chez le pharmacien lui dire ce que j'en pense. Il est supposé aider à sauver la vie des gens. Comment peut-il être sans cœur à ce point ?

Il sortit à la hâte, hors de lui.

Dieyi lui emboîta le pas.

– Xiaolou, attends ! J'ai un peu de monnaie sur moi, déclara-t-il.

– Xiaolou! cria Juxian d'une voix désespérée, reviens vite et surtout domine-toi, évite de déclencher une bagarre inutile!

Xiaolou était la personne à laquelle elle tenait le plus au monde; elle aurait tout donné pour mener une vie douce et paisible à ses côtés. Mais voilà qu'une fois encore le destin lui était contraire.

En ville, le désordre et la terreur régnaient toujours. Une femme qui venait d'acheter une galette au sésame se la fit voler par un mendiant qui l'avala tout en prenant la fuite.

– Au secours! Au voleur! hurla la pauvre femme en se jetant à sa poursuite.

Personne ne lui prêta attention. Elle rattrapa finalement le vaurien affamé, mais il avait déjà dévoré la galette. Un peu plus loin, un honorable vieillard assis dans un pousse-pousse serrait fermement sur son cœur un coussin rempli d'or. Il ne savait pas où il était et n'osait descendre de peur de se faire dérober son argent.

Le théâtre de la Bonne Fortune avait été transformé en salle de danse, mais personne n'avait le cœur à danser. Dans les rues, les gens, le visage craintif, faisaient la queue des heures durant devant les épiceries pour pouvoir se procurer un peu de riz ou d'huile. Le plus souvent, ils se bousculaient, se disputaient sans aucun ménagement.

– Donnez-m'en une livre! Pour vingt mille!

– Ça fait une éternité que j'attends!

– Prenez-vous aussi les pièces en argent?

Les commerçants fermaient boutique les uns après les autres. Ils n'avaient plus les moyens de se réapprovisionner à cause de l'inflation constante. Sur le bord de la route, quelqu'un essayait d'échanger une malle remplie de billets contre deux pièces d'argent. Désormais, plus personne n'avait confiance dans cette monnaie de papier. Un vieux monsieur affamé gémissait d'une voix presque inaudible : « J'ai faim, j'ai tellement faim! » et personne ne le remarqua lorsqu'il rendit son dernier soupir, là, sur le trottoir.

Au loin, des étudiants qui manifestaient de nouveau avaient allumé un feu et scandaient en cœur :

– Nous voulons la démocratie! A bas la dictature!
– Luttons contre la guerre civile et la famine!
– Que le peuple chinois cesse de se massacrer!

La police militaire nationaliste tenta de les disperser en les arrosant avec des lances à eau. Les étudiants démunis face aux forces de l'ordre s'enfuirent en désordre. Tout communiste arrêté par les nationalistes devait défiler en public avant d'être mené au peloton d'exécution où il était soit décapité, soit exécuté d'une simple balle dans la tête. Dieyi et Xiaolou se trouvaient parmi la foule des étudiants en fuite. Ils n'avaient pas pu échapper aux lances à eau, et leurs vêtements étaient trempés. Dieyi, qui n'était pas sorti de chez lui depuis fort longtemps, n'était pas préparé à un tel chaos. Il tira Xiaolou par le bras pour l'emmener à l'écart de cette marée humaine. Ils ne se sentirent à l'abri qu'après avoir emprunté une artère transversale. Ils aperçurent alors au coin de la rue un vendeur de cigarettes qui tenait un minuscule étal à ciel ouvert. Le vieillard aux cheveux blancs accroupi à côté de son éventaire ressemblait à un vieux ver à soie. Il semblait coupé du monde comme la chenille dans son cocon. Xiaolou sortit de sa poche un paquet de billets mouillés pour lui acheter une boîte d'allumettes.

Dieyi, après avoir jeté un œil sur le vieux, sursauta de frayeur. Ce mort vivant, cet insecte à quatre pattes, avait un visage familier. Il reconnut le vieux Maître Ni!

– Vous... Vous nous reconnaissez, monsieur?

C'était lui qui l'avait pris sur ses genoux et avait sucé le sexe de la belle concubine Yu! Le vieillard leva ses yeux usés sur les deux hommes et secoua énergiquement la tête.

– Nous étions encore des gamins lorsque nous avons donné chez vous une représentation d'un opéra que vous aimiez, *Adieu ma concubine*, vous souvenez-vous?

Mais l'homme n'avait plus aucun souvenir de son passé. Il s'entêta à nier :

– Je ne vous ai jamais vus! Je n'ai d'ailleurs jamais donné de représentation chez moi! dit-il en tendant d'une main tremblante la boîte d'allumettes à Xiaolou.

Dans quelle détresse était-il tombé pour en être réduit à vendre des cigarettes!

Au même moment, quelques manifestants en déroute arrivèrent en courant et renversèrent sur leur passage le misérable étal qui vola en éclats, projetant cigarettes et allumettes. Le pauvre vieux Ni profita de ce malheureux incident pour se pencher et essayer de sauver ce qu'il pouvait, mais surtout pour fuir le regard de Xiaolou et de Dieyi en marmonnant pour lui-même :

– La dynastie des Qing aura malgré tout régné au moins trois siècles avant de s'effondrer, alors que le parti nationaliste n'a pas résisté plus de trente ans. Voici maintenant les communistes qui prennent la relève ! Vous allez voir une fois qu'ils seront en place ! Etes-vous communistes tous les deux ?

Dieyi et Xiaolou ne répondirent pas. Ils s'en allèrent lentement et restèrent silencieux. Le calme revint. En levant la tête, Dieyi aperçut un cerf-volant dans le ciel. Il avait la forme d'une scolopendre avec des pattes de plusieurs mètres chacune. Il ondulait dans les airs et donnait une impression d'insouciance et de liberté. Cette image le rendit nostalgique et le plongea dans ses souvenirs d'enfance.

Xiaolou, lui, était inquiet et demanda sans détour à Dieyi :

– Qu'est-ce que ce « parti communiste » ? Ils disent que les gens doivent partager leurs terres, leur travail, leurs biens. Devrons-nous aussi partager nos femmes ?

Dieyi le regarda sans répondre. Il leva à nouveau la tête et s'aperçut que le cerf-volant avait disparu.

– Comment a-t-il pu disparaître sans laisser de trace ?

– De quoi parles-tu ?

– De rien... (Puis Dieyi poursuivit, comme s'il se parlait à lui-même.) Si les communistes veulent prendre le pouvoir, qu'ils le prennent ! Il y en aura bien parmi eux qui aimeront l'opéra !

A peine remportée la victoire contre les Japonais, la Chine fut dévastée par la guerre civile. Le peuple qui souffrait après tant d'années de combats ne souhaitait rien d'autre que de pouvoir manger à sa faim. Le pouvoir en place était la dernière de ses préoccupations ! Il aspirait au calme et à une existence paisible. En revanche, les comédiens ne pouvaient se passer d'animation et devaient voir du pays pour éviter la sclérose. Même Mei Lanfang, le plus célèbre des chanteurs d'opéra, dut parcourir le pays en quête d'un public.

Duan Xiaolou et Cheng Dieyi furent donc contraints à partir en tournée. En dépit de leur célébrité, ils durent baisser le prix de leurs billets pour que les gens puissent venir les applaudir. La guerre qui sévissait de toutes parts avait rendu les déplacements difficiles et ils ne purent se produire que dans quelques grandes villes. Ils allèrent d'abord à Shenyang, puis Changchun où ils ne donnèrent qu'une représentation, car l'armée populaire de libération encerclait la ville. Puis Changchun tomba entre les mains des forces libératrices. La Chine entière fut ainsi délivrée de son joug, ville après ville.

7

Après 1949, la capitale chinoise avait repris son ancien nom de « capitale du Nord ». Les grands théâtres du Pont-du-Ciel, comme le Tianle, ou ceux du centre-ville comme le Chang'an, le Jixiang, le Huale renaquirent et un peu partout fleurirent d'immenses affiches annonçant le retour d'*Adieu ma concubine*. Un homme devant la porte de l'établissement attirait la clientèle en criant :

– Venez voir deux illustres comédiens d'avant la Libération dans leur plus célèbre opéra, *Adieu ma concubine*. Achetez vos billets maintenant sinon vous n'aurez plus de places !

L'entrée était fixée à un mao de la nouvelle monnaie. Le Parti appréciait Duan Xiaolou et Cheng Dieyi. Très souvent, il présidait à des représentations exceptionnelles, comme par exemple cette soirée pour « fêter le triomphe et témoigner sa reconnaissance à l'armée populaire de libération ». La salle, entièrement décorée pour la circonstance de milliers de petits drapeaux rouges, faisait penser à un océan écarlate.

Même dans la nouvelle Chine, les gens appréciaient les vieux opéras. Ils venaient en masse assister à la chute du général Xiang Yu et au suicide de sa concubine. Au moment le plus pathétique, juste avant que le rideau ne tombe, le roulement des tambours et des gongs s'intensifiait. Yu Ji s'effondrait et son roi-hégémon poussait un ultime cri de douleur.

Dans la salle, les applaudissements montaient, mais sans l'exaltation d'autrefois. Les signes de satisfaction étaient désormais « civilisés », et les spectateurs battaient des mains au même rythme, comme s'ils avaient été dirigés par une baguette invisible. Le théâtre était rempli de soldats de l'armée de libération, de cadres et de secrétaires du Parti qui tous portaient un uniforme vert et rouge, à la fois terne et criard. Dieyi regrettait amèrement le temps où la salle se soulevait dans un mouvement d'allégresse et laissait exploser sa joie sans retenue.

La Chine connut alors de grandes campagnes de purge assorties d'exécutions sommaires. Malgré ce climat de terreur, les opéras prospérèrent à nouveau. Les théâtres ayant été nationalisés, Dieyi et Xiaolou recevaient désormais un salaire mensuel de cinq cents yuans, calculé en fonction de leur grade. La vie était redevenue calme et les deux comédiens avaient l'impression d'être épargnés par la rigueur des temps. Le parti communiste lança un vaste programme d'émancipation afin de familiariser le peuple avec cette doctrine de progrès. Au même moment, Dieyi et Xiaolou se trouvèrent tous deux promus au rang d'acteurs de première catégorie.

– Penses-tu sincèrement que la vie va être plus facile? demanda Xiaolou à son ami Dieyi.

– Voilà bien longtemps que je n'avais pas gagné d'argent!

– Je crois que nous avons un modeste salaire néanmoins. J'ai entendu dire que le chanteur le mieux payé était Ma Liangliang.

– Combien gagne-t-il? s'enquit Dieyi

– Mille sept cents yuans par mois.

– Tant que ça!

– Même le président Mao ne gagne pas cela!

– Pour une personne seule comme moi, ce que j'ai me suffit.

– Oui, mais moi j'ai une femme à nourrir, et je dois songer à l'avenir.

Dieyi regarda son ami de profil et, légèrement contrarié, se laissa aller à quelques considérations personnelles. Xiaolou était devenu si stable, si sérieux et tellement ordinaire! Mais de quoi s'inquiétait-il donc? Avec ses trente ans passés, il avait acquis une certaine maturité et avait tendance à prendre des airs protecteurs. Quel dommage cependant qu'il offrît sa protection à une autre! Il en allait de l'amour comme du jeu : à tout miser sur le cœur on s'exposait, tôt ou tard, à tout perdre. La vie ressemblait à un gâteau de farine de pois : légèrement sucré et d'une couleur chaude mais avec un arrière-goût. Cependant la réalité ne tolérait aucune ambiguïté; la Chine entrait dans une période sombre. Les théâtres étaient devenus le lieu d'activités révolutionnaires et les scènes, qui établissaient une distinction néfaste entre public et acteurs, avaient été supprimées. On se devait d'inverser les valeurs. Slogans et mots d'ordre furent, comme avant, inscrits sur des banderoles rouge vif : « Procès des anciens tyrans de l'Opéra de Pékin en corrélation avec la campagne de répression des contre-révolutionnaires. » Plus d'une demi-douzaine de personnes parmi lesquelles se trouvait le seigneur Yuan Siye étaient rassemblées sur l'estrade, les mains liées dans le dos, et portaient l'étiquette de contre-révolutionnaire. Ils étaient les principaux suspects. Les véritables comédiens, eux, siégeaient à la place des spectateurs. Duan Xiaolou et Cheng Dieyi, assis au premier rang, se regardaient, consternés.

Le président de ce tribunal révolutionnaire ouvrit la séance en déclarant solennellement :

– Les éléments contre-révolutionnaires et despotiques tels que Yuan Siye, Ding Heng, Zhang Zhaodi ont occupé des postes à haute responsabilité sous les trois gouvernements contre-révolutionnaires. Mais le grand coupable est Yuan Siye. Il a servi les anciens seigneurs de la guerre, a collaboré avec les Japonais puis avec les nationalistes lors de l'unification du pays. L'accusé usait de méthodes cruelles et perverses en cours dans la vieille société féodale pour exploiter, tromper et infliger des châtiments à nos camarades travaillant dans les théâtres. Sa culpabilité est indéniable.

Dieyi se mit brusquement à rougir. Il jeta un regard furtif au coupable qui était agenouillé en silence, la tête courbée. Yuan Siye avait été « son premier homme ». Ses cheveux étaient ébouriffés et son visage couvert de crasse. Il avait dû être sauvagement battu, car la moitié de sa figure était tuméfiée, ses paupières bougeaient à peine et sa bouche meurtrie n'était plus qu'une énorme plaie sanglante. Dieyi se souvint de leur première rencontre. Avec ses larges épaules et son regard perçant, il éclatait de vigueur. Il avait commis « l'erreur » de se donner à lui dans cette chambre aux teintes violacées, semblables à celles de ses blessures d'aujourd'hui.

L'appareil répressif implacable consistait à démoraliser et à accabler l'accusé. On obtenait d'excellents résultats. Yuan Siye fut le premier à être jugé. Le verdict tomba.

– Le bureau de la sécurité publique de la commission de contrôle militaire de la ville de Pékin condamne l'accusé à la peine capitale. La sentence doit être exécutée sur-le-champ!

Bien qu'il ne fût pas surpris par le verdict, Dieyi pâlit. Juste à ce moment-là, un jeune adolescent, plein de fougue et d'enthousiasme, surgit en hurlant des slogans, Xiao Si! En pleine période de corruption, ce jeune homme d'un peu plus de vingt ans se présentait désormais en meneur du mouvement pour « la grande émancipation » dans ce monde nouveau. Dès qu'il criait un mot d'ordre, la foule le reprenait en chœur.

– Soutenons la campagne de répression des contre-révolutionnaires et des tyrans du théâtre!

– A bas les réactionnaires!

– Que le peuple tout entier s'affranchisse!

– Les opprimés deviendront les maîtres!

Tout en scandant ces principes, ils agitaient leur bras pour montrer leur ferveur. Xiaolou observait, médusé, l'allure martiale et dynamique de Xiao Si, puis son regard se tourna successivement vers Dieyi et Yuan Siye, qui autrefois symbolisaient la force et la richesse. Désormais le parti communiste avait le pouvoir de tout changer, de vie ou de mort.

Yuan Siye, escorté, descendit de l'estrade sous des cris de haine. Lorsqu'il passa à la hauteur de Dieyi, celui-ci baissa les yeux pour éviter de croiser son regard. Il savait qu'il avait été accusé de tous les maux, qu'on l'avait traité de « propriétaire foncier », de « fils de nantis », de « tyran de l'opéra », de « droitier », de « mauvais élément », bref, de « contre-révolutionnaire » notoire qui ne pourrait jamais se soumettre au Parti. Il n'avait pas besoin d'entendre le coup de fusil pour savoir que le rideau allait tomber. La silhouette pleine de vie de Yuan Siye planait comme une ombre au-dessus de sa tête, et semblait lui susurrer : « Ton tour viendra ! »

Dieyi contemplait la scène d'un air ahuri sans parvenir à rassembler ses esprits. Il estimait peu probable que Xiao Si, qui n'était en somme pas grand-chose, prît sa place, là, devant lui, sur l'estrade. Quant au leitmotiv des dirigeants « il faut cultiver les jeunes pousses », l'idée en revenait sans doute au Parti. Une chose était sûre, le gouvernement populaire du Comité central faisait grand cas de ces jeunes.

Parmi les priorités du Parti figurait l'éducation des masses, et Xiaolou et Dieyi endossèrent l'uniforme maoïste et suivirent consciencieusement les cours. Ouvriers, paysans, soldats et prolétaires désireux d'embrasser la carrière d'acteur bénéficiaient du programme culturel du Parti, à savoir des cours d'histoire et de civilisation. Le professeur de Dieyi et de Xiaolou, une jeune femme vêtue du même uniforme, traça au tableau le caractère « amour ».

– Qu'est-ce que l'amour ? demanda-t-elle à ses élèves.

– C'est être bon avec les autres, répondit une vieille femme.

– Moi, je n'ai jamais aimé personne, dit un vieux général, je ne sais pas ce que c'est. En plus je confonds toujours ce caractère avec celui représentant le mot « subir », car ils sont très proches.

Le professeur se tourna vers Dieyi :

– Je ne sais pas non plus, marmonna-t-il, « amour » et « subir » me paraissent semblables à moi aussi.

Le professeur éclata de rire.

– Comment peut-on confondre les caractères « amour » et « subir » ? « Subir », c'est peiner, souffrir, endurer. Avant la Libération, vous « subissiez » les vieux principes féodaux; maintenant que le peuple est émancipé, vous ne connaissez plus que l'amour.

La seule différence résidait-elle dans ce « cœur » que l'on place sous le caractère « subir » pour qu'il se transforme en « amour » ? Mais si le cœur s'envole au loin, il n'est plus question d'amour! songeait Dieyi.

Le professeur poursuivait, volubile :

– Il y a l'amour des parents pour leurs enfants et réciproquement, mais il y a aussi l'amour entre frères et sœurs, entre amis, entre hommes et femmes, mais rien ne vaut l'amour que le Parti voue à son peuple, l'amour sans bornes du président Mao envers le peuple chinois...

Puis le professeur traça un autre caractère. Il s'agissait à présent de « fidélité ». Elle reprit ses explications, imperturbable :

– Voyons maintenant la fidélité. Cela signifie une dévotion inextinguible envers une personne ou une cause. La fidélité ne peut être altérée par l'épreuve, aussi douloureuse soit-elle. C'est ce que nous entendons quand nous parlons de notre fidélité au président Mao et au Comité central du parti communiste. C'est aussi votre engagement à travailler dur pour enrichir vos connaissances.

Tout en recopiant le caractère, Dieyi pensait bien à la fidélité, mais pas dans le sens évoqué par le professeur. Il pensait à ses efforts pour se détacher de l'opium. Il en consommait régulièrement avant la libération de 49. Il avait bien envisagé de renoncer à ce vice et d'essayer de se soigner dans l'un des nombreux centres de désintoxication existant à l'époque; mais il savait fort bien qu'en réalité les Japonais soutenaient le marché de l'opium et que, si l'on franchissait la porte de ces centres, on en ressortait encore plus dépendant. Après la Libération, lorsque les comédiens, à nouveau reconnus et respectés, s'engagèrent sur une voie nouvelle, Dieyi décida de lutter pour s'investir dans son existence réformée.

Il se remémora ce premier été après la Libération. Il faisait si chaud que les gens passaient le plus de temps possible à l'extérieur des maisons pour tenter d'échapper à la fournaise. Pourtant Dieyi, lui, gisait sous ses couvertures, secoué de frissons, avec l'illusion que ses os se déboîtaient, qu'il n'était plus qu'une loque désarticulée. Il désespérait de pouvoir se relever un jour. Sa dernière pipe d'opium datait de cinq jours. Les premiers jours avaient été les pires. A certains moments, la sensation de manque était si intense qu'il se tordait de douleur en hurlant. Xiaolou l'avait enfermé à clé dans sa chambre et il avait beau griffer la porte, mordre sa couverture, s'arracher les cheveux et briser tous les miroirs, la porte restait close. Ses yeux creux, son visage livide et son corps recroquevillé attestaient sa douleur. En entendant ses gémissements presque inhumains, Xiaolou devait prendre sur lui pour ne pas céder. Mais il n'y avait pas d'autre moyen de le soigner. Il fut plusieurs fois à deux doigts de rechuter.

– Si je n'y parviens pas, dit-il un jour à Juxian, je vous en prie, souvenez-vous de ce qu'il y avait de bon en moi.

Juxian se montrait bonne et tendre envers Dieyi. Son état dépressif lui faisait pitié. Elle était désireuse d'adoucir son calvaire lorsqu'elle le voyait le visage couvert de morve et de bave.

– Ne dites pas de bêtises, Dieyi, bientôt vous irez mieux! murmura-t-elle gentiment, émue par sa détresse.

Il leva les yeux sur la femme penchée sur lui et crut reconnaître sa mère, dans son délire.

– Maman! cria-t-il soudain en se serrant contre elle, je veux mourir.

– Vous allez voir, vous irez mieux, répéta-t-elle doucement.

A d'autres moments, sa jalousie prenait le pas sur sa compassion. Xiaolou la trouva un jour debout derrière la porte de Dieyi avec une bassine d'eau.

– Pourquoi ne la lui apportes-tu pas? s'enquit-il.

– J'attendais qu'il se calme. Tu sais combien il peut être violent.

Xiaolou lui prit la bassine des mains et entra dans la chambre. Il le redressa, l'aida à retirer son linge et épongea la sueur de son corps avec une serviette.

– Je sais, c'est insupportable au début, mais tu as déjà fait le plus difficile. Tu verras, d'ici peu, tu seras un homme nouveau.

– Sans toi, j'aurais abandonné depuis longtemps.

Il avait l'impression que Xiaolou et lui luttaient ensemble et que cela les rapprochait. Il se demandait parfois s'il n'avait pas commencé à fumer de l'opium uniquement pour attirer l'attention de son ami. Les souffrances physiques endurées depuis quelques jours n'étaient rien face à la stimulation procurée par « son vieil amour retrouvé ». La désintoxication était certes une épreuve de longue haleine nécessitant une volonté de fer et un réconfort de chaque instant. Mais Dieyi savourait pleinement son bonheur de sentir la délicatesse quotidienne avec laquelle Xiaolou l'entourait, la façon dont il satisfaisait ses besoins matériels, dont il le réprimandait chaleureusement, à juste titre d'ailleurs. C'est cela qu'il entendait par « fidélité ».

Dieyi avait l'habitude de voir le visage de Xiaolou recouvert d'une épaisse couche de maquillage. Il fut surpris un jour de découvrir à quel point sa peau était devenue rèche.

– Je sais, répondit-il distraitement, je me maquille tous les jours depuis si longtemps que cela n'a pu qu'abîmer ma peau. Tous les soirs, je m'enduis de peinture pour la retirer ensuite, sans ménagement ni douceur, avec du papier trempé dans de l'huile et ainsi de suite...

– Bien sûr! intervint Juxian sur le seuil de la porte, avec un tel traitement, une peau fine et tendre finit vite par ressembler à de la peau d'orange.

Tout en parlant, elle déposa le plateau-repas près du lit de Dieyi et servit les plats.

– A ce train-là, je vais finir par m'y raper les mains, poursuivit-elle.

– Là n'est pas la question, répliqua Dieyi. La peau de Xiaolou a toujours été rugueuse! Il a quand même eu la gale quand il était petit! Vous ne savez pas tout, ma chère!

Juxian eut l'air surpris et Xiaolou jeta un regard noir à Dieyi.

– Il faut toujours que tu parles des choses les plus embarrassantes, des choses que j'aimerais mieux oublier.

– C'était l'époque où il se battait pour me défendre! ajouta Dieyi, assez satisfait de lui. Mais un jour, en voulant donner une leçon aux gamins qui me tourmentaient, il est tombé et s'est fendu l'arcade sourcilière sur une mauvaise pierre. Voilà d'où provient cette cicatrice au-dessus de son sourcil! Et on garde ce genre de marque toute sa vie.

Dieyi insista sur la dernière phrase.

– Mais tu es un héros! constata Juxian, en caressant tendrement la cicatrice.

Puis elle se tourna vers Dieyi :

– Je ne l'aurais jamais su sans vous.

– Il y a tant de choses que vous ignorez. Vous ne le connaissez pas depuis si longtemps, il n'a donc pas pu vous raconter grand-chose.

Juxian sentit l'impatience la gagner. Dieyi cesserait-il un jour de l'importuner? Il avait plus de trente ans, mais il restait mesquin comme un gamin. Ces derniers jours avaient été particulièrement contraignants car Dieyi et son mari étaient inséparables et elle était lasse de feindre d'aimer Dieyi pour plaire à Xiaolou. Impassible, elle commença à servir le déjeuner.

– Dieyi, les graines de lotus sont excellentes car elles purifient le sang. Je vous ai donc préparé un bouillon avec ces graines et des légumes délicatement salés de chez Liubi. Servez-vous.

– Qu'est-ce donc? demanda Xiaolou en jetant un œil sur un autre bol que Juxian tenait à l'écart.

– Ce sont des fruits séchés que j'ai achetés pour Dieyi, susurra-t-elle. Quelques douceurs pour la douceur incarnée!

Xiaolou tenta de s'emparer d'un fruit et Juxian lui donna une tape sur le poignet.

– Bas les pattes, vilain garçon! As-tu vu comme tes mains sont sales? Ouvre ton bec!

Dieyi les regardait, découragé. « Elle n'a certainement pas acheté ces friandises pour moi, songeait-il amèrement. Elle comptait les partager avec son mari. » Incapable d'écouter plus longtemps leur badinage, il mâcha distraitement un abricot sec. Son regard s'arrêta sur une pile de vêtements et de draps amoncelés dans un coin.

– Vous pourriez peut-être laver ce linge, dit-il à Juxian confusément, pour changer de conversation.

Comme elle ne répondait pas, Xiaolou entonna un air d'opéra.

– *Il y a du travail, ma vaillante épouse!*

– Puisque tu me le demandes si gentiment, je vais le faire. Elle lança un sourire triomphant à Dieyi et s'empara de la lessiveuse.

– Xiaolou, je suis fatiguée car je suis indisposée. Peux-tu porter la lessive? lui dit-elle d'une voix forte pour que Dieyi l'entende.

Resté seul, Dieyi sirota son bouillon tout en détaillant un grand vase en porcelaine bleu, une très belle pièce parcourue de fines craquelures. Il remarqua que la pendule était arrêtée, mais la fuite du temps ne le préoccupait guère.

Dès que la santé de Dieyi le lui permit, ils remontèrent sur les planches au théâtre Zhonghe situé avenue Qianmen. Depuis la Libération, le peuple chinois était empreint d'un optimisme collectif sans retenue, ni méfiance. Pris de vertige, il se laissait enivrer par une sorte de rêve flou et indéfinissable. Aspiré par ce tourbillon d'enthousiasme, il ne pouvait en aucun cas en imaginer les conséquences et les répercussions. Dans les théâtres, on continuait de jouer l'Opéra de Pékin, mais on donnait également des représentations planifiées par les « camarades » du service littéraire et artistique, des pièces modernes comme *Le Chant des repiqueurs de riz.*

Lorsque Xiaolou et Dieyi entrèrent dans les coulisses, ils remarquèrent un nouveau groupe de comédiens âgés d'une vingtaine d'années – Xiao Si en faisait partie et semblait même en être le meneur –, vêtus des uniformes gris de l'armée populaire de libération et de chaussures de toiles. Ils affichèrent tous des mines réjouies, débordantes d'entrain, pour saluer l'arrivée des deux anciens acteurs :

– Nous venons des zones libérées et nous n'avons aucune notion des règles théâtrales, mais comme dit le président Mao : « Ne faisons pas semblant de comprendre ce que nous ne comprenons pas, assumons nos lacunes. »

– Nous devons être proches du peuple travailleur, nous

devons le servir, partager ses joies et ses plaisirs, tout en prenant modèle sur vous, camarades, déclara le dirigeant.

– Vous êtes trop aimables! répondit Dieyi.

– Vous êtes tous deux des hommes instruits, cultivés, pleins d'expérience, nous voulons prendre modèle sur vous.

Xiao Si s'avança.

– Avant la Libération, ils se sont toujours tenus à l'écart du peuple, lança-t-il. Ces vedettes d'opéra ne peuvent jamais s'empêcher d'être arrogantes!

En dépit de cette interruption, tout le monde se serra aussitôt chaleureusement la main en échangeant des compliments.

– Maintenant notre seul et unique but à tous est d'être les dignes instruments de la propagande du parti communiste pour servir le peuple et permettre à tous les camarades de prendre modèle les uns sur les autres...

Le Chant des repiqueurs de riz, avec ses costumes et ses décors inhabituels, connut un bref succès populaire. La troupe joua diverses pièces comme *Le Couple qui apprend à lire*, *Les Frères et sœurs défrichent les terres incultes*, *La Haine du sang et des larmes...*

Les comédiens jouaient avec exaltation et donnaient vie à leur rôle. Le frère et la sœur, tous deux costumés en paysans, rivalisaient d'ardeur au travail.

Devant, mon frère avance avec fougue,
Derrière, ma sœur suit avec ardeur.

Puis tout le monde reprenait en chœur :

Inspirons-nous des héros travailleurs,
Inspirons-nous des héros travailleurs,
Accélérons la production!...

– A quoi rime cette comédie dépourvue d'ardeur et de passion? glissa Xiaolou à l'oreille de Dieyi.

– Tu as raison, le dialogue ne présente pas le moindre intérêt.

– Heureusement qu'ils nous demandent seulement « d'échanger nos connaissances » et qu'ils ne poussent pas la plaisanterie jusqu'à exiger que nous nous prêtions à ce genre de farce, car je refuse de me trémousser de la sorte sur les planches pour feindre la moisson. Ce n'est vraiment pas crédible!

– Mon cher, il s'agit de servir le peuple !

– Ce ne sont que des amuse-gueule ! Une fois qu'ils auront « chauffé » le public, nous lui donnerons ce qu'il est venu chercher.

– Tu ferais mieux de te taire ! Voici un « camarade » qui vient vers nous.

Il valait mieux, en effet, afficher un comportement neutre devant les autres et ne dire ce que l'on pensait qu'à l'abri des oreilles ennemies.

Dieyi était au comble du bonheur, il ne pouvait pas rêver plus bel accord de sentiments avec son bien-aimé Xiaolou. Quelle joie que leurs cœurs battent à l'unisson ! Dieyi se disait qu'il était bon de pouvoir partager ses peines et ses humeurs avec un ami en qui on avait toute confiance, à qui l'on pouvait se livrer sans crainte, sans scrupule, qui était en quelque sorte un autre soi-même et qui, par conséquent, ne vous trahirait pas. Une affection partagée et une confiance absolue entre deux confidents permettraient d'aller jusqu'à endosser une faute en son nom. Dieyi regardait Xiaolou avec tendresse. Il songeait qu'il était impensable qu'ils puissent un jour se quitter. Ils avaient trop de souvenirs en commun, trop de mots échangés autrefois dans la vieille société et qui pesaient si lourd aujourd'hui dans ce nouveau monde. Ce soir-là, le maquillage plâtreux de Dieyi donna à la belle favorite Yu des airs inhabituels. Dans cette société décadente, que pouvait-on faire d'autre que revêtir une fausse apparence ? Les seuls moments de sincérité étaient ceux qu'il partageait avec Xiaolou. Dans son existence peu reluisante, Xiaolou était le seul être important, la bouffée d'oxygène qui l'aidait à ne pas sombrer dans l'avilissement total.

Une fois la représentation terminée, les deux amis rentrèrent chez Xiaolou. Ce dernier avança des chaises et ils s'assirent. Xiaolou était très préoccupé.

– Juxian, sers-nous donc une tasse de thé, cela donne soif de servir le peuple.

Juxian eut un mouvement d'impatience.

– J'ai passé toute la journée à m'occuper des enfants des autres et à nettoyer la crasse des autres. Moi aussi, je suis fatiguée, j'ai vraiment servi le peuple !

– Quel peuple as-tu servi ?
– Celui des camarades ouvriers et soldats !
– Je pensais qu'eux aussi devaient servir le peuple. Ils ne sont donc pas le peuple.
– Qui est le peuple, alors ?
– Nous, les comédiens, nous ne faisons pas partie du peuple, répondit doucement Dieyi, ni les femmes d'ailleurs, pas plus que les ouvriers ou les militaires, personne ne peut se targuer d'être le peuple, et pourtant toute la nation est « au service du peuple ». Alors dis-moi qui est ce peuple pour qui chacun se dévoue ?
– Le président Mao !
Juxian, paniquée, s'empressa de bâillonner Xiaolou de ses deux mains réunies.
– Tu es fou ! Veux-tu être exécuté ?
– Je peux quand même dire ce que je pense chez moi, continua-t-il en enlevant les mains de sa femme, je n'ai rien à craindre ici.

De fait, la « crainte » de parler devenait un sentiment qui contaminait tout un chacun, une maladie contagieuse qui se propageait à une allure folle, plus rapidement que la grippe, une épidémie soudaine dont personne ne guérirait. La politique était une affaire de vie ou de mort. Les gens avaient appris à éviter certains sujets, et même un ver à soie à l'abri de son cocon aurait redouté d'émettre le moindre son. Chacun souffrait d'une peur viscérale d'être dénoncé pour un mot de trop susceptible de déclencher des catastrophes imprévisibles. La Révolution se voulait noble, mais les moyens utilisés étaient pour le moins pervers. Seulement, voilà : il n'y aurait pas eu de révolution possible sans de telles méthodes.

Désormais les comédiens ne devaient plus se contenter de répéter leurs textes puis de jouer. Des cours d'éducation politique leur étaient imposés, pendant lesquels ils apprenaient par cœur les citations du président Mao. Ils bénéficiaient malgré tout d'un traitement de faveur. Grâce à la nationalisation des théâtres, ils percevaient des revenus fixes, relativement élevés, qui leur assuraient une vie décente dans cette période de pénurie générale. Si la « Révolution » n'avait pas encore touché l'individu en tant que tel, le monde des arts était en plein processus de rééducation et de transformation.

Un matin, quelques ouvriers, marteau au poing, s'acharnèrent à retirer les anciennes sentences qui encadraient le bâtiment depuis plus d'un siècle pour les remplacer par des slogans politiques :

Vive l'union du peuple chinois!

A bas les forces du féodalisme!

Xiao Si accompagna le secrétaire du Parti, le camarade Liu, pour passer au peigne fin tout le théâtre et inventorier les costumes et les accessoires. En 1955, les dirigeants du parti communiste avaient deux ambitions : façonner de vrais héritiers de la Révolution prolétarienne et faire rayonner les arts. Xiao Si ne se privait pas d'appliquer les directives du Parti et prenait plaisir à diriger les opérations là où se trouvaient ses vieux amis d'autrefois.

– Camarade Duan, camarade Cheng! hurla-t-il en s'adressant à eux.

L'appellation de « camarade » fit sursauter Dieyi. Plus il entendait ce mot, moins il s'y habituait.

– Nous avons tous entendu le discours du camarade secrétaire Liu nous demandant de nous unir pour conserver les costumes et les accessoires pour les générations futures. Bon nombre d'acteurs en ont déjà fait don à l'Etat, certains datent de l'ère qianlong...

Dieyi ne disait mot. Xiao Si sourit et poursuivit :

– Si vous ne vous associez pas à cette participation, le peuple s'interrogera sur votre engagement et votre sincérité. Je crois me souvenir que vous aviez l'un et l'autre de somptueux costumes brodés de fil d'or et d'argent, de précieux trésors, n'est-ce pas?

Dieyi n'aimait pas l'idée de cette campagne de « don spontané et volontaire ». Comment aurait-il pu envisager de se séparer d'un seul de ses accessoires, à ses yeux aussi précieux que la vie? Autant lui arracher sa chair et le vider de son sang. Ce soir-là, il ouvrit sa grande malle pour humer et caresser ses objets chéris. Soudain la vue d'un vieux morceau de papier le bouleversa. Pourquoi tant d'émotion pour une chose aussi anodine? Dieyi poursuivait sa voluptueuse chasse aux trésors en enfonçant doucement sa tête, sensuellement, entre les costumes à demi dépliés d'où émanait une suffocante odeur de naphtaline. Il fouinait, cherchait, regardait, reposait jusqu'à en être enivré. Il se mit à contempler longuement ce vieux papier au fond rouge à moitié passé, mais dont l'encre noire des caractères n'avait pas bougé : la première page d'écriture de son ami Xiaolou! Les trois caractères étaient tracés d'une main certes malhabile mais tellement sincère! Que de souvenirs heureux de leur enfance commune! Le temps s'était écoulé à la vitesse de l'éclair depuis le jour où, pour la première fois, ils étaient montés sur les planches pour jouer *Adieu ma concubine,* depuis cette page d'écriture dessinée avec application. Dieyi avait réuni dans ce coffre dix années de bonheur caché. Ses pensées s'envolèrent vers le passé, la nostalgie l'envahit. Il ne put s'empêcher de sourire en évoquant l'application de Xiaolou écrivant son nom. Comment aurait-il dû s'y prendre pour se faire aimer de lui ? Brusquement il émergea de son rêve et remit le papier dans la malle. Il rangea chacune des parures dans leur boîte respective avant de les serrer dans un coffret en bois de poirier joliment sculpté. Il fixa ensuite sur le devant de la malle un énorme cadenas de bronze pour emprisonner à tout jamais ses trésors. Il s'exténua enfin à pousser l'énorme bagage sous son lit, persuadé que c'était la meilleure cachette, l'endroit le plus sûr. « Voici ma Cité interdite enfin protégée », se dit-il. Il jeta rapidement quelques coups d'œil à droite et à gauche pour s'assurer que personne ne l'avait observé. Même dans l'intimité de sa chambre, il se demandait constamment s'il n'avait pas vu l'ombre d'un fantôme rôder autour de lui. Il était sûr d'avoir perçu, là, dans son miroir, une ombre bouger. Dans la semi-obscurité de sa chambre, il crut apercevoir la silhouette vague et confuse d'un revenant. La peur et la solitude l'avaient vieilli prématurément, il avait à peine plus de trente ans, mais en paraissait déjà quarante au moins. Ses yeux s'emplirent de larmes qu'il écrasa avec douceur, comme l'aurait fait l'une des héroïnes qu'il incarnait sur scène. Il y avait quelque chose de théâtral dans la rougeur de ses yeux, qui évoquait plus le maquillage que tout autre chose.

La période de calme relatif qui suivit l'arrivée des communistes ne dura pas longtemps. Bientôt l'Opéra de Pékin devint la cible du Parti. Une fois le processus de la Révolution déclenché, impossible de l'arrêter! Au contraire, il fallait sans cesse relancer l'intérêt des masses et surtout ne pas leur laisser le temps de prendre conscience de quoi que ce soit. Voilà qui expliquait cette alternance de campagnes et de mouvements lancés sans relâche, comme le rythme incessant de la vague, cycle infernal et infini qui jusqu'à la fin des temps revient avec une constance inébranlable.

D'aucuns prétendaient que le milieu artistique pourri et décadent ne servait qu'à tromper l'individu en lui inculquant des sentiments irrationnels, artificiels et, par conséquent, dangereux. L'influence de l'opéra sur les masses laborieuses était jugée trop importante, elle ne devait en aucun cas altérer la seule vertu de tout le pays. Pour les dirigeants, sentiment rimait avec poison. Il ne fallait pas oublier non plus que dans les Opéras de Pékin il n'était question que d'empereurs et de hauts dignitaires, de gentes dames et de beaux esprits. L'arme ainsi utilisée dans la vieille société par les classes dirigeantes pour inculquer la superstition et répandre le poison auprès du peuple était manifeste et répréhensible. Fief suprême de l'idéologie féodale. Les classes dirigeantes au sein du parti communiste décidèrent donc de dégrader les comédiens et de promouvoir le cinéma et le théâtre moderne en lieu et place de l'opéra classique. Certaines salles durent fermer. Les acteurs, privés de leur raison de vivre, se retrouvèrent tout à coup sans travail et désœuvrés.

Dans les brumes et la rosée matinales, autour du pavillon Tao Ran, les vocalises résonnaient doucement, libres comme le vent. La pluie avait cessé, mais le jour n'était pas encore levé. Le son tragique de la voix s'infiltrait au travers des légères nappes de brouillard, comme pris au filet. La silhouette solitaire de Dieyi refusa obstinément de se retourner. Il se sentait déprimé. Bien qu'il continuât à exercer sa voix, il ne trouvait plus sa place en ce monde.

Il avait bien essayé de s'engager politiquement, mais la nouvelle société ne lui convenait pas. Il quitta le parc pour retourner en ville. Il dirigea ses pas vers un bâtiment abandonné et allongea le cou par la porte entrouverte d'où s'étirait un fin rayon de lumière. Comme cet endroit familier lui rappelait son doux passé ! C'était dans ce théâtre qu'il avait acquis sa notoriété ! Les mots galants se dispersaient au vent, qu'étaient devenus les rendez-vous qui prenaient le ciel à témoin ? Ce lieu déchu ressemblait désormais à un cimetière. L'édifice était en ruine : murs délabrés, colonnes détériorées, poussière régnant en maître sur ces tristes décombres, insoutenable et irritante. Le moindre pas provoquait d'étranges craquements et gémissements. Toutes les sentences parallèles et les inscriptions louant talents et art, bien qu'encore lisibles, s'estompaient.

Cheng Dieyi une main appuyée sur son parapluie s'aventura dans les escaliers chancelants pour rejoindre le premier étage et observer la scène depuis l'une des loges. Il se revit jouer *Adieu ma concubine* et déclamer :

La lune resplendit, mais dans la campagne
Retentit un chant tragique, qui serre le cœur.

L'assistance l'écoutait en le fixant désespérément et chacun tentait de garder bien ancrée au fond de lui l'image de cet homme de talent, de cette soirée prestigieuse, qui n'était plus qu'un merveilleux souvenir. Les seuls spectateurs qui l'entouraient aujourd'hui n'étaient que des fantômes et les treize portraits d'acteurs célèbres des ères tongzhi et guangxu qui l'avaient observé d'un œil critique pendant plus de quarante ans. Tous étaient d'illustres comédiens de la dynastie des Qing, qui avaient repris les rôles de l'impératrice douairière Xiao, de la vieille Hu, de Lu Su, de Ming Tianliang, de Zhuge Liang, de Chen Miaochang, Yang Yanhui et enfin Wang Baochuan. Avec le temps, les couleurs avaient déteint. On ne distinguait plus que de vagues contours d'encre pâle. Dieyi resta longtemps perdu dans sa contemplation. Tout à coup le son criard d'un haut-parleur brisa le silence :

– La Grande Révolution culturelle prolétarienne est

une révolution qui touche l'homme dans ce qu'il a de plus profond!

L'écho poursuivit :

– ... Toucher l'homme dans ce qu'il a de plus profond!

– ... Profond!

Un frisson d'angoisse parcourut Dieyi. Les hirondelles qui logeaient dans les ruines du bâtiment prirent peur elles aussi et s'envolèrent bruyamment comme si leur nid était menacé. Dieyi avait lâché son parapluie. Il le ramassa et sortit. Il était trois ou quatre heures de l'après-midi, mais le ciel était déjà très sombre.

Le président Mao prétendait qu'il « fallait laisser sortir les génies malfaisants et les démons de toutes sortes, pour que le peuple prenne conscience, par leur simple présence, de leur côté néfaste » et qu'« il était indispensable de les exterminer ». Il en était de même des mauvaises herbes qui envahissaient les champs. Chaque année, les paysans, inlassablement, défrichaient, arrachaient le chiendent pour en faire de l'engrais... « Nous devons agir ainsi, il faut nous battre, il faut lutter... »

Autrefois, même les grandes périodes de troubles et de désastres étaient ponctuées d'accalmies. En ce temps-là, la vie était rude et incertaine, mais quelques instants de bonheur étaient malgré tout préservés, les quatre fêtes traditionnelles du calendrier lunaire : le Nouvel An, les Bateaux Dragons, la cinquième lune et enfin la Mi-automne, le quinze de la huitième lune.

Les chanteurs avaient dû exercer d'autres métiers pour augmenter leurs revenus, tels que tireur de pousse-pousse, ouvrier, brodeur ou marchant ambulant. Maintenant leur vie n'avait plus aucun sens, elle n'était plus que tristesse et désespoir, régentée par des mesures politiques obscures et terrifiantes. Ils se sentaient perpétuellement retranchés, acculés dans une situation périlleuse. Ils devinrent donc comme d'autres des outils de propagande. En 1965 apparurent les premiers « opéras modèles » [1]. Le concept même de théâtre fut revu et cor-

1. Opéra de Pékin à thème révolutionnaire contemporain. *(N.d.T.)*

rigé dans le seul et unique but de servir le peuple : la musique, la danse, les dialogues, les costumes, les décors, les éclairages furent soumis à cette exigence militante, les tâches furent réparties et le travail diversifié.

Xiaolou et Dieyi furent promus comédiens de ce théâtre modèle, mais ils n'avaient plus les rôles-titres. Il n'était plus question de héros antiques et de belles favorites. Le thème unique était la lutte des classes et les opéras s'intitulaient *La Lanterne rouge*, *La Prise de la montagne du Tigre* et *Le Détachement féminin rouge*. Il n'y avait plus de répétitions, mais des cours de politique. Des textes engagés avaient remplacé la musique et les dialogues.

Le soir, de retour chez lui, Xiaolou devait apprendre par cœur son texte. Il peinait, répétait mot à mot puis récitait laborieusement à Juxian ses tirades :

– Des milliers de... de quoi ? Ah oui, des milliers de héros, de martyrs, avant nous, se sont sacrifiés courageusement dans l'intérêt du peuple. Ensuite... ? Portons bien haut leur drapeau... marchons dans les sillons où coulait leur sang...

Il s'arrêta net et se frappa le front.

– Eh merde, je n'arrive pas à m'en souvenir ! Ma mémoire reste hermétique à ce genre de dialogues ! J'ai appris tant de pièces pourtant, jamais je n'ai eu autant de mal à retenir un texte !

– Souviens-toi de ce que disait ton professeur, l'encouragea Juxian. Réciter est l'exercice de base d'un bon chanteur. Essaie encore.

Xiaolou recommença en se persuadant qu'il chantait de l'opéra sans chercher à comprendre.

Portons bien haut le drapeau de nos héros,
Marchons dans leurs sillons arrosés de leur sang,
Avançons camarades ! Faisons de la pensée-Mao Zedong notre seule arme,
Menons une lutte sans merci contre le crime et les complots.
Donnons un brillant exemple ! Eclairons le monde !

Il éclata de rire. Cela marchait ! Il avait retenu un passage entier.

– Bravo, Xiaolou, s'exclama tendrement Juxian.

La joie de Xiaolou fut de courte durée.

– Enfin! Quel est l'intérêt de ce stupide opéra révolutionnaire? Il n'y a pas de passion, pas de morale! C'est d'un ennui!

– Voilà que tu recommences! Je t'en prie, surveille tes propos. J'espère que tu ne te laisses pas aller à de pareilles réflexions en dehors de la maison, ajouta-t-elle, inquiète.

– Pas vraiment, affirma Xiaolou.

– Réponds-moi franchement! Tiens-tu ce genre de discours en dehors de chez nous?

– Je me suis juste un peu plaint, c'est tout. Tu as peur que si je manifeste ouvertement mon mécontentement, nous ayons la vie dure?

– A qui en as-tu parlé?

– A Xiao Si et ses acolytes. Ils me demandent sans cesse mon avis. Il faut être sincère, non?

– Est-ce qu'un jour tu finiras par comprendre? A la maison, tu peux dire ce que tu as sur le cœur, mais une fois la porte franchie, il faut être très prudent. S'il te plaît, cesse de n'en faire qu'à ta tête.

– D'accord! consentit Xiaolou. De toute façon, je ferai de mon mieux, ne serait-ce que pour ta sécurité. S'il m'arrivait quelque chose, je me demande qui prendrait soin de toi, ma femme, je veux dire ma compagne. Je ne m'habitue pas à leur jargon!

– Xiaolou... Le ton de Juxian était empreint de reproche, mais elle l'enlaça et lui dit:

– Je t'aime tant! Ne prends pas de risques! Ne dis pas des choses qui pourraient être utilisées contre toi ensuite. Je ne souhaite pas que tu sois un héros, je veux juste que nous vivions heureux et en paix.

La vie suivait son cours. Mais dans ce monde en folie, on n'avait que faire des conduites héroïques. Il s'agissait de vivre, d'essayer de mener une existence sans histoire, sans se faire remarquer, ce qui n'était pas si simple. Il était tout à fait superflu d'avoir un idéal révolutionnaire élevé, et encore plus inutile de se montrer combatif et intrépide. Car si chaque campagne politique était lancée au nom du peuple, c'était le peuple qui souffrait le plus. Dans cette société prolétarienne, pouvait-on laisser à un couple ordinaire un peu de liberté, pour qu'il vive comme il le désirait? Juxian n'aspirait qu'à la simple existence d'un homme et d'une femme comme tous les autres. Elle aurait tellement préféré qu'il n'ait jamais joué le rôle de Xiang Yu, ce roi-hégémon!

– Tu as froid? lui demanda brusquement Xiaolou en la voyant trembler.

– Non, je frissonne, c'est tout.

Une pluie fine commençait à tomber.

En levant les yeux, Xiaolou aperçut l'épée accrochée au mur. Il repoussa Juxian et s'en empara, dégaina et se mit à exécuter la danse de l'épée comme il le faisait au théâtre, à la fin d'*Adieu ma concubine*:

Mais les temps ne sont plus favorables,
Mon cheval Zhui ne galope plus;
Si Zhui ne court plus, que vais-je faire?

Il soupira et baissa la tête. Juxian, sans dire un mot, rangea cet objet maudit dans son fourreau avant de le remettre au mur près du portrait du président Mao qui les observait avec bienveillance.

– Il n'arrête pas de pleuvoir depuis quelques jours, constata simplement Juxian en regardant par la fenêtre.

Lorsque les beaux jours revinrent, la restauration des théâtres était enfin achevée. Les salles remises à neuf n'avaient plus rien à voir avec celles d'autrefois. De chaque côté de la scène, le principe des sentences parallèles était conservé, mais les anciennes inscriptions avaient disparu pour faire place à des slogans pour le moins surprenants. A gauche on lisait « L'art au service des ouvriers, des paysans et des soldats »; à droite, « l'art au service de la voie socialiste ». Tout cela abominablement mal calligraphié en caractères blancs sur fond rouge. Entre les deux, une grande banderole prônait « Vive le prolétariat! A bas le capitalisme! »

En 1966, le théâtre modèle donna une représentation de *La Prise de la montagne du Tigre*. Xiao Si interprétait le rôle de Yang Zerong, personnage vêtu de l'uniforme des brigades de l'armée populaire de libération chargée d'exterminer les crapules. Il devait attaquer la caverne du tigre. Il se tenait droit, le poing serré, le bras tendu, surélevé par rapport aux autres comédiens, le torse bombé, tourné vers le soleil, dans une attitude glorieuse et rayonnante d'intelligence, un regard franc et sincère tourné vers le Parti. A tout moment il descendait de l'estrade en affichant de grands airs et prenait les masses à témoin pour énumérer, les uns après les autres, les crimes commis par l'ennemi de classe.

Cheng Dieyi et toute une troupe d'acteurs d'antan faisaient office de figurants. Ils représentaient les masses populaires. Comme toujours, ils accomplissaient leur devoir avec le plus grand respect du théâtre, même si cette obligation était ennuyeuse et dépourvue d'intérêt.

Xiao Si, alias Yang Zerong, était en pleine lutte :

Les huit gardes du corps ne sont que des rats.

Duan Xiaolou, qui interprétait l'un d'entre eux, se tenait debout dans un coin de l'estrade, le maintien fier et imposant comme il se doit pour un bon comédien, prêt à rugir d'une voix tonitruante qui déchirerait le silence : « Egorgez ce fils de pute ! »

Les spectateurs applaudirent à tout rompre, comme s'ils célébraient leurs retrouvailles avec un vieil ami de toujours. L'un d'entre eux alla même jusqu'à crier, au mépris de la nouvelle étiquette :

– Bravo ! Voilà enfin un acteur, un véritable acteur !

– C'est un plaisir que d'entendre ce comédien !

Le tohu-bohu de l'assistance couvrit la réplique de Xiao Si, qui sentit la rage l'envahir. Car il suivait aveuglément les directives données par le théâtre modèle et son jeu était loin d'être excellent. Dieyi ne s'aperçut de rien, Xiaolou non plus d'ailleurs. Ils s'inclinaient devant l'assistance, enivrés par les applaudissements.

Xiaolou s'était montré parfait, tant par son chant que par son jeu, pour ne pas décevoir son épouse et être digne de cet art auquel il avait consacré la moitié de sa vie. Cet excellent acteur pouvait faire face à n'importe quelle situation et jouer n'importe quelle pièce. Le théâtre était mort, mais pas l'artiste. Voilà la vérité.

Dehors, Juxian assistait à un autre spectacle qui la fit frémir. Son regard croisa celui, complexe et ambigu, de Xiao Si, en compagnie de jeunes filles, l'air déterminé et redoutable. La nuit même, la campagne de « volontarisme consentant » commença. Dans cet état de crise permanent, dans cette ambiance de terreur, les Chinois vivaient de plus en plus terrés chez eux, recroquevillés dans leur appartement, sans plus oser bouger ni parler ; ils prirent l'habitude de chuchoter, comme si les murs avaient des oreilles, et d'éliminer toute trace de leur passé. Les livrets d'opéras anciens, les albums illustrés des masques du théâtre chinois traditionnel furent déchirés et disparurent, brûlés dans les fourneaux. Les costumes et les accessoires furent réquisitionnés par les Gardes rouges et remis aux dirigeants supérieurs pour répondre à la demande du Parti. En suivant ses directives, ils mettaient toutes les chances de leur côté.

Quelle tristesse ! On avait l'impression que la Chine était partagée en deux, les victimes et les bourreaux. Finalement Juxian se résolut à exhumer l'unique trésor qui lui restait : sa robe de mariée. Sa détresse émut profondément Xiaolou qui s'empara de la robe et la considéra pensivement.

– Qu'allons-nous faire ? demanda-t-elle pleine d'espoir.

– Je ne vois pas pourquoi on devrait la leur donner, répliqua Xiaolou en prenant une feuille de plastique. Ecoute, enveloppe-la là-dedans et cache-la au fond de la grande jarre à eau. Ce n'est qu'une robe de mariée, personne ne s'en apercevra ! Je sais combien c'est important pour toi.

– J'ai peur, Xiaolou !

– Tu n'as rien à craindre, je suis là !

Tout en emballant le précieux vêtement, Juxian lui jeta un bref regard, les yeux embués de larmes.

– Xiaolou, tu voudras toujours de moi, n'est-ce pas ?

Xiaolou ne répondit pas mais prit une bouteille d'alcool et s'en versa un bol qu'il but rapidement avant de le reposer sur la table, en en renversant un peu. Juxian se leva et porta à son tour le bol à ses lèvres pour en boire une petite gorgée.

– Bien sûr que je voudrai toujours de toi. Autant que je te veux maintenant! Et tout de suite!

– Xiaolou, je suis complètement paniquée, je ne sais plus où j'en suis. J'ai peur pour toi, et pour moi aussi...

Dans les bras l'un de l'autre, ils commencèrent fébrilement à retirer leurs vêtements.

– Je veux un autre enfant, déclara-t-elle brusquement. Mais peut-être est-il déjà trop tard ? Je ne sais pas...

La terreur accentuait et stimulait leur passion. Ils s'enlacèrent, s'étreignirent et s'aimèrent avec ardeur. Seul l'amour, la fusion intime de deux êtres, leur donnait la force de lutter contre les lendemains incertains qui les attendaient. Xiaolou soupira de bonheur et d'aise, ivre d'amour plus que de vin. Le plaisir parvint à leur faire oublier leur désespoir et leur crainte et à échapper, ne fût-ce qu'un instant, à la dure réalité des événements.

Le mouvement déclenché par le Parti battant son plein, les Gardes rouges n'étaient sans doute plus très loin. Ils ne pourraient fuir nulle part, aussi se rendirent-ils chez leur ami Dieyi et tambourinèrent-ils à sa porte :

– Dieyi, ouvre, c'est nous!

– Dieyi, je vous en prie! C'est nous, nous avons à vous parler! Ouvrez! surenchérit Juxian.

Dieyi se trouvait dans la cour de sa maison où, depuis plusieurs jours, il faisait sécher au soleil toutes ses parures et ses costumes de théâtre. Le contact de ces riches étoffes brillantes le ramenait à son passé glorieux. C'était la fin de la journée, le ciel était azuré et rougeoyant. Il lui était impossible de prendre une décision. Le moment était pourtant venu de se séparer définitivement de ses trésors. En effet, s'il ne se soumettait pas spontanément à la volonté du Parti, il y aurait perquisition, réquisition et il serait contraint d'en « faire don ».

Lorsqu'il entendit de l'autre côté de la porte Juxian et Xiaolou lui crier d'une voix inquiète et pleine de sollicitude « qu'*ils* arrivaient », il ne voulut pas comprendre l'ampleur de la nouvelle. Où le Parti voulait-il en venir ? Quel serait le dénouement de la pièce qu'il était en train de jouer ? Les dirigeants avaient décidé que « désormais » il n'était plus question de chanter l'opéra chinois traditionnel ; il n'avait plus de rôle à tenir, plus de raison de vivre. Devrait-il inévitablement suivre ces consignes pour éviter d'être exécuté ou acculé au suicide ?

Il décida de ne pas s'occuper du couple qui frappait à sa porte. Il n'avait que faire de leurs conseils car c'était bien lui et lui seul qui endurait douleurs et déchirements. A l'aide d'une paire de ciseaux, il commença à découper d'abord les chaussons brodés, puis les somptueux costumes, en laissant les pièces de tissu couler entre ses doigts, comme des morceaux de son passé. Les confettis de brocart, de soie, de satin, de fils d'or jonchaient le sol de la cour, tourbillonnant comme de fins pétales ou d'étroites feuilles de saule. Il n'ouvrit pas à Xiaolou qui s'impatientait de l'autre côté de la cloison. Il resta là, seul entre ses murs, à regarder le feu crépiter, incapable de discerner s'il s'agissait d'un rêve ou de la réalité. Il disait adieu à ses jeunes années, qui se consumaient lentement pour se réduire à ce tas de cendres gris et flétri qui se mourait pour l'éternité. La blessure fut cruelle, la prise de conscience insupportable. Sa gorge se dessécha, son visage, malgré sa pâleur, rougit sous la chaleur des flammes. Jamais *ils* n'y toucheraient ! Il aimait mieux les brûler que de les leur donner ! Il n'avait pas fait preuve de fidélité envers Xiaolou qui lui témoignait son affection, mais cela n'avait que peu d'importance ! Sans doute lui aurait-il ouvert sa porte s'il avait été seul. Mais il n'était pas seul. Une légère brise répandait dans l'air une odeur âcre et amère, suffocante, générée par cette incinération. Le feu s'épuisait.

Toute la compagnie de l'Opéra de Pékin était rassemblée dans la grande salle de réunion pour étudier les directives du président Mao dans les domaines des Arts et Lettres. Les participants étaient assis dans un silence solennel, vêtus du même costume gris de l'armée populaire de libération, visant à uniformiser tous les acteurs munis de leurs nouveaux accessoires, le petit livre rouge dans une main et un bloc-notes dans l'autre.

Le secrétaire se lança dans un discours passionné :

– Désormais, la troupe devra jouer des pièces modèles révolutionnaires et non plus les opéras traditionnels. Nous ne devons plus, comme l'a fait autrefois la vieille société féodale chinoise, entretenir les superstitions qui ont empoisonné la vie du peuple, répandre le mensonge ou vanter le rang et la position sociale de tel ou tel...

Son regard se posa sur Xiaolou, qui resta impassible, puis sur le visage satisfait de Xiao Si. Il poursuivit :

– L'un d'entre nous a récemment célébré les vertus de l'individualisme. On lui avait assigné un rôle de brigand, mais il s'est permis d'employer un ton qui a annihilé l'aspect révolutionnaire du protagoniste. Cela est en contradiction avec la ligne prolétarienne que nous avons développée dans le domaine de l'art. Cet incident s'est produit durant une représentation de la pièce intitulée *La Prise de la montagne du Tigre*, effectuée sous la direction de la camarade Jiang Qing.

Il fit à nouveau une pose puis hurla :

– Duan Xiaolou !

Xiaolou tressaillit et sentit une sueur froide lui parcourir le corps. A quoi bon tout ce verbiage inutile ? Il aurait mieux fait de le dénoncer immédiatement sans attendre.

– Tu te rends compte de la gravité de ton comportement ? Peux-tu expliquer à tes camarades ce qui t'a motivé à agir de la sorte ?

Tous les regards convergèrent vers Xiaolou. Dieyi était anéanti. Il s'attendait à être lui-même la cible de la critique des dirigeants.

Xiaolou, indigné, se leva :

– Tout chanteur d'opéra digne de ce nom sait qu'il doit pratiquer l'interaction avec les autres acteurs. Je n'ai en aucun cas voulu diminuer le prestige de Xiao Si, bien au contraire, j'ai essayé de faire ressortir son personnage. La scène est une terre labourée, en quelque sorte, il faut produire toutes sortes de récoltes. Qu'ai-je fait de mal ?

– Duan Xiaolou, as-tu déjà cultivé la terre ? Fais-tu partie de la classe des paysans pauvres ? En quoi es-tu habilité à faire une telle comparaison ?

Xiaolou resta pétrifié, glacé. Il n'était plus que l'ombre de lui-même.

8

La Révolution culturelle qui rassemblait les forces vives du pays transforma les acteurs en ouvriers révolutionnaires dans le domaine des arts. Armés de la pensée de Mao Zedong, il leur fallait combattre les attitudes néfastes du passé. Le premier qui prononçait un mot évoquant l'ancien temps se voyait immédiatement répertorié comme complice de Liu Shaoqi.

– A bas!

– A bas!

– A bas!

Il fallait aussi combattre le féodalisme et rejeter les quatre anciennetés qu'étaient « la vieille culture », « les vieilles traditions », « les vieilles coutumes » et « les vieilles habitudes » pour établir de nouvelles valeurs. Tels étaient désormais les nouveaux slogans! Par le biais des haut-parleurs, un speaker énonçait d'une voix assourdissante les principes de base de la Révolution culturelle, submergeant les pensées de chacun et empêchant ainsi toute réflexion personnelle. Le volume était si élevé que le secrétaire du Parti, l'air un peu hagard, dut s'arrêter au milieu d'une phrase. Le pouvoir qu'il commençait à peine à exercer semblait déjà précaire. N'allait-il pas se retrouver victime à son tour?

Xiaolou et Dieyi échangèrent un rapide coup d'œil, terrifiés. Ni l'un ni l'autre n'avait encore eu l'occasion de faire son autocritique. La révolution n'est pas un dîner de gala; la révolution, ce n'est pas se noyer dans l'écriture; la révolution, ce n'est pas broder ou peindre; inutile d'être élégant ou raffiné, de vivre avec pondération et avec courtoisie, de se montrer complaisant et respectueux; la révolution, c'est l'acte violent d'une classe qui en renverse une autre...

La Chine avait toujours attaché de l'importance aux effets sonores. En temps de paix, les cloches marquaient les heures. En temps de guerre, on entonnait un chant funèbre après la défaite. A l'époque de la Révolution, le haut-parleur représentait l'autorité suprême. Depuis 1949, il était devenu l'instrument de propagande le plus efficace du Parti. Cette harangue ininterrompue s'imprimait de façon indélébile dans l'esprit du peuple. Même si les gens ne distinguaient pas chaque mot, la force de la transmission résidait dans le ton employé qui pouvait être doucereux ou violent, flatteur, pressant, passionné, désolé ou exalté; à l'image d'une foule, en somme.

– Sachons nous comporter comme les bons élèves du président Mao!

– Suivons le chemin tracé par le président Mao!

Tels étaient les slogans des « petits généraux » du président Mao, les Gardes rouges. Les adultes étaient considérés comme des ennemis potentiels de la Révolution, et seuls les enfants appartenaient de plein droit au courant révolutionnaire. Les cours étaient suspendus pour que les élèves puissent perquisitionner les maisons et confisquer les biens familiaux. Certains rejoignaient des groupements de luttes et de critiques. Tout était nouveau, glorieux, et les jeunes étaient fiers de participer à cet important mouvement révolutionnaire. Une partie de leurs dirigeants, des adolescents, étaient pékinois mais la plupart venaient d'autres provinces. Au nom de la Révolution, ils enfonçaient les portes des maisons, saccageaient et pillaient à volonté puis s'enfuyaient, telle une nuée de sauterelles.

« Les mauvais éléments » étaient soumis à la critique et leur famille condamnée à balayer les rues et les trottoirs. Si vous n'avez jamais été témoin de ce genre de spectacle, vous n'arriverez pas à croire que l'homme puisse être réduit à un pareil état de larve, incapable d'émettre un son ou d'exécuter le moindre geste, où ses yeux inexpressifs et exorbités sont figés dans un visage de marbre. La foule est redoutable. Les petits Gardes rouges auraient pu être les enfants ou les petits-enfants de leurs victimes. Ces généraux en herbe interprétaient, à l'insu de leurs chefs, l'idéologie dirigeante, pour appliquer comme bon leur semblait la fameuse charte en seize points de la Révolution culturelle promulguée le 8 août 1966 par le comité central. On prétend que tout cela fut provoqué par le simple affichage d'une feuille de papier sur le panneau réservé à cet usage dans l'école annexe de l'université Qinghua. Ce dazibao exhortait à « louer l'esprit de révolte ». Dès lors un vent de rébellion souffla sur la Chine entière. Même les couleurs des feux de signalisation furent inversées, le vert commandant l'arrêt quand le rouge intimait de passer : c'était le monde à l'envers!

Si les nuits étaient étrangement calmes, chaque jour, en revanche, Dieyi et Xiaolou subissaient des « critiques » sur leur comportement politique et leur passé. Le soir, ils rentraient chez eux pour écrire leur « autocritique » et, quand ils avaient enfin terminé, ils s'attaquaient à leur « punition », recopier des poèmes du président Mao.

Nankin, vieux tigre accroupi, citadelle stratégique imprenable,
Vainqueur d'hier et d'aujourd'hui, située entre
Le mont Zhongshan, colline d'or battue par les vents et les pluies,
Et le fleuve Changjiang, qu'a traversé notre puissante Armée rouge
Forte d'un million d'hommes!
Poursuivons vaillamment l'ennemi!
Réduisons-le à sa dernière extrémité!
Bannissons l'hégémonisme à la Xiang Yu!
Ecrasons ceux qui rêvent de le plagier!
Le ciel, frappé par les ans, s'amuse avec les sentiments.

Dieyi restait hermétique à ce poème qui commémorait l'événement historique de l'Armée rouge libérant Nankin après vingt-deux ans d'occupation par le Guomindang, et ne vit que les deux caractères formant le mot « hégémon » qui lui étaient très familiers. Son crayon à papier raclait la feuille de mauvaise qualité sur laquelle il s'échinait et ce grincement déplaisant devenait insupportable. Heureusement Xiaolou était là, lui aussi penché sur son pensum. Lorsque Juxian était absente, il oubliait immédiatement son visage. Si seulement elle avait pu ne jamais revenir, il serait enfin tranquille. Comme ce soir.

Les salles de classe désertées par les élèves qui s'étaient lancés à corps perdu dans la Révolution furent transformées en « salles d'aveux ». Dieyi et Xiaolou étaient une fois de plus assis côte à côte pour copier leurs confessions et leurs poèmes. A quarante-neuf ans, Xiaolou était maintenant un roi-hégémon sur le déclin. Mais pour son ami Dieyi, il restait toujours le même. La fatigue aidant, ils commencèrent à tracer de mauvais caractères, à se livrer à de faux aveux. Tout était faux, comme s'ils ne jouaient pas la bonne pièce. Lorsque leur attention se relâchait, les petits Gardes rouges qui se tenaient derrière eux les frappaient aussitôt à coups de poing et de pied en criant :

– Ecrivez ! Confessez vos crimes contre-révolutionnaires ! Dites la vérité, toute la vérité ! Appliquez-vous, sinon vous savez ce qui vous attend : une exposition prolongée au soleil agenouillé sur un tabouret !

– Que les singes savants défilent ! Allez, levez-vous ! En route !

Dans le tumulte des gongs et des tambours, les enfants les entraînèrent dans la rue. La parade des « artistes en vogue sous les trois périodes », à savoir la guerre de résistance antijaponaise, le gouvernement nationaliste et le parti communiste dans sa phase révisionniste s'ébranla. Pour les comédiens, l'humiliation n'en était que plus grande ! Personne n'oubliera jamais cette année 1966. Sous la chaleur torride du mois d'août, les comédiens, qui jusqu'alors avaient toujours interprété des rôles masculins, féminins, de visages peints ou de clowns, déambulèrent dans les rues de la ville : on aurait dit une gigantesque mascarade. On les avait contraints de revêtir leur costume de théâtre et de se peindre le visage en noir rehaussé de quelques traits blancs et rouges, masques ridicules et laids vu l'exagération des dessins et des couleurs. Ils avaient vraiment l'air des « monstres » que les Gardes rouges les accusaient d'être. Xiaolou n'avait pu maîtriser le tremblement de ses mains et, sur son visage, le blanc et le noir se mélangeaient. Aucun trait n'était dessiné avec netteté si bien qu'il n'avait plus grand-chose à voir avec Xiang Yu, le roi-hégémon. Quant à Dieyi, il avait réalisé le maquillage de la favorite Yu à coups de poudre blanche et de fard à joues rouge. Il avait donné à ses yeux la forme de feuilles de pêcher, et l'épaisseur du fard le protégeait du désordre ambiant. La peau de ses mains et de son visage avait perdu sa souplesse d'antan. Mais il décida de donner une image sereine de lui-même; après tout cette parade ne serait qu'une représentation de plus! Au milieu de cette foule incertaine, Dieyi s'empara du pinceau de Xiaolou et lui proposa, nostalgique :

– Laisse-moi tracer tes sourcils une dernière fois!

Il s'appliqua à peaufiner le maquillage de son ami comme il avait coutume de le faire depuis maintenant si longtemps. En voyant sa cicatrice à l'arcade sourcilière, Dieyi eut tout à coup l'impression que rien n'avait changé depuis près de vingt ans. Xiaolou ne bougea pas.

La parade constituée d'acteurs en costume de scène représentant des personnages historiques célèbres tels que Guan Gong, Diao Chan, Lü Bu, Xu Xian, Bao Qingtian, Sun Wukong, Wu Song, Hong Niang, ... et fatalement Xiang Yu et sa concubine, la belle Yu Ji, s'ébranla. Une voiture de propagande ouvrait la route, escortée de Gardes rouges qui tapaient sur des gongs et des tambours et s'arrêtaient à chaque instant pour hurler :

– Tortillez-vous! Dandinez-vous ou on va vous faire danser pour de bon!

– Allez! Le petit doigt en l'air! N'oubliez pas « la fleur d'orchidée »! Cette saloperie de geste!

– Chantez! Beuglez maintenant! Beuglez comme des vaches!

Le soleil d'août brûlait leur peau et la sueur mêlée au maquillage dégoulinait le long de leur visage en une bouillie infâme. La chaleur torride les confinait dans une véritable fournaise et il était insupportable de marcher sur le macadam bouillant.

– A bas le poison des Arts et des Lettres!

– Evincez-les jusqu'à la lie!

– Vive la Révolution culturelle!

– Vive le président Mao!

– Longue vie à notre président Mao!

Les cris furent brusquement interrompus par un brouhaha indescriptible, suivi d'un bruit sourd: une femme venait de se jeter par la fenêtre d'un immeuble. L'une de ses jambes était cassée et de son cerveau éclaté coulait un liquide visqueux semblable au pâté de soja. Le sang et la chair de son corps en charpie se répandaient en tous sens. Un minuscule objet, une dent ou un bout de doigt sans doute, tomba aux pieds de Dieyi, trop exténué pour y prêter attention. Quelques Gardes rouges, en fait de jeunes étudiantes du collège numéro quinze de Pékin, s'étaient rendus chez un vieil écrivain pour chercher et confisquer des documents soi-disant « réactionnaires ». Au cours de leur troisième perquisition, cet écrivain, qui de notoriété publique était un homme doux et cultivé, s'était brusquement emparé d'un grand couteau de cuisine pour se ruer comme un dément sur les gamines avant de se précipiter en bas des marches et menacer une petite « révolutionnaire » de douze ans.

– L'ennemi passe à l'offensive! hurla la dirigeante des Gardes rouges. En avant, camarades!

Les enfants saisirent le vieil homme et lui tordirent les bras derrière le dos jusqu'à ce qu'ils se brisent avec des craquements sinistres. L'épouse de l'écrivain, en proie à une crise d'hystérie, tenta de taper sur ses bourreaux avec un balai. Mais elle n'était pas de taille face à ces adolescentes qui la contraignirent à grimper les marches jusqu'au dernier étage. Se voyant acculée, elle sauta dans le vide. Son mari n'assista pas à cette scène horrible, car il avait perdu connaissance.

Xiaolou et Dieyi, les jambes tremblantes, ne pouvaient en croire leurs yeux.

– *Ah!* soupira Xiaolou à l'oreille de Dieyi, *si mon royaume de Chu est anéanti, c'est la volonté céleste et non l'issue de la guerre!*

– *Victoires et défaites sont choses courantes pour un chef militaire, à quoi bon s'attrister?* enchaîna Dieyi.

Un Garde rouge voyant les deux comédiens échanger quelques mots à voix basse, les fouetta avec la boucle en bronze de son ceinturon de cuir et heurta une des épingles à cheveux en perles de Dieyi. Celui-ci se précipita pour la ramasser, mais le jeune garde lui écrasa aussitôt la main avec son pied. Des filles le molestèrent en l'injuriant :

– Fils de putain! Avance! Laisse cette épingle! Interdiction de la ramasser!

Xiaolou ne put supporter de voir son ami outragé. Lorsqu'il s'avança pour le protéger, un crachat l'atteignit au visage et dégoulina lentement le long de sa joue. Il l'épongea avec sa manche, dégoûté. Les Gardes rouges excédés lui ligotèrent les mains derrière le dos tout en le rouant de coups.

– Mon frère! Xiaolou! ne put s'empêcher de crier Dieyi, hors de lui.

Xiaolou lui ayant intimé du regard de ne pas intervenir, il ne put qu'assister avec horreur aux souffrances infligées à son ami. La terreur s'empara de lui face à ces gamins déchaînés qui se comportaient comme des bêtes sauvages. Ces enragés étaient-ils la réincarnation de pauvres enfants abandonnés, du cadavre ensanglanté de cette petite fille trouvée dans un tas d'ordures, il y a si longtemps, enroulée dans un vieux balluchon? Elle revenait pour se venger, pour le punir. C'était très probablement l'une d'entre elles, elle-même peut-être, mais il ne la reconnaissait pas. En dépit de l'avertissement de Xiaolou, Dieyi avança et fendit la foule. Il reçut quelques coups avant de s'écrouler. A terre il tenta d'atteindre son épingle de perles, mais elle était déjà piétinée, écrasée.

Juxian rentra tôt ce soir-là. Toute la journée, elle avait balayé les rues, une pancarte de « membre de la famille des conspirateurs contre-révolutionnaires » collée dans le dos. En voyant dans quel état revenait son mari, elle se mit à hurler, son balai à la main :

– Xiaolou ! Mon pauvre Xiaolou !

Il était couvert de sang séché, aussi compact par endroits qu'une boue rouge. Elle ne parvenait pas à lui ôter sa chemise dont le tissu était collé à la peau et dut la découper à l'aide d'une paire de ciseaux. Puis elle lava les blessures à l'eau chaude et Xiaolou vit alors qu'elle pleurait.

– Ce ne sont que des égratignures, lui dit-il tendrement. C'est encore supportable. Ce qui est intolérable, en revanche, c'est d'être traité comme une bête et les voir s'en réjouir ! Ils s'agitaient au-dessus de la tête de Dieyi comme s'ils allaient lui chier dessus ! Alors qu'il est si faible et qu'il ne ferait pas de mal à une mouche !

– Pense d'abord à toi, rétorqua Juxian, la voix chargée de rancune. Ils vont te tuer un de ces jours ! Tu ne dois pas les provoquer. Est-ce que tu pourrais penser à quelqu'un d'autre qu'à lui ? Que serais-je devenue s'ils t'avaient battu à mort ? As-tu pensé à ça ?

Tout à son agacement, elle pressa les plaies à vif de Xiaolou qui tressaillit. Elle se calma aussitôt.

– Si je n'avais pas pensé à toi, chuchota-t-il, j'en aurais tué un ou deux !

– Oh non, surtout pas...

Elle fut interrompue par une bande de Gardes rouges qui fit irruption dans la pièce. Ils venaient plus tôt que d'habitude – la nuit n'était pas encore tombée – et le bruit des portes enfoncées emplissait l'immeuble. Aucun logement n'était épargné. Tout ce qui était piétiné ou cassé était traîné dehors et brûlé, le reste devenant la propriété des pillards. Les Gardes rouges fouillèrent la pièce de fond en comble après avoir fermé portes et fenêtres. Puis le chef, un gamin de quatorze ans au regard impitoyable, brandit le petit livre rouge. Il lit à voix haute les phrases censées justifier leur intrusion :

– Tout objet contre-révolutionnaire doit être éliminé, balayé et disparaître, c'est la règle, personne n'y échappe !

– Allez-y, camarades ! Au travail !

L'appartement fut bientôt sens dessus dessous, les meubles renversés, les étagères vidées... Une fois le mobilier saccagé et la vaisselle brisée en mille morceaux, ils s'attaquèrent aux vitres, ce qui leur plaisait particulièrement parce que le fracas assourdissant intimidait plus que tout autre chose la « classe ennemie ». Ils s'aperçurent que le couple ne possédait pas de peintures chinoises classiques, de calligraphies anciennes, d'antiquités, de vieux livres ni de lettres, ce qui les déçut beaucoup mais ils n'en continuèrent pas moins leur mise à sac sous le regard impuissant de Xiaolou et Juxian, main dans la main. Tout à coup, l'un des Gardes rouges avisa l'épée accrochée près de l'inévitable portrait du président Mao. La pointe en était exactement dirigée vers la tête du grand timonier. Les regards des jeunes gens convergèrent vers Xiaolou, emplis d'indignation mais aussi d'excitation, car ils avaient enfin trouvé la faille.

L'interrogatoire commença :

– A qui est cette épée ?

Pas de réponse. Dehors, il faisait nuit noire, l'obscurité était dense et opaque. Mais, dans ce silence oppressant et ténébreux, personne ne parvenait à trouver le sommeil ; la Chine entière souffrait d'insomnie. Deux des Gardes rouges mus par une inspiration soudaine chuchotèrent quelques indications à leurs compagnons avant de s'éclipser. Ils revinrent quelques minutes plus tard accompagnés de Dieyi et tous trois durent s'aligner face à leurs accusateurs : ils ne pouvaient qu'obéir et attendre, terrorisés.

– Avouez ! hurla violemment le chef, cette épée est la preuve irréfutable de vos crimes contre-révolutionnaires ! Tout le monde ici pourra témoigner qu'elle était pointée vers le portrait de notre grandiose dirigeant le président Mao !

Dieyi regarda Xiaolou qui jeta un coup d'œil à Juxian. Tous trois devinrent d'une pâleur mortelle et se sentaient comme pétrifiés. Ils savaient que cette accusation aurait de graves conséquences.

– A qui est cette épée ? répéta sévèrement le chef.

– A lui ! cria Juxian en désignant Dieyi. Elle n'est pas à Xiaolou. Elle est à lui !

Juxian tremblait pour son mari. Comment allait-il réagir à cette perquisition dans leur propre maison, lui déjà si affecté par les tortures physiques qui lui avaient été infligées ? Devait-il en plus être éprouvé mentalement ?

Mais Xiaolou ne put s'empêcher de rétablir la vérité :

– Elle est à moi.

Sa voix était faible, mais son maintien digne et son expression intransigeante. Juxian devint comme hystérique.

– Xiaolou, que voulions-nous faire de cette épée ? Nous n'avons pas eu un moment de paix depuis qu'elle est chez nous.

Un des Gardes rouges s'avança et la gifla. Mais elle resta indifférente à cet affront et se tourna vers Dieyi pour le supplier ardemment :

– Dieyi, je vous en prie, ne faites pas ça à Xiaolou, ne brisez pas notre famille.

Dieyi tourna son regard vers cette jeune femme aux lèvres encore tremblantes, sa rivale, l'ennemie de toute sa vie.

– Quelle « famille » ? demanda-t-il avec mépris.

Il observa cette épée, témoin de tant de vicissitudes, avant de rétorquer sur un ton sarcastique :

– Où étiez-vous le jour où je l'ai offerte à mon frère ?

Puis il s'adressa au Garde rouge en le regardant droit dans les yeux :

– Disons que c'est moi qui la lui ai donnée, mais que c'est elle qui l'a pendue au mur.

A son tour, il pointa son doigt en direction de Juxian.

Xiaolou s'interposa, agacé :

– Cessez de vous chamailler tous les deux, cette épée est à moi, à moi seul !

– A toi, hein ? répéta le Garde rouge en se penchant vers lui. Tu veux te conduire en héros, hein ?

D'autres adolescents apportèrent des briques et forcèrent Xiaolou à se mettre à genoux :

– Il est de notoriété publique que le roi-hégémon a une voix puissante et des os d'une robustesse à toute épreuve. Quand il était petit, il se cassait des briques sur la tête. Voyons s'il en est toujours capable!

Le chef s'empara d'une brique et tenta de la briser sur le front de Xiaolou.

– Xiaolou! hurla Juxian. Non! Non! Arrêtez! C'était moi...

Dieyi était glacé d'horreur. Xiaolou avait cinquante ans et ses os n'avaient plus la solidité de ses jeunes années. Il n'était plus la « petite pierre » invincible; il avait été battu et rebattu par les flots et le vent.

Xiaolou restait apparemment impassible et une traînée de sang roula le long de sa joue. Ses lèvres remuèrent mais aucun son n'en sortit. La brique était intacte. A la vue de sa blessure, Dieyi tomba à genoux et Juxian retint son souffle. Xiaolou regarda Dieyi, furieux. Avait-il perdu toute dignité?

– J'avoue. Elle est à moi. Je vous en conjure, petits généraux révolutionnaires, relâchez Xiaolou.

En s'avançant toujours à genoux, Dieyi prit l'épée, douce consolation, pour la caresser une dernière fois. Puis il la jeta violemment sur le sol, certain d'avoir signé son arrêt de mort.

– Je suis le coupable!

Juxian le considéra, stupéfaite, avant de porter ses yeux sur Xiaolou.

– Merci Dieyi! chuchota Juxian.

Dieyi décida de ne plus la regarder. Son regard se perdit au loin, très loin, et il murmura comme pour lui seul :

– C'est pour lui que je l'ai fait, surtout pas pour vous.

Xiaolou était tellement ému qu'il en avait le souffle coupé. Pourtant il hurla d'une voix tonitruante, avec la même sincérité et la même ardeur que sur les planches :

– Pourquoi racontez-vous n'importe quoi tous les deux? Pourquoi vouloir tromper le Parti? Je suis seul responsable de mes actes. Allez-y, emmenez-moi!

Escorté par les enfants, il quitta la pièce en boitant, le corps meurtri. Il devait maintenant subir l'interrogatoire des « rebelles » dans son unité de travail. Il n'était qu'un « mauvais élément » de plus.

Lui, Xiaolou, le grand interprète des guerriers antiques, se retrouva au milieu de l'estrade, assis sur une chaise en bois, deux projecteurs aveuglants en plein visage. Il se sentait aussi égaré que l'âme du trépassé qui accède enfin à l'au-delà. Une voix dure et inhumaine s'éleva au-dessus de lui, semblable à celle de Dieu prononçant le verdict du Jugement dernier. Mais ce n'était qu'un inquisiteur. Ils l'interrogeaient à tour de rôle pour conserver un ton suffisamment intimidant. Il dut confesser toutes les erreurs commises depuis son entrée à l'école de théâtre de Maître Guan, ses mauvaises fréquentations dans les maisons de tolérance, les prostituées. Ils demandèrent des noms, des années, des mois, des dates précises. Ils voulaient connaître le moindre détail insignifiant de son passé. Ils le dépeçaient de sa personnalité, couche après couche. Xiaolou était épuisé, physiquement et mentalement. Si seulement ils pouvaient le laisser dormir ou au moins regagner le monde extérieur, individu sans nom et sans visage, un automate de plus, perdu dans la foule.

Le troisième jour du procès, on braqua les projecteurs encore plus près de lui que d'habitude. Mais ils n'aveuglèrent qu'un visage blême et hagard.

– N'as-tu pas dit que tu étais opposé à l'armée populaire de libération ?

– Non.

– Souviens-toi ! Réfléchis !

– Non, je ne me rappelle pas.

– N'as-tu pas dit que tu voulais combattre notre armée ?

– Absolument pas. Jamais.

– Toi qui as toujours aimé jouer les héros, veux-tu nous faire croire que tu n'es pas un élément rebelle ?

– Je suis reconnaissant à l'armée populaire de libération de nous avoir libérés.

– Alors pourquoi te poser constamment en adversaire du président Mao ?

– Comment oserais-je...

– Tu as saboté l'école de théâtre modèle! Tu as commis le crime d'individualisme! Tu as manifesté des intentions meurtrières à l'égard du président Mao avec cette épée pernicieuse! Que fais-tu des directives du président Mao : « N'essayez pas d'obtenir des compliments en imitant les tyrans. » Eh bien ? non content de bafouer son enseignement, tu persistes et tu t'allies même avec ta bonne femme pour agiter la contre-révolution.

– Je n'ai rien...

Dix projecteurs s'allumèrent avec la soudaineté de l'éclair. La chaleur était insupportable. Une dizaine, ou peut-être plusieurs dizaines d'ombres noires armées de ceintures et de madriers s'approchèrent de lui pour le rouer de coups de pied, de coups de poing. L'une d'entre elles saisit une planche en bois qu'elle lui enfonça dans la cage thoracique avant de s'abattre à nouveau sur lui. Une danse macabre d'ombres chinoises s'agitait sur le mur.

– Tu vas bien finir par avouer!

– ...

– Tu vas reconnaître tes crimes, oui ou non?

Personne n'avait jusqu'à présent réussi à dominer le roi-hégémon, ni pu venir à bout de Duan Xiaolou qui, depuis son enfance, avait surmonté tous les obstacles, que ce soit pendant la guerre de résistance antijaponaise ou sous le contrôle du gouvernement nationaliste de Chiang Kaï-chek. Mais ce jour-là, Xiaolou mordit la poussière : le Parti le tenait à sa merci.

– Oui, c'est vrai, je ne suis qu'une graine empoisonnée, un esprit malfaisant, à l'idéologie perverse, indigne du parti communiste. J'ai osé offenser le vénérable président Mao... je suis un criminel! Je ne suis qu'un criminel!

Il leva la tête vers ses bourreaux.

– Malgré mon apparence humaine, je ne vaux pas mieux qu'un vulgaire chien!

Ils étaient enfin satisfaits.

Tout était tranquille dans la salle de classe transformée en « salle d'aveux » comme dans toutes les écoles du pays. Seules quelques rognures de crayons jonchaient le sol pour évoquer la présence lointaine d'élèves dans ce lieu où la poussière régnait en souveraine. Le chef de la brigade de propagande des femmes, le chef de section du quartier et quelques cadres étaient alignés sur des chaises derrière l'estrade. Juxian s'assit face à eux en se mordant les lèvres.

– Ce sera mieux pour lui, mais pour toi aussi, déclara une femme d'âge mûr au visage glacial. Elle se tourna vers la porte et fit un signe. Encadré par deux gardes, Dieyi fut conduit vers Juxian. On aurait dit des écoliers, assis face à face, avec leurs mains sagement posées sur leurs genoux, aussi pâles l'un que l'autre.

Dieyi commença à parler, s'adressant à Juxian :

– L'organisation du Parti m'a demandé de te persuader de tirer un trait définitif sur ta vie avec Xiaolou. Nous... sommes des graines empoisonnées dans le domaine des Arts et des Lettres. En tant que contre-révolutionnaires, nous devons subir la critique. Si tu persistes à suivre ton mari, tu ne récolteras rien de bon, au contraire...

Dieyi se rendait compte de l'ambiguïté de sa démarche. Il voulait casser le mariage de Xiaolou, sans toucher à son ami. Il ressentit une frayeur étrangement mêlée d'exaltation en attendant la réaction de Juxian.

– Juxian, reprit le cadre chargé de présider la séance, tu disposes de tous les éléments. Il est temps de prendre une décision. Si tu ne romps pas définitivement avec cet homme, la situation ne pourra qu'empirer pour vous deux, sache-le bien.

– Ton comportement pose de sérieux problèmes, trancha froidement le chef de la brigade de propagande des femmes.

Le gouvernement allait-il réussir là où lui avait toujours échoué ? Si la force destructrice de la Révolution culturelle parvenait à annuler le mariage de Xiaolou, alors toute cette violence, toutes ces souffrances n'auraient pas été vaines ! En dépit de tout ce qu'il avait lui-même enduré, Dieyi se sentit soudain soulagé et eut du mal à réprimer un sourire triomphant.

Juxian déclara à voix haute avec le plus grand sang-froid :

– Je ne le quitterai jamais !

– Veux-tu dire par là que tu oses t'opposer aux volontés du Parti en connaissance de cause ? lui demanda Dieyi d'une voix faible.

– Je vous suis reconnaissante à tous de vos avertissements, mais j'attendrai Xiaolou. Je ne divorcerai pas et j'en assumerai toutes les conséquences. Je suis sa véritable épouse.

En entendant les mots « véritable épouse », Dieyi tressaillit. Dans la salle de classe, le calme revint après la tempête. Un slogan placardé rappelait que « l'aveu est traité avec indulgence, la résistance sévèrement punie ». Haine et rancune s'effaçaient difficilement. Sa déclaration percutante de « femme digne et irréprochable » lui assena un coup de massue fatal. Elle ne l'avait pas épargné ! Dieyi et Juxian avaient tous deux agi en connaissance de cause, parfaitement conscients de leur propre volonté et de celle de leurs adversaires. Ils étaient face à face, des larmes ruisselant le long des joues. Celui qui sait le mieux vous juger d'une façon avisée n'est pas votre ami mais votre ennemi, votre rival particulièrement !

– Pourquoi t'obstiner à t'opposer aux directives du Parti ? hurla le cadre d'une voix dure.

Puis elle se tourna vers Dieyi pour le rappeler à l'ordre :

– Cheng Dieyi, dès demain soir tu dois tracer la ligne de démarcation entre ton ancienne et ta nouvelle vie !

Demain soir ? La cérémonie qui allait avoir lieu était une autre séance de critique au cours de laquelle on brûlait « les quatre anciennetés ». Les acteurs, tous maquillés de noir, allaient chanter une partition douloureuse et tragique. Les « quatre anciennetés » étaient entassées en un amoncellement de trésors et de reliques du passé : costumes, parures, accessoires, photographies anciennes, fard à joues, livres sur l'opéra, bref tous les biens saisis.

Tout allait être détruit au cours d'une soirée glaciale teintée de rouge. Les flammes ardentes de ce brasier gigantesque ne tardèrent pas à flamboyer allégrement, léchant le ciel de leur pointe, telles d'énormes langues de loups affamés, le tout dans un crépitement assourdissant.

Dans la nuit, l'incendie rougeoyant embrasa le firmament tout entier; on vit des danses macabres, ombres des personnages millénaires qui se dispersaient au gré du vent et dont les corps engourdis se consumaient. Inutile de crier, de pleurer; il était même interdit de rire sous peine d'être puni. Chacun avait dû sacrifier « de sa propre main » une partie de son être dans les flammes, et les acteurs avaient l'impression d'assister à de magnifiques funérailles qui n'étaient autres que les leurs. Les soieries, les satins, les brocarts imprégnés de sang et de sueur étaient transformés en cendres et disparaissaient à jamais.

L'Internationale s'éleva, claire et retentissante :

Du passé faisons table rase!
Foule esclave, debout! debout!
Le monde va changer de base,
Nous ne sommes rien, soyons tout!
C'est la lutte finale
Groupons-nous, et demain
L'Internationale
Sera le genre humain.

Le chef des Gardes rouges déclara alors qu'il était temps que les deux comédiens procèdent à une « critique mutuelle » afin de mettre le doigt sur leurs plaies respectives et d'en extirper le mal. Cette annonce déclencha un tonnerre d'applaudissements et de cris enthousiastes. Il tendit la main pour calmer la foule et hurla :

– Nous voulons que ces deux herbes vénéneuses dévoilent leur visage hideux et puant devant les masses.

Duan Xiaolou et Cheng Dieyi furent contraints, à coups de pied, de s'agenouiller sur le sol, de chaque côté du brasier. Des gamins portant l'uniforme vert de l'armée populaire de libération, le foulard et le brassard des Gardes rouges, prirent la situation en main. Ils s'adressèrent à Xiaolou :

– Allez! A toi d'abord!

Les flammes s'étaient emparées de l'habit noir du roi-hégémon et le réduisaient en cendres. La moitié de sa vie s'en allait ainsi tristement en fumée. Que lui restait-il ? Sa voix ? Elle s'était brisée le jour où cette horde sauvage lui avait violemment défoncé la cage thoracique avant de le torturer à coups de fouet et de marteau... Il ne chanterait plus jamais.

– Vas-y! Parle!

Il fut tiré de sa torpeur et rappelé à l'ordre par des Gardes rouges qui lui assenaient encore des coups de pied. Il lui fallait maintenant dire quelque chose. Il n'était plus le vaillant héros d'autrefois. Xiaolou commença à parler d'une voix enrouée, bien décidé à passer sous silence les fautes graves de son ami, pour n'avouer que des bagatelles.

– Cheng Dieyi a toujours été un garçon maniéré. Sur les planches, il... jouait les coquettes. Disons que c'est un homme qui prenait souvent des airs affectés...

Dieyi à son tour déclara en bafouillant :

– La première fois qu'il a dû se grimer, Duan Xiaolou ne pouvait supporter l'idée d'avoir le crâne complètement rasé; alors il a gardé une tonsure. Cette attitude n'était pas convenable!

– La ferme! Allez à l'essentiel! hurla le chef des Gardes rouges.

Duan Xiaolou regarda Dieyi et se dit que son ami comprendrait bien pourquoi il allait parler. Il poursuivit :

– Cheng Dieyi a toujours aimé vivre dans la liberté la plus totale, sans la moindre discipline. Devenu célèbre, il était paresseux et ne se réveillait que très tard dans la journée.

Les Gardes rouges se tournèrent alors vers Dieyi :

– Vas-y! A toi de démasquer ses vices et ses mauvaises habitudes!

Cheng Dieyi jeta lui aussi un coup d'œil complice à Xiaolou :

– Duan Xiaolou est un garçon qui aimait jouer, parier de l'argent, il adorait par-dessus tout les combats de grillons. Ses vices l'accaparaient tant qu'il finit par renoncer à ses ambitions et par négliger l'opéra. Il préférait aller flâner chez les prostituées.

Un coup de boucle de ceinturon en cuir leur cingla si violemment le visage qu'ils en eurent le souffle coupé.

– Ce sont vos seuls aveux! Vous n'êtes donc ni l'un ni

l'autre décidés à tirer un trait sur votre passé contre-révolutionnaire! Continuez ainsi et vous ne ressortirez pas vivants! Vous allez avouer, oui ou non!

Xiaolou tenta de réfléchir intensément et continua :

– Lorsqu'il jouait une pièce, il tenait absolument à ce que son nom apparaisse sur l'affiche, en énormes caractères, plus gros que ceux de tous les autres acteurs, et surtout en tête de liste. C'était un type arrogant qui voulait toujours choisir ses partenaires, qui faisait la fine bouche à tout propos et se montrait fier et hautain. Il était tellement passionné d'opéra qu'il se serait vendu pour jouer devant n'importe qui, y compris les pires réactionnaires!

Là, il savait qu'il allait enfin satisfaire la meute des Gardes rouges :

– Demandez-lui un peu comment il s'est comporté avec l'envahisseur japonais? Et avec les troupes et le gouvernement nationaliste de Chiang Kaï-chek?

– Allez, continue! Celui qui avouera sera traité avec indulgence, celui qui résistera sera sévèrement puni!

– ... C'est un traître à la nation chinoise, il a chanté pour des Japonais; et aussi pour des soldats blessés de l'armée nationaliste, pour des réactionnaires, pour des capitalistes, pour de riches propriétaires fonciers, pour des femmes de mauvaise vie et surtout n'oublions pas, pour le patron de l'opéra, le seigneur Yuan Siye!

Un Garde rouge apporta alors la fameuse épée, preuve irréfutable de son comportement contre-révolutionnaire, et la balança devant lui :

– C'est Yuan Siye qui la lui a donnée? D'où vient-elle exactement?

– Oui, c'est lui... C'est Yuan Siye... C'est un cadeau qu'il lui a offert en échange de ses faveurs!

– Xiaolou! cria Juxian qui était un peu à l'écart, sur le côté, dans le groupe de parents et d'amis des « mauvais éléments ».

Cette déclaration avait stupéfié tout le monde. Xiaolou se rendit compte qu'il était allé très loin. Estimant qu'il avait suffisamment dévoilé les plaies de son ami, il se mura dans le silence.

– Eh bien! ricana un soldat rouge, on comprend pourquoi elle pue tant, cette saloperie d'épée de la favorite Yu!

Il la lança alors brusquement dans les flammes.

Dieyi se jeta comme un fou dans le brasier pour en arracher son trésor et le serra désespérément contre son cœur, comme autrefois lorsqu'il avait enfin réussi à l'obtenir. Elle était un peu abîmée, mais il se dit que c'était la seule chose qu'il lui restait en ce bas monde. Son regard se figea, et il se mit à hurler :

– Moi aussi, j'ai des choses à dire!

Et il commença à exposer toutes les rancunes, longtemps refoulées, qu'il avait à l'encontre de Xiaolou.

– Duan Xiaolou! Tu as la lâcheté d'accuser les autres pour te couvrir! Tu n'as aucune pudeur! Ecoutez bien, vous tous! Il a pour concubine une prostituée qui ne rêve que de gloire et de faste, avec laquelle il vit de ripailles, invitant le premier venu à festoyer avec eux; elle a réussi à le détourner de l'opéra, à le dépouiller de sa passion vitale, à saboter son travail. Cette espèce de moins que rien l'a séduit et débauché, charmé et ensorcelé, elle le possède!

Dieyi était de plus en plus excité. Il avait oublié où il était, qui l'écoutait. Il voulait crier à la face du monde entier ce qu'il pensait de cette « misérable traînée »!

Deux Gardes rouges s'emparèrent alors de Juxian et la firent venir avec les deux accusés. Ils se considérèrent froidement mais plus rien ne pouvait désormais arrêter Dieyi. Il continua :

– Salope! Tout le monde t'est passé sur le corps! Tu es une putain sans postérité, sans héritier!... Elle est fourbe, hypocrite!

– C'est faux, elle est sincère! clama héroïquement Xiaolou de sa voix grave de chanteur d'opéra. Je vous en conjure, relâchez-la! Si vous libérez ma femme, je reconnaîtrai toutes mes fautes!

Dieyi, en entendant son ami parler de « sa femme », fut saisi d'une rage folle. Il ne l'abandonnerait donc jamais, absolument jamais! Son regard brûlait d'une haine encore plus violente que le feu qui se consumait devant eux. Son visage amaigri, noirci se raidit, ses yeux étaient injectés de sang. Il ressemblait à ces animaux aux abois qui, désespérés, ne savent plus où se réfugier. Il serra fortement les dents. De toute façon, il était condamné, il n'avait plus rien à perdre !

– Regardez-le ! Il est prêt à sacrifier sa vie pour une vulgaire prostituée ! Il se prend vraiment pour le général Xiang Yu ! Duan Xiaolou est un personnage avide de puissance et de gloire, un véritable despote qui agit en tyran et méprise les masses ! Il ne respecte rien, c'est un suppôt de la bourgeoisie...

– Qu'est-ce que tu racontes ? répondit Xiaolou, totalement décontenancé. C'est la belle favorite Yu qui est le suppôt de la bourgeoisie ! Pendant la guerre contre le Japon, elle se souciait bien peu de l'honneur du pays. Elle n'était prête à aucun sacrifice. Tout ce qui l'intéressait, c'était de danser et de chanter de sa voix mielleuse !

Les Gardes rouges étaient aux anges, jouissant du spectacle peu ordinaire que leur offraient les deux comédiens.

Dieyi protesta :

– Je n'ai jamais été la belle favorite Yu ! L'élue de cœur du général Xiang Yu, ce n'était pas moi ! Toi et toi seul as toujours recherché tranquillité et confort en t'opposant au Parti et au socialisme, en ternissant l'image de l'héroïsme révolutionnaire des paysans ; tu as prôné le capitulationnisme, tu es un contre-révolutionnaire, un ennemi farouche des ouvriers, des paysans et des soldats ! Tu es une herbe vénéneuse pour notre nouvelle société, tu fais partie des cinq catégories noires ! Tu as même eu l'audace, un jour, de me demander d'un air persifleur : « Tu sais ce que c'est, toi, ce truc qu'on appelle le parti communiste ? Il paraît qu'ils partagent tout, crois-tu qu'ils partagent aussi les femmes ? » Voilà le genre de propos sarcastiques qu'il tenait à l'époque.

Xiaolou n'était pas le seul à être médusé de l'énergie que Dieyi dépensait pour l'accuser ; les Gardes rouges eux-mêmes en étaient surpris. Mais ils pensaient que cette dureté, cette méchanceté étaient salutaires. Elles lui permettaient, sans aucun doute, de bannir tout sentiment et de tracer froidement un trait sur son passé. Ils le trouvaient certes féroce et intransigeant, mais aussi héroïque dans son désir de briser sans regret son ami d'autrefois.

Xiaolou fixait Dieyi, pétrifié; il avait l'impression d'avoir affaire à un inconnu. Dire qu'ils étaient ensemble depuis si longtemps, depuis leur plus tendre enfance. Comment était-il possible d'en arriver là? Durant toutes ces années passées côte à côte, il n'avait jamais vu Dieyi aussi loquace! Les autres aussi le dévisageaient, horrifiés. Mais Dieyi continuait de plus belle et revint à Juxian :

– Il y a aussi cette ordure d'un égoïsme incommensurable! Elle se moque ostensiblement du Parti et passe son temps à vilipender sournoisement la pensée de Mao Zedong. L'organisation du Parti a eu beau la mobiliser et lui en faire prendre conscience, elle n'a rien voulu entendre! Elle ne changera jamais tant elle est obstinée et têtue! (Dieyi tremblait maintenant, les yeux injectés de sang et de hargne.) Il faut venir à bout de ce traître et de cette catin, les débusquer! Lutter férocement contre ce couple infâme! Les abattre sans merci, impitoyablement!

Soudain il se tut. Il venait d'entrevoir le visage de Xiaolou, juste en face de lui, à travers les flammes et les cendres, un visage grave qu'il ne parvint pas à déchiffrer. Il pensa qu'ils avaient été si proches, mais que leur amitié venait d'être réduite à néant. Un moment d'inattention avait tout brisé. Dieyi se taisait maintenant, il avait du mal à respirer et son crâne était sur le point d'exploser, comme s'il avait été chargé de dynamite. La douleur était insupportable. Qu'avait-il donc dit? Non, ce n'était pas possible! Il n'avait pas pu dire de telles horreurs! Ce n'était pas vrai! Ce n'était pas lui qui avait parlé!

Ils étaient tous les deux face à face, de part et d'autre du feu! Trop tard! Trop tard! Il ne pouvait maintenant se rétracter. Le mal était fait. A ce moment-là, Juxian, très digne, releva la tête, et sa voix résonna comme un couperet :

– C'est exact, j'ai été autrefois une prostituée. Mais je me suis fiancée honorablement et je ne vois pas pourquoi on me mépriserait aujourd'hui. Même dans l'ancienne société, je n'ai jamais entendu dire qu'on pouvait obliger une femme honnête à trahir son époux, à l'abandonner. Oui, Xiaolou, Dieyi a raison quand il dit que je ne changerai jamais. Jamais je ne te quitterai! Je serai ta femme pour l'éternité!

Les Gardes rouges, excités à nouveau par l'opiniâtreté de ce « mauvais élément », reprirent leurs slogans révolutionnaires :

– A bas l'arrogance et la fierté de l'ennemi de classe!

– Si l'ennemi ne capitule pas, anéantissons-le!

– Qu'on lui coupe sa tignasse!

L'un d'entre eux saisit alors un couteau et l'empoigna violemment pour lui couper de force une partie de ses cheveux et lui faire une tête en yin et yang. Le coup fut si brutal qu'elle se mit à saigner. Mais elle l'endura, stoïque, sans dire un mot.

– Allez, on va la faire plier, cette tête de mule! cria le chef des Gardes rouges. Demain, après la manifestation, on l'enverra directement dans un camp de travail pour la rééduquer! Qu'on l'emmène!

Xiaolou, à bout de force, eut pourtant un dernier regain de vitalité en voyant qu'on emmenait Juxian et se hâta de crier :

– Non! Arrêtez! Si quelqu'un a commis des crimes, c'est moi! Je suis prêt maintenant à tirer un trait sur mon passé et à renoncer à elle! Je suis fermement décidé à divorcer!

Juxian se retourna instantanément, et le fixa, interdite.

– Je n'aime pas cette putain! hurla-t-il, je veux divorcer!

Juxian, anéantie, ne pouvait détacher son regard de Xiaolou. Comment pouvait-il ainsi la renier? Pourquoi? Pourquoi tout ce gâchis?

Dieyi éprouvait une sensation de triomphe étrangement mêlée de tristesse. Ainsi, Xiaolou voulait bien divorcer. Il pensa à une citation du président Mao : « Il n'existe au monde ni amour sans cause ni haine sans raison. » Encore une fois, il se trompait. L'amour ne s'expliquait pas, seule la haine avait dix mille raisons d'être. Le grand révolutionnaire ne comprenait décidément rien aux sentiments...

– Surtout ne la libérez pas! se prit-il à hurler, qu'on la critique encore et encore, jusqu'à ce qu'elle crève!

Il n'eut pas le temps d'en dire davantage qu'une ombre noire émergea de la foule.

– Cheng Dieyi, regarde-toi un peu et cesse de mépriser les prostituées! Vous autres, les comédiens, vous êtes pires encore. Quant à vous, Gardes rouges, écoutez ce que je vais vous dire! Cet individu-là s'est vendu pour assouvir les caprices des vieux messieurs. Il a aussi passé son temps à fumer de l'opium et a mené une vie de débauche! Je suis bien placé pour le savoir! De plus, il m'a toujours traité comme un moins que rien! Il est corrompu jusqu'à la moelle!

Dieyi avait beau tendre le cou dans tous les sens, il ne parvenait pas à distinguer l'homme. Mais sa voix, en revanche, lui était familière, et il savait que c'était Xiao Si qui le condamnait sans pitié :

– Vous pensez qu'il vivait de quoi, si ce n'est de son cul? Parce qu'il était une star, il ne supportait pas la concurrence. Il écrasait les autres, il malmenait les jeunes et se prétendait le chef de file de tous les acteurs! Il a passé son temps à me considérer comme de la merde! Jamais il n'a voulu que je m'en sorte, j'étais son larbin. Je devais me tenir constamment à sa disposition et dégager quand il n'avait plus besoin de moi. Je méprise ce sale type! Il faut l'abattre, il n'est que le rebut de l'ancien monde des Lettres et des Arts!

Voilà ce que Xiao Si était contraint de dire pour se protéger lui-même : il venait de montrer qu'il était loyal envers le Parti.

Les Gardes rouges applaudirent à tout rompre, déchaînés, fous de joie. Ils insultèrent Dieyi, le rouèrent de coups, lui crachèrent au visage. Les flammes sifflaient, comme pour mieux accompagner les sarcasmes. Jamais Dieyi n'avait sombré dans un tel désespoir. Il était comme un grillon qu'on a jeté dans le feu, encerclé, conscient de l'issue fatale. Lorsqu'il releva soudain la tête, il s'aperçut que le brasier n'était plus qu'un amas de cendres. Il parvint encore, sans espoir ni conviction, à hurler de toutes ses forces :

– Vous vous moquez tous de moi! Vous me trompez! Vous m'escroquez!

Et il pensait sincèrement qu'il avait été bafoué toute sa vie!

– Vive la Révolution culturelle!

Les slogans étouffaient ses lamentations. Xiao Si remit aux Gardes rouges, avec respect et déférence, l'épée qu'il tenait précieusement.

– Camarades, cette épée est la preuve irréfutable qui accable cet élément contre-révolutionnaire!

– C'est exact! hurla le chef en brandissant le bras. Gardons-la! Les monstres n'échappent pas à notre jugement! Que cela serve de leçon aux masses! Ces putains de contre-révolutionnaires ne s'en sortiront pas de sitôt!

Un grand désordre s'ensuivit et les comédiens furent traqués comme des bêtes aux abois.

– Vive la Révolution culturelle!

– Vive la Révolution culturelle!

Dans le brouhaha furieux provoqué par les hurlements frénétiques des slogans révolutionnaires, plus personne ne reconnaissait sa propre voix.

Cheng Dieyi et Duan Xiaolou furent ramenés à leur « étable » et emprisonnés séparément dans leur réduit. L'odeur d'urine avait beau y être suffocante, ils ne la sentaient même pas. Leur existence misérable s'accommodait de l'état putride des lieux où ils étaient désormais condamnés à vivre. Il leur fallait aussi tous les jours se donner en spectacle! On les promenait dans les rues sous les roulements des tambours et des gongs pour les montrer aux masses populaires! Ils étaient comme des cordes d'instruments de musique prêtes à se briser tant elles étaient tendues.

Dieyi tenait dans ses mains un bol cassé qui ne contenait qu'un liquide d'une crasse repoussante. Sa profonde dépression le rendait insomniaque. Il supportait de plus en plus mal cette obscurité sordide qui l'entourait, ce noir omniprésent qui oscillait entre la couleur de l'encre, celle du charbon, des cendres ou de la nuit. L'échéance était fatale! « *Si vous disparaissez, Seigneur, comment pourrais-je, moi, votre humble servante, avoir la force de poursuivre mon chemin ?* » Il fracassa brutalement son bol contre le mur et ramassa un des morceaux afin de se trancher la gorge, mais il eut beau s'y reprendre à plusieurs fois, il ne parvenait pas à s'entailler le cou car le débris n'était pas suffisamment coupant. De plus il avait tellement maigri que la peau de son cou n'était plus qu'un amas de plis flasques sur lesquels il n'avait aucune prise. Il promena lentement son débris émoussé sur les chairs, en traînassant pour faire durer le supplice. A force de s'acharner, il réussit enfin à se fendre la peau en différents endroits, des gouttelettes de sang à perler, mais il ne ressentait rien. Allait-il enfin connaître le repos éternel ? Il se souvint alors de cette nuit, chez le seigneur Yuan Siye, quand le domestique avait nettement tranché, avec un petit couteau, la gorge d'une chauve-souris qui avait rendu l'âme sur-le-champ. Le sang avait alors perlé goutte à goutte dans la fondue mongole, transformant le bouillon en un précipité rouge carmin... Yuan Siye lui en avait rempli un bol et l'avait contraint à l'avaler... tout cela à cause de Xiaolou. Mieux valait tenter d'oublier tout cela car plus il remontait dans ses souvenirs, plus il souffrait.

Soudain il entendit hurler à l'extérieur de sa cellule.

– Qu'est-ce qui te prend ?

Les bruits de voix se rapprochèrent :

– Il s'est tranché la gorge ! Il cherche à se suicider !

Cinq Gardes rouges de service de nuit, des jeunes intrépides perpétuellement excités, se précipitèrent dans la cellule. C'est eux qui avaient droit de vie et de mort, ils avaient horreur que cette résolution leur échappe. L'un d'entre eux s'empara des morceaux du bol tandis qu'un autre tamponnait la blessure à l'aide d'un vieux bout de papier journal.

– Alors, on s'amuse à vouloir mourir ? Mais tu n'es pas encore au bout de tes peines !

– Tu te berces d'illusion en croyant pouvoir échapper au Parti, au verdict du peuple ! Tu préfères refuser de t'amender et d'avouer tes fautes, hein ?

– C'est bien, hurla un petit chef en sortant des rangs,

tu t'imagines qu'on va te laisser faire! On va t'empêcher de mourir!

Sa voix était tranchante comme un couperet, son visage dur, inflexible, féroce. Ils se remirent alors à brailler tout en endiguant la légère hémorragie de Dieyi : « Vive la Révolution culturelle! » Non, il n'allait pas mourir. Il tomba à terre et se recroquevilla dans un coin, leva une main tremblante d'effroi et gémit :

– Je n'ai aucune instruction! Arrêtez de me maltraiter! Cessez de m'opprimer!

Il n'avait même pas réussi à se trancher la gorge, à renoncer à la vie comme la belle favorite Yu, au moment le plus critique et le plus éblouissant de la pièce. Il ne connaîtrait pas ce bonheur-là, il lui faudrait continuer de souffrir. « Comme c'est beau, l'opéra! » pensa-t-il. L'acteur se contente de chanter, et chaque soir le rideau tombe, inévitablement, au même moment fatidique, à l'instant précis et immuable où la pièce doit se terminer, tel un rituel. Sur scène, la concubine Yu peut se permettre de déclarer, tout à son aise :

Seigneur! les anciens disent qu'un ministre ne peut être fidèle qu'à un roi
Et qu'une épouse vertueuse sert un seul mari.
Si votre Seigneur désire mettre fin à ses jours,
J'implore votre bonté, pour qu'avant que vous ne vous tranchiez la gorge,
Je vous paye de retour votre bienfait avec votre épée de trois pieds!

Hélas! même muni d'une épée de trois pieds, qui le paierait de retour?

Le destin de l'homme est irréversible lorsqu'il est marqué par tant de malheurs. Xiaolou, avant d'être muté dans un camp de rééducation, savait que toutes ses affaires, y compris son état civil, allaient être transférées là où il était envoyé. Il fut autorisé à emporter avec lui quelques effets personnels. Mais il n'avait pas grand-chose. A la nuit tombée, il retourna chez lui, escorté de quelques Gardes rouges qui ne le lâchaient pas d'un pouce. Il n'était plus qu'une forme squelettique, entravé par une pancarte en bois signalant qu'il était un « mauvais élément ». La pièce était plongée dans l'obscurité totale. Dès que la lumière fut allumée, il aperçut deux pieds recouverts d'une paire de chaussettes blanches se balancer dans le vide. Ils oscillaient calmement et aussi régulièrement que le balancier d'une pendule. Xiaolou sursauta, terrifié, et recula de quelques pas. Levant la tête, il découvrit Juxian, pendue juste devant ses yeux. Elle avait revêtu sa robe rouge de mariée et avait même été jusqu'à planter une fleur vermillon dans ses cheveux... Xiaolou fut frappé en plein cœur par l'évidence symbolique de cette mise en scène : Juxian était morte en épouse.

– Juxian ! hurla Xiaolou d'un cri strident qui déchira le silence.

Les Gardes rouges, impressionnés, en oublièrent de le molester. Juxian, à quarante ans, avait préféré la mort au reniement. Elle s'était parée et maquillée une dernière fois, comme ce soir-là, il y a longtemps déjà...

Xiaolou pensa alors à leurs noces. Elle était si jolie dans sa robe de mariée sous l'éclairage des bougies rouges décorées d'un phénix. Elle était si séduisante avec ses joues rosées, et si lente ensuite à se déshabiller ; elle s'amusait joyeusement à lui montrer chacun des motifs de son vêtement en lui expliquant :

– Tu vois cette pivoine ! Elle est brodée avec des fils de soie de sept couleurs différentes ! Ce phénix, lui, avec des fils de soie de onze couleurs différentes ! Ce...

Xiaolou se rappela qu'il l'avait saisie par la taille et jetée sur le lit. Dans son excitation et son ivresse, il n'avait pas pris le temps de lui retirer ses chaussons de toile.

– Comme tu es belle !

– Attention, tu froisses ma robe ! Elle est toute chiffonnée ! Je ne pourrai plus la mettre !

Elle avait un peu résisté, avait fait la coquette, puis lui avait lancé un regard enjôleur.

– Quel dommage de quitter pareils effets ! En as-tu déjà vu d'aussi beaux ?

Xiaolou était très impatient, en proie au désir le plus fou.

– Ne me fais plus attendre, je meurs d'envie de toi ! La grande malle de Dieyi est remplie de costumes merveilleux comme le tien !

– Soit ! Mais ce ne sont que des costumes de théâtre ! Une robe de mariée, c'est tout de même autre chose. C'est un vêtement que l'on porte avec solennité et dignité pour vénérer les ancêtres !

Elle s'était mise à bavarder à n'en plus finir avec entrain et orgueil.

– Sais-tu à quel moment j'ai pris la décision d'acheter ces habits ? La vieille tenancière a toujours pensé que je m'en allais sans rien... Mais je l'avais déjà, je me la suis procurée le jour où je t'ai rencontré...

Juxian avait toujours eu ce qu'elle voulait. Elle était jeune, belle, libre, élégante et séduisante. Elle avait racheté sa vie et choisi de vivre avec Xiaolou. Elle avait décidé aujourd'hui de mettre fin à ses jours. L'amour n'était-il en fait que pure illusion ? Elle avait lutté toute sa vie pour connaître enfin des jours paisibles et heureux avec l'élu de son cœur. Elle avait tout fait pour échapper à son passé de prostituée, mais en vain ! Comment Xiaolou avait-il pu accepter le divorce imposé par les rebelles, sans penser qu' « *elle, son humble servante, n'aurait pas la force de poursuivre son chemin* » ? Jamais elle ne se serait résignée !

Découragé, il s'écroula lourdement à terre. Escorté par des Gardes rouges, Dieyi apparut dans l'embrasure de la porte, chétive silhouette décharnée. Les gémissements douloureux et étouffés de Xiaolou qui lui parvenaient de la pièce voisine le touchaient au plus profond de lui-même. Les portes de la vie se fermaient sur eux, irrémédiablement.

– De quoi tu te mêles, toi ? lui demanda un Garde rouge en lui claquant la porte au nez.

Dieyi s'en alla.

Le roi-hégémon Xiang Yu et la belle favorite Yu furent séparés à jamais. Ils avaient laissé leur place à un nouveau condamné, un dramaturge que l'on avait fait monter sur l'estrade. Il était courbé, la tête penchée en avant, contraint de rester dans cette position dite de l'« avion », la figure regardant le sol, les bras déployés comme les ailes d'un aéroplane qui s'apprête à décoller. Il faisait des efforts surhumains pour ne pas bouger et ne pas indisposer ses bourreaux mais il était au bord de l'épuisement comme l'attestait son visage bouffi et violacé. Il était entouré d'une vingtaine, voire d'une trentaine d'autres comédiens qu'on avait fait agenouiller sur la tribune et qui attendaient de subir à leur tour le même supplice. Il leur avait été impossible de s'enfuir, même dans un pays aussi vaste. La lutte était implacable, les sentences exécutées strictement et sans délai, toute la population passée au crible. Les condamnés, « ces génies malfaisants », étaient rassemblés, avec pour unique bagage un petit baluchon constitué d'une couverture, d'une brosse à dents, d'une petite serviette de toilette, d'un tube de dentifrice et d'une savonnette... C'étaient tout ce qui leur restait de leur patrimoine familial! C'était désormais des cadavres ambulants embrigadés, qui avançaient en file indienne, parmi lesquels figuraient quelques vieillards de soixante-dix ans à l'air intelligent et courtois, des « intellectuels » sans doute. Ils semblaient aussi naïfs que de jeunes écoliers que l'on fait mettre en rang le cartable sur le dos. Les Gardes rouges, le brassard solidement épinglé sur la manche de leur uniforme vert, lançaient instructions et slogans.

– On jure de protéger le président Mao!

– On jure de protéger le vice-président Lin Biao!

– On jure de protéger le groupe de la Révolution culturelle du Comité central!

– On jure de protéger la camarade Jiang Qing!

– On jure d'exterminer l'ennemi de classe!

– On jure de...

A peine sortis de leur trou à rat, les prisonniers furent entassés dans cinq ou six gros camions. Dans la bousculade qui s'ensuivit, Dieyi eut soudain la surprise d'apercevoir son ami et hurla aussitôt « Mon frère! » Il ne s'attendait pas à cette rencontre! Mais Xiaolou, méconnaissable – il n'avait plus que la peau sur les os, il était vieilli et épuisé –, ne manifesta rien, ne répondit pas et fut embarqué dans un autre véhicule. Il s'en allait, Dieu seul sait où. Quand les camions furent bondés, ils s'engagèrent chacun vers une destination différente. Les deux hommes furent séparés sans avoir pu échanger un dernier mot.

Les slogans révolutionnaires pour jurer protection éternelle au Président et à sa clique furent les seuls mots d'adieu qui accompagnèrent leur départ. Les camions s'éloignèrent vers l'infini, minuscules points noirs à l'horizon. *De tous ceux qui partent à la guerre, beaucoup tombent au champ d'honneur, peu en reviennent.* Les deux amis se quittaient donc ce jour-là pour l'éternité.

9

Xiaolou fut envoyé au Fujian dans une région proche de Fuzhou, en aval de la rivière Min. Les gens du nord, comme lui, étaient déportés dans le sud et inversement les méridionaux étaient mutés dans les steppes septentrionales. Cette politique d'éloignement forcé était systématique.

Il y avait dans ces « écoles de cadres » différents cas d'« éléments contre-révolutionnaires ». L'objectif était justement de les mêler, de les couler tous dans un même moule pour que disparaissent leurs différences physiques et intellectuelles, pour que chaque individu se fonde dans la masse. Cela rappelait à Xiaolou l'époque de l'école de Maître Guan quand tous les petits garçons dormaient ensemble sous une seule et même couette...

Il travaillait dur chaque jour à tirer des charrettes, fabriquer des briques, construire des étables, couvrir des maisons. Il peinait aussi dans les champs à planter les haricots, à repiquer le riz. La terre était ingrate, ou trop sèche ou trop molle, il lui fallait souvent remuer une boue informe constituée de crachats, de morve, d'urine et d'excréments, de sang et de sueur. En plus du travail manuel, les prisonniers séparés en trois équipes de production étaient tenus d'assister à des « séances de travail » le matin, l'après-midi et le soir après le dîner. Et même si Xiaolou, grâce à l'entraînement subi des années durant, avait conservé une bonne résistance physique (quand il sarclait les jeunes pousses de riz en plein midi, par exemple), il était tout de même épuisé à la fin de la journée.

Il avait appris que Dieyi se trouvait dans un endroit

nommé Jiuquan, une petite bourgade aux confins de l'aride désert de Gobi, sur la route de la soie. Jiuquan – « Fontaine de Vin » –, la route de la soie, des noms qui faisaient rêver ! La réalité était tout autre : Dieyi travaillait sans relâche dans une usine à polir des pierres pour les rendre transparentes et fines et en faire des coupes joliment appelées « coupes en escarboucles ». C'est tout ce qu'il savait de lui... Mais il se doutait bien que Dieyi n'avait pas dû échapper à la règle : il devait être contraint, lui aussi, de vieillir lamentablement, comme tous les Chinois persécutés.

La région de Fuzhou était pauvre et isolée. Xiaolou n'aimait pas cette cuisine du sud, au goût trop âcre. Mais comme il était perpétuellement affamé, il était bien obligé de s'en accommoder et il s'y accoutuma peu à peu.

A chaque Nouvel An, les familles recevaient deux coupons de rationnement donnant droit à une volaille et à dix œufs. Les queues pour se procurer un peu de viande de porc étaient interminables. Après avoir haché ce porc, les ménagères préparaient avec de la farine et des œufs battus une pâte farcie de légumes et confectionnaient des pâtés appelés « chair d'hirondelle » à la grande surprise de Xiaolou. Pourquoi les gens perdaient-ils tant de temps à préparer ainsi leur morceau de viande après avoir eu tant de mal à se le procurer ? Le Nouvel An était aussi l'occasion de boire un « vin de poulet », rouge comme de l'ambre et amer comme chicotin, que l'on fabriquait en faisant macérer un poulet vivant dans de l'alcool jusqu'à ce que la viande et les os soient totalement décomposés. Les gens de cette région vivaient dans une telle pauvreté qu'ils ne pouvaient se résoudre à manger le poulet tout de suite. Ils le conservaient si bien qu'il perdait toute sa saveur, mais cela valait mieux que de mourir de faim.

Xiaolou se disait qu'il avait encore de la chance d'être en vie, même au prix d'une existence si rude. Il se sentait bien seul, Juxian était morte et il n'avait aucune nouvelle de Dieyi, mais il était sauf.

Xiaolou avait depuis longtemps pardonné à Dieyi. C'était assurément pour le protéger, lui, Xiaolou, qu'il avait inconsidérément chargé Juxian. Il était persuadé que jamais Dieyi ne l'aurait trahi! Tout le monde avait prononcé des paroles qu'il avait ensuite regrettées, même lui. Jiuquan! Où se trouvait Jiuquan? Il ne reverrait sans doute plus jamais son ami. Cette idée l'encourageait à trouver futiles et passagers, comme les nuages balayés par le vent, les griefs qu'il avait pu nourrir à son égard. Ils avaient été frères, après tout.

Xiaolou et ses compagnons travaillaient tous les jours. Le matin, sitôt levés, ils se tournaient vers le portrait du président Mao et se prosternaient par trois fois devant lui, puis ils devaient crier :

– Vive le président Mao!

– Nous souhaitons longue vie au président Mao!

– Nous souhaitons bonne santé au vice-président Lin Biao!

Cet hommage rendu aux dirigeants était l'« initiation matinale ».

Le soir, avant de se coucher, ils renouvelaient leurs vœux au Président avant de l'informer de leurs progrès quotidiens, de leur prise de conscience idéologique et de la manière assidue avec laquelle ils étudiaient pendant les séances de travail. Cela s'appelait le « compte rendu vespéral ».

Les gens étaient désormais conditionnés à faire ce qu'on leur disait de faire sans poser de questions. Même pour tenir le petit livre rouge, il y avait désormais des règles strictes à respecter : le pouce devait être posé sur la page ouverte, tandis que l'index, le majeur et l'annulaire étaient collés au-dessous du livre, en signe des « trois fidélités » : fidélité au président Mao, fidélité à la pensée Mao Zedong, fidélité à la ligne révolutionnaire du président Mao! L'auriculaire était particulièrement appuyé sur la tranche et symbolisait les « quatre infinis » : amour infini, croyance infinie, fidélité infinie, vénération infinie envers le président Mao!

Un soir qu'ils étaient assis en rangs sur les petits tabourets qu'ils emportaient avec eux lors des séances de travail ou des projections pour visionner un film révolutionnaire, un homme s'écroula d'un seul coup, mort d'épuisement. C'était le meilleur violoniste de l'Opéra de Pékin.

Ses compagnons, dont Xiaolou, l'emportèrent au pied de la montagne pour l'ensevelir. Ses restes allaient nourrir la terre.

En bas, la séance continuait; ils apercevaient la faible lumière jaune de la salle de réunion; elle brillait comme un feu follet dans le lointain. Ils entendirent aussi brusquement un bruit étrange de terre que l'on creuse dans le champ de patates douces. L'un d'entre eux hurla :

– On nous vole nos patates!

Ce n'était pas la première fois. Ils se lancèrent à la poursuite des voleurs et les capturèrent. Ils étaient au nombre de trois : un petit gamin crasseux et deux adolescents d'une quinzaine d'années en haillons, l'air affamé.

– Où habitez-vous? Où sont vos parents?

– Mon père... ma mère... sont partis dans une école de rééducation pour combattre le capitalisme et critiquer le révisionnisme; ils sont partis depuis un an au moins. Il n'y a plus personne à la maison... je meurs de faim.

Les deux plus grands, des écoliers sans doute, portaient encore ostensiblement un brassard sur lequel les caractères « Garde rouge » se détachaient en jaune sur leurs uniformes scolaires. Ils s'étaient manifestement enfuis d'un camp de redressement des environs.

Au début de la Révolution culturelle, en effet, les Gardes rouges avaient eu l'opportunité de voyager gratuitement dans toute la Chine avant de se rassembler à Pékin, pour la plupart d'entre eux, afin de participer, dans l'enthousiasme, à la Révolution. Mais le Conseil des affaires d'Etat, qui ne maîtrisait plus ces déplacements, n'avait pas tardé à interdire ces voyages et les avait renvoyés à leur école et à leur unité de travail. Beaucoup d'entre eux s'étaient retrouvés dans les campagnes pour se faire « rééduquer » auprès des paysans pauvres. D'autres avaient continué à se battre, refusant qu'on démantèle leurs groupes. S'étaient ensuivies des luttes de factions au cours desquelles de nombreux Gardes rouges succombèrent, d'autres, comme ceux-ci, n'étaient plus que des vagabonds.

Soudain l'un des adolescents sortit de sa poche une poignée de badges à l'effigie du président Mao et les tendit à Xiaolou, en le suppliant :

– Tiens! Choisis celui qui te plaît! Et en échange donne-nous une patate douce. Cela fait plusieurs jours que nous n'avons pas mangé.

Quelle ironie de l'Histoire! Hier fiers et cruels, les Gardes rouges en étaient aujourd'hui réduits à mendier auprès de leurs anciennes victimes.

Dix années s'écoulèrent. Le président Mao mourut en 1976 et le président Hua Kuo-feng lui succéda. La Bande des Quatre fut renversée et le président Hua ne tarda pas à être évincé à son tour. Mais qu'étaient devenus les tortionnaires? Et leurs victimes? Personne ne voulait vraiment raviver ces souvenirs amers. Les Chinois étaient épuisés par la gigantesque duperie collective dont ils avaient été la proie. Personne ne savait plus distinguer le bien du mal...

C'est à Hong Kong, dans une ruelle proche de la rue Tianle du quartier de Wanchai, que Xiaolou vit le procès de la Bande des Quatre à la télévision, dans la vitrine d'un magasin d'électroménager.

Il ne s'était pas tranché la gorge au bord du fleuve comme le roi Xiang Yu, et il avait réussi à quitter le Fujian pour s'enfuir à Hong Kong par la mer. Le livret de l'Opéra était bien différent. La favorite Yu réussissait, sous le prétexte de divertir son prince, à lui prendre son épée mais une fois sa danse terminée, elle mettait aussitôt fin à ses jours pour lui rester fidèle. Acculé à sa dernière extrémité, le général Xiang Yu se précipitait au bord de la rivière Wu, où on l'attendait pour l'aider à la franchir. Mais Xiang Yu refusait toute aide. Il avait perdu son armée à la bataille de Kuaiji et préférait une mort honorable pour laver la honte de sa défaite.

Xiaolou, lui, avait quitté la Chine sans se retourner : il n'avait aucune raison de se sacrifier pour un pays qui le rejetait. Quel avenir l'attendrait de l'autre côté de la mer ? Les grandes époques, certes, connaissent de grands destins. Mais de quoi sa vie serait-elle faite ?

Il pensait souvent au dernier couplet d'*Adieu ma concubine :*

Après la chaleur, la froidure, le printemps et l'automne se succèdent,
Le crépuscule imperturbable descend à l'ouest, tandis que l'eau coule vers l'est.
Où sont donc le roi et son coursier ?
La tristesse est partout dans le monde
comme la mauvaise herbe et les fleurs sauvages.

– Hé, vous ! Vous voulez l'acheter, oui ou non, ce poste de télévision ? Le vendeur avait remarqué Xiaolou, complètement absorbé par les images, qui se tenait dans l'entrée du magasin et en bloquait l'accès.

– Non, merci, je voulais juste regarder, dit-il timidement, comme le vendeur l'escortait à l'extérieur. Il n'avait pas vraiment le droit de rester là.

Tous les habitants de Hong Kong suivaient avec passion ce spectacle grandiose qu'était le procès de la Bande des Quatre. Aussi lui suffit-il de faire quelques pas pour se planter à nouveau devant un autre poste de télévision, dans une maison de thé. Il se fondit dans l'assistance, et chercha à reconnaître sur l'écran des visages familiers. C'était bien elle, Jiang Qing ! La transmission de son procès en 1981 allait battre à Hong Kong tous les records d'audience ! Elle était apparue à l'écran, la tête haute, l'air fier, martelant les slogans qui avaient fait les beaux jours de la Révolution culturelle.

– « La Révolution, ce n'est pas un dîner de gala, c'est l'acte violent d'une classe qui en renverse une autre », disait-elle. « J'ai été la seule femme à rester fidèle au président Mao durant la guerre ; j'ai partagé avec lui toutes les difficultés. J'ai toujours lutté avec lui, pendant plus de trente-huit ans ! Où étiez-vous tous alors ? Cachés, je suppose ? Je ne possède pour toute fortune que ma tête, je vous la donne ! Allez-y, prenez-la ! J'étais le chien de garde du président Mao; je mordais s'il m'ordonnait de mordre! »

Quand on lui posait des questions précises, elle répondait, imperturbable : « Je ne me souviens pas. Je ne sais pas. Je ne sais plus. »

Jiang Qing avait alors soixante-six ans. Sans elle et sans Mao Zedong, la plupart des gens de cette génération auraient savouré leur vieillesse en jouant avec leurs petits-enfants. Mais ils avaient tout détruit et ruiné le pays...

Hong Kong, séparée de la Chine continentale par la mer, n'avait pas ou peu connu les immenses catastrophes de la Révolution culturelle. Aussi le ressentiment des gens envers leurs responsables était-il moindre; ils applaudissaient quand ils voyaient apparaître cette intrépide femme de tête :

– Quelle femme, tout de même!

– Ah bon, tu aimerais que ce soit la tienne?

– Ah non, merci! Très peu pour moi!

Xiaolou se retira dans l'indifférence générale; c'était désormais un homme anodin aux cheveux gris qui abordait la soixantaine. Un tramway vide passa devant lui et Xiaolou pensa à son premier emploi à Hong Kong dans une compagnie de trolleybus, de longues nuits durant. Grâce à la robustesse acquise dans les camps de réforme, il supportait sans se plaindre les heures supplémentaires.

La nuit, Hong Kong était une ville magnifique. Les réverbères venaient juste de s'allumer, les tramways descendaient doucement des hauteurs vers les quais en faisant joyeusement tinter leur sonnerie, déchirant le silence de la nuit, et les rails semblaient se perdre à l'infini. Au terminus, il fallait parfois s'armer de longues perches en bambou pour placer les grandes antennes sur le bon câble, et c'était le travail de Xiaolou. Il s'en acquittait comme s'il avait eu à tenir l'épée d'un roi-hégémon dans un opéra quelconque, avec fermeté et adresse. Pourtant, lorsque le tramway s'élançait, allumait ses lanternes et faisait retentir sa sonnerie, les tremblements provoqués par sa fatigue allaient en s'aggravant. Il s'avéra finalement qu'il devenait trop âgé pour un tel poste et il fut remercié.

Pour vivre, il dépendait de la gentillesse d'un ancien collègue, employé comme lui dans la compagnie de trolley. Le fils de ce collègue avait obtenu un petit logement dans une HLM qu'il comptait sous-louer à profit sans le déclarer. Entre-temps il avait proposé à Xiaolou, contre une petite rétribution, de lui garder l'appartement, ce qui augmentait ses prestations de six cents yuans par mois. Si un jour il venait à être dénoncé pour ses revenus illicites, ses avantages sociaux lui seraient immédiatement supprimés. Il n'était pas très fier de cette duperie, tout en se disant qu'un pauvre citoyen qui a trimé toute sa vie peut bien, pour arrondir ses fins de mois, abuser le gouvernement en ayant recours à des combines illégales. Car le logement était un problème particulièrement préoccupant. Tels des rats dans les égouts, les gens pointaient de temps à autre leur nez hors de leur tanière et aspiraient une bouffée d'air frais pour immanquablement replonger dans la boue. Vivre dans un minuscule appartement miteux relevait presque du miracle : Hong Kong était surpeuplée.

Xiaolou s'en retournait chez lui à petits pas. Il habitait près de la rue Tianle, (« Joie céleste ») depuis son arrivée, et cet endroit lui plaisait surtout pour son nom qui lui évoquait des souvenirs attendris : il avait, dès l'enfance, partagé la vie d'autres comédiens, dans ce fameux quartier du Pont-du-Ciel, à Pékin, où l'on trouvait des prestidigitateurs, des conteurs, des lanternes magiques, des marchands de remèdes miracles, des petits vendeurs de soupes ou de jus de soja, de friandises en tous genres, des marchands de thé... Et après la Libération, en 1949, la première fois où il avait joué *Adieu ma concubine* avec Dieyi, c'était dans le théâtre Tianle, le théâtre de la « Joie Céleste ». Il se souvenait que le nom de son compagnon et le sien apparaissaient en gros caractères dorés sur de gigantesques affiches à fond rouge ! Ciel, céleste... Ce mot lui avait toujours été familier et lui avait porté chance... jusqu'à ce jour de 1966 où les Gardes rouges lui avaient délibérément cassé la voix et où il n'avait jamais plus chanté une réplique d'opéra! Il sourit en pensant à nouveau à la « Joie céleste ».

Lorsqu'il arriva au bas de son immeuble, un agent de police procédait à des contrôles d'identité :

– Vos papiers, s'il vous plaît!

Xiaolou se hâta de sortir de sa poche une carte qu'il présenta avec déférence en précisant aussitôt :

– Je suis ressortissant chinois! Regardez le tampon vert!

En 1982, le gouvernement de Hong Kong, pour empêcher le flot incessant de réfugiés communistes d'envahir la ville, avait promulgué un décret stipulant que tout Chinois arrêté en situation irrégulière serait aussitôt reconduit à la frontière. Mais Xiaolou était arrivé bien avant que ne soit prise cette décision draconienne et il avait pu obtenir une carte légale de ressortissant chinois. Bien qu'immigré, il était donc en règle.

– Hé! Le Shanghaien, ouvre-moi! hurla un gamin grassouillet en frappant sur le rideau de fer de sa porte.

Xiaolou ouvrit la grille et le fit entrer. C'était un voisin d'une dizaine d'années qui aimait venir passer un moment chez Xiaolou pour s'amuser avec sa tortue. Mais aujourd'hui il ne la trouva pas et demanda, étonné :

– Alors, le Shanghaien, où est-elle passée?

– Je t'ai déjà dit cent fois que je n'étais pas originaire de Shanghai, rétorqua Xiaolou en s'efforçant de prendre l'accent cantonais. Je viens de Pékin, comprends-tu?

– Je ne vois pas en quoi c'est différent!

– Je suis Pékinois et non pas Shanghaien, c'est tout! insista fièrement Xiaolou, sans lui donner davantage d'explications.

– Et ta tortue?

Il passa la pièce au peigne fin : le mobilier se composait en tout et pour tout d'un fauteuil en rotin et d'un vieux lit au pied cassé, mais qui pourtant n'était plus bancal : Xiaolou s'était servi de la tortue pour maintenir le lit d'aplomb sans négliger cependant de disposer auprès d'elle une soucoupe de riz et d'eau!

– Tu te rends compte de ce que tu as fait? hurla le garçonnet, elle va mourir!

Xiaolou n'eut pas la force d'expliquer au gamin qu'il ne savait rien de la mort, mais que lui, Xiaolou, y avait été confronté des jours et des jours durant la Révolution culturelle. Lorsqu'il avait traversé toute la Chine, du nord au sud, il avait vu mourir la moitié de ses compagnons; sur cinq cents à avoir quitté Pékin, ils s'étaient retrouvés deux cent cinquante, tout au plus, à Fuzhou. En une seule journée, il avait également vu une trentaine de personnes mourir d'une épidémie foudroyante. Depuis l'arrivée au pouvoir du parti communiste, il avait assisté à des tortures quotidiennes sous prétexte de lutter contre les tares de la vieille société féodale chinoise. On lui avait imposé le spectacle de gens à qui l'on avait brisé les deux jambes, cassé toutes les dents... Pour beaucoup de suppliciés, la mort avait été une délivrance. Il se souvenait aussi de l'époque des Seigneurs de la guerre, de la fondation de la République en 1911, de la guerre de résistance contre le Japon de 1939 à 1945, de la guerre civile entre le parti nationaliste et le parti communiste, puis de toutes les campagnes politiques déclenchées cycliquement par les communistes après 1949 : la « réforme agraire » de 1950, la « guerre de résistance à l'agression américaine et d'aide à la Corée » de 1950 à 1953, la « campagne des trois anti et des cinq anti », puis le « mouvement de rectification du style de travail », et la « campagne contre les droitiers », auxquelles avaient succédé les trois années de sécheresse et de famine... et, bien entendu, la Révolution culturelle au cours de laquelle étaient morts tant de Chinois! Le peuple chinois avait eu son lot de souffrance, plus qu'aucun autre peuple, sans doute. Il avait toujours été traité avec autant d'égards qu'un simple ver de terre! Comment la population n'était-elle pas encore décimée? La capacité des Chinois à se reproduire était sans doute exceptionnelle! Et que peut représenter la mort de cent millions d'individus face à un flot de naissances ininterrompu et toujours croissant ? Que peuvent représenter dix années de famine ? Xiaolou éprouva soudain une certaine satisfaction face à cet enfant innocent. Il n'allait pas tarder à mourir à son tour, certes, mais pour l'instant il était bel et bien en vie, il s'en était sorti.

– Je m'ennuie, dit le garçon, je n'ai rien pour jouer, je m'en vais.

Voilà bien les enfants de Hong Kong ! Ils ne connaissent pas leur bonheur, se dit Xiaolou, ils n'ont pas à s'intéresser à la politique et peuvent vivre en toute insouciance. S'ils étaient à Pékin... Il avait entendu dire que depuis la chute de la Bande des Quatre, les enfants apprenaient aux cours d'instruction civique à lancer des pierres sur des mannequins de paille à l'effigie de Jiang Qing. Ils s'en donnaient évidemment à cœur joie... Mais que deviendraient-ils si, par malheur, Jiang Qing était réhabilitée ? Seraient-ils accusés à leur tour ?

Les adultes utilisent souvent l'enthousiasme naïf des jeunes pour exorciser leurs propres sensations de colère et de frustration. Mais les enfants de Hong Kong étaient incontestablement plus heureux que ceux de la Chine continentale ! Le petit voisin revint voir Xiaolou tout content, un jeu électronique à la main : le personnage devait parvenir à entrer dans une pièce en évitant une multitude de pièges qui surgissaient successivement, un seau d'eau, un coup de marteau, un coup de crampon, etc. Dès qu'il était atteint à la tête, on entendait un bip sonore, indiquant qu'il avait perdu une vie. Il lui en restait deux avant de mourir pour de bon !

Xiaolou n'avait plus une grande dextérité manuelle, vu son grand âge, aussi perdait-il très vite.

– Et voilà, on entend la petite musique, tu as encore perdu ! riait le gamin.

Cette musique mécanique était la seule qu'écoutait Xiaolou. Il sentait bien qu'il avait perdu tout ce qui avait été important pour lui autrefois. Mais il avait gagné sa liberté. Il ne payait pas le tranway et pouvait donc se promener autant qu'il le désirait. Il aimait particulièrement retrouver dans le bruit régulier du tram le même rythme que celui du violon chinois à deux cordes d'*Adieu ma concubine* lorsqu'il chantait : *Si mon royaume de Chu est anéanti, c'est la volonté céleste et non l'issue de la guerre!* Il se sentait bien, protégé et entouré comme par les airs de Chu. Les gouttes de pluie s'écrasaient sur les vitres, ajoutant à sa mélancolie. Un jour, pour tuer le temps, il prit un tramway en direction de Shaukiwan. Il passa alors devant le nouveau théâtre Xinguang de Northpoint et remarqua les affiches annonçant le prochain spectacle. Il nota simplement qu'une troupe d'acteurs était en visite à Hong Kong pour plusieurs jours. Sur le chemin du retour, il regarda à nouveau et reconnut distinctement à travers la vitre un peu sale trois grands caractères qui le laissèrent pantois : Cheng... Die...Yi.

10

Xiaolou était presque illettré. Il savait déchiffrer peu de caractères, mais ces trois-là, Cheng, Die et Yi, il les connaissait par cœur et ne les oublierait jamais. Il n'en croyait pas ses yeux! Il se dit qu'il avait rêvé, que sa vue, qui avait beaucoup baissé avec l'âge, l'avait abusé. Le tramway était passé lentement devant le théâtre. S'il n'avait pas tourné la tête, s'il n'avait pas regardé les affiches, il aurait sans doute tranquillement fini ses jours, perdu anonymement dans la foule de Hong Kong, et se serait éteint, sans bruit, pour disparaître comme une goutte d'eau dans la mer.

Le nom de Cheng Dieyi disparaissait au fur et à mesure que le véhicule avançait. Il voulait cependant en avoir le cœur net et sauta brusquement du tramway sous les insultes du contrôleur. Il marcha rapidement jusqu'au trottoir en face du théâtre et leva les yeux pour vérifier. Il lut qu'il s'agissait de la « troupe d'Opéra de Pékin ». Suivait ensuite une grande quantité de noms, mais son regard fut immédiatement attiré par celui du directeur artistique, « célèbre acteur *dan* dans les années 40 : Cheng Dieyi ».

C'était donc bien lui! C'était bien son nom! Aucun doute, c'était son frère!

Xiaolou fut très ému et resta un moment devant l'affiche, la bouche ouverte, le cœur battant la chamade, les yeux brillants. « Comme le monde est petit! » se dit-il. Ainsi, Dieyi n'était plus à Jiuquan, sur la route de la soie. Jamais il n'aurait osé imaginer qu'il le reverrait un jour.

Chaque fois qu'il lui arrivait d'ouvrir un journal et qu'il tombait sur la publicité pour le vin Tang qui reprenait quelques vers d'opéra, il se forçait à lire les caractères qu'il connaissait, comme par exemple le « merveilleux vin dans des coupes étincelantes comme des escarboucles », et il ne pouvait s'empêcher de penser à Dieyi qui devait polir la pierre pour la rendre brillante et transparente. Dieyi, son ami de toujours, ennemi d'un court instant...

Xiaolou sourit tristement : Yu Ji n'était pas morte et son amant le roi-hégémon non plus. Le destin en avait décidé autrement : la favorite n'avait pas quitté son prince et ce dernier n'avait pas dit adieu à sa favorite !

Dans une coupe étincelante comme une escarboucle, le bon vin n'en est que meilleur !
Je bois, bercé par le son du pipa; ne riez pas, mon prince, de me voir ivre et étendue.
Nos héros ont-ils survécu ?

Deux d'entre eux au moins : Duan Xiaolou et Cheng Dieyi; ils avaient survécu aux camps de réforme.

Xiaolou passa un long moment à regarder sur les grandes affiches les photos en couleurs des comédiens de cette troupe de Pékin, mais il ne reconnut pas Dieyi. Aucun visage ne lui était familier, sans doute étaient-ce des jeunes, les nouveaux fers de lance des « quatre modernisations », qu'on autorisait à sortir du pays pour engranger des devises étrangères permettant de développer l'économie nationale. Les noms de ces enfants de la Chine de demain étaient parfaitement ridicules. Avait-on idée de s'appeler « Vers l'est », « Allez de l'avant », « Vent d'est » ou « Rouge » ! Mais peut-être pensaient-ils que ces sobriquets les protégeraient au cas où...

Il faisait presque nuit et les déménageurs allaient et venaient, délivrant à la troupe les malles de costumes et les décors. Finalement Xiaolou prit son courage à deux mains et se décida à franchir la porte d'entrée. Dans l'obscurité de la salle, il discernait mal la scène encore cachée par le rideau. Ce soir la troupe ne faisait que répéter. Un employé du théâtre s'avança vers lui et lui demanda ce qu'il voulait.

– Je... je cherche quelqu'un, bredouilla Xiaolou.

– Qui ?

– Cheng Dieyi.

– Vous le connaissez bien ? insista l'employé en le toisant d'un air dubitatif.

– Nous étions condisciples dans la même école de théâtre ! Frères en quelque sorte ! Voulez-vous lui dire que son ami Xiaolou l'attend. Cela fait une éternité que nous ne nous sommes...

– Xiaolou ? Xiaolou comment ?

Dire qu'il était tombé dans les oubliettes de l'Histoire ! Le temps effaçait donc tout.

Xiaolou fut conduit dans la salle de maquillage des comédiens en passant par les coulisses qui débordaient d'animation. Les acteurs, occupés à se farder face à de gigantesques miroirs, relevèrent la tête sur son passage. Xiaolou était très attentif, mais il ne reconnaissait personne. Il craignait de ne pas trouver celui qu'il cherchait. Et si toute cette histoire n'était qu'une vaste supercherie, un pur produit de son imagination ?

Il remarqua alors des mains décharnées qui semblaient avoir perdu depuis longtemps leur éclat, mais dont les doigts étaient d'une grâce inoubliable. Elles étaient affairées à rehausser de quelques coups de crayon un visage déjà enduit de poudre blanche. Xiaolou les fixa : ces gestes lui étaient décidément familiers et son regard remonta vers les cicatrices du cou. Il reconnut son ami sans la moindre hésitation cependant que ce dernier penchait légèrement la tête.

Xiaolou lui tapota l'épaule, mais Dieyi, absorbé par son travail, se contenta juste de se redresser un peu sans le reconnaître. Xiaolou s'impatienta :

– Mon frère ! dit-il sur un ton de reproche.

Dieyi tressaillit et le scruta, incrédule. Il avait l'impression de vivre un rêve ! Il cherchait désespérément les traits familiers qu'il aimait tant et ne retrouvait que la cicatrice au-dessus de l'arcade sourcilière qui n'avait pas été altérée par le temps !

Ils restèrent face à face, silencieux, un long moment. Les mains de Dieyi s'étaient mises à trembler et gâchaient le maquillage de l'actrice sur lequel il travaillait. La jeune comédienne n'osait pas protester, mais elle profita de l'inattention de Dieyi pour feindre d'aller se regarder dans un autre miroir. Dieyi ne s'en aperçut même pas.

Il n'arrivait toujours pas à dire un mot. Il souffrait. Que dire depuis tout ce temps ? Par où commencer ? Il avait tellement pris l'habitude d'être seul ; l'évocation du passé n'était qu'une source de douleur supplémentaire. Il lui fallait maintenant faire des efforts surhumains pour remuer ces années qui se rappelaient à lui et il se sentit soudain très las. Il lui semblait que la main que Xiaolou avait posée sur son épaule était toujours là et qu'elle y resterait dorénavant. Il frissonna.

– Comment vas-tu ? lui demanda Xiaolou.

– Ça va, et toi ? répondit-il.

Un nouveau silence embarrassé s'instaura. Dieyi se sentait encore dans un état de confusion extrême. Heureusement retentirent les roulements assourdissants du tambour et des gongs annonçant le début de la répétition à laquelle ils se rendirent aussitôt.

La scène jouée était un extrait de la pièce intitulée *Li Huiniang* dans une version revue et corrigée par les réformateurs.

La jeune femme dérivait dans l'au-delà en chantant :

Mon indignation atteint des sommets vertigineux,
Ma colère est sans bornes,
Je suis une victime injustement accusée,
Le visage tourné vers le ciel, je le prends à témoin
Pourquoi faut-il tant souffrir sur terre ?

Li Huiniang exposait ses griefs au vénérable juge de l'au-delà et se plaignait de la tyrannie et des crimes d'un personnage monstrueux nommé Jia Sidao. Ces plaintes provoquaient le courroux du juge qui avalait du feu tandis que de petits diables s'agitaient autour de lui, enveloppés par un rideau de fumée créée par de la neige carbonique. Dans le même temps des éclairages recherchés alternaient et changeaient les couleurs des costumes et des éventails.

Xiaolou fut abasourdi par ce spectacle qui n'avait rien à voir avec son Opéra de Pékin...

– Depuis ma réhabilitation, je n'ai pas encore monté un opéra dans sa totalité, mais simplement des extraits, expliqua Dieyi à son ami.

– Il est si difficile de monter une pièce de bout en bout ! Je suis content d'apprendre que tu as été réhabilité.

– Sans doute, mais le passé ne reviendra jamais.

Xiaolou remarqua alors que Dieyi avait perdu un auriculaire. Sa carrière était donc bien terminée. Lui qui était doté jadis des plus belles mains de l'Opéra de Pékin n'avait plus aujourd'hui que neuf doigts. Sans doute était-ce suffisant pour polir les pierres et fabriquer des « coupes étincelantes comme des escarboucles », avec ou sans pied, et les agrémenter d'ornements variés : petits personnages, fleurs de lotus, paysages, plantes, oiseaux ou encore quadrupèdes.

Durant des années monotones et laborieuses, Dieyi avait répété chaque jour les mêmes gestes pour confectionner ces tasses, en pensant à la scène au cours de laquelle la belle favorite Yu présente à son prince un verre de vin pour apaiser son chagrin. Il y aurait bien un jour une tasse qui servirait enfin au général Xiang Yu, se disait-il.

On prétend que les plus belles coupes sont précieuses comme le jade, fines comme une feuille de papier et étincelantes comme un miroir, ce qui les fait briller la nuit. Mais Dieyi n'avait jusque-là encore jamais testé la beauté d'une coupe dans la pénombre. Jiuquan n'était finalement qu'une marque et la réalité en ce bas monde bien triste. Si la beauté disparaissait si vite, à quoi bon travailler la pierre pour la rendre plus belle ? Elle aussi était incapable de résister au temps.

– J'ai bien failli ne pas te reconnaître ! dit Xiaolou.

– Ah bon ? répondit Dieyi, perplexe, vraiment ?

La remarque de Xiaolou le peina. Avait-il donc tout perdu ? Son petit doigt, ses yeux en amande, ses sourcils relevés en forme de phénix, ses lèvres colorées, sa taille, ses jambes fuselées. Il n'avait plus de mère, plus de Maître, plus d'ami... Il n'avait plus rien. Xiaolou continuait à parler, mais il n'écoutait plus.

– A quoi penses-tu ? lui demanda Xiaolou.

– Pékin me manque, répliqua-t-il la voix couverte par le roulement du tambour.

– Mais tu habites toujours à Pékin, toi ! Que devrais-je dire alors ?

– Oui, je vis à Pékin, mais j'y pense tout le temps !

Sais-tu que la tour de l'horloge ne sonne plus, maintenant ?

– Quoi ? Quelle tour de l'horloge ?

Le désarroi de Xiaolou chagrinait Dieyi. Avait-il oublié cela aussi ? Non, ce n'était pas possible !

Le grand succès de la tournée de la troupe d'Opéra de Pékin à Hong Kong donna lieu à une conférence de presse ; Dieyi et les autres comédiens reçurent les journalistes, vêtus d'élégants costumes occidentaux bien coupés. Pendant l'entretien, les jeunes artistes chantèrent quelques couplets célèbres extraits d'opéras, mais ces jeunes journalistes fraîchement diplômés n'y connaissaient rien. Ils prenaient quantité de notes sur un petit carnet tout en sachant qu'ils se contenteraient de recopier le programme au moment d'écrire leur article.

Lorsqu'ils quittèrent le théâtre, l'un d'entre eux dit à son collègue :

– On a quand même du mal à croire que le vieux ratatiné était un célèbre acteur *dan* dans les années 40, non ?

– Je n'en sais rien. Je n'étais même pas né à cette époque. Je n'étais même pas né en 1950.

Et c'étaient ces jeunes critiques qui allaient juger la représentation !

Dieyi avait demandé au chef de la délégation la permission de s'absenter pour rejoindre son ami. Xiaolou l'avait alors emmené dans les ruelles du quartier de Northpoint pour déguster des galettes farcies avec du lait de soja. Le lait était beaucoup plus clair qu'à Pékin et les galettes pas assez croustillantes. Dieyi avait du mal à manger car il ne lui restait que quelques dents mais la seule présence de Xiaolou suffisait à son bonheur.

Le jour commença à baisser et la couleur du ciel s'assombrit, diffusant une lumière douce et faible. Les lampadaires n'étaient pas encore allumés et les visages des gens devenaient indistincts. Dieyi en profita pour dévisager son ami. Il se rappela brusquement quelque chose et sortit de sa poche un portefeuille en cuir d'où il tira une vieille photo jaunie qu'il tendit à Xiaolou. Ce dernier cligna un peu des yeux et reconnut alors l'instantané qui avait été pris il y avait bien longtemps lorsqu'ils étaient les élèves de Maître Guan, devant le temple du saint patron de l'opéra. Tous leurs condisciples étaient présents, la tête rasée, mais l'air audacieux, intrépide. Les deux vieillards se rapprochèrent et se penchèrent ensemble sur la photographie, essayant de reconnaître leurs camarades.

– Lui, c'est Xiao Zongzi, qu'est-il devenu ?

– Il est mort en prison pendant la période de liquidation générale des ennemis de classe.

– Et Xiao Heizi ?

– Il est mort d'une épidémie quelconque peu de temps après avoir été déporté dans un camp de réforme.

– Et Xiao San, le plus dissipé ?

– Pendant la Révolution culturelle il a eu les jambes brisées, mais il s'en est sorti. Ensuite il s'est mis à boire et finalement il est mort d'une cirrhose.

– Et Xiao Meitou ?

– Je crois qu'il est devenu hémiplégique. Il est tombé un jour d'une poutre alors qu'il installait un éclairage pour une représentation dans une usine.

Les deux hommes étaient consternés. Dieyi rangea sa photo, en souriant tristement.

– Arrêtons là toutes ces questions ! Nous, nous sommes en vie, Dieu merci !

– Et... Xiao Si, qui s'en est pris à nous si violemment ?

– On dit qu'il s'est retrouvé en prison, accusé d'être un suppôt de la Bande des Quatre. Il était incarcéré dans une cellule pleine d'eau, tu sais, ils leur en versaient jusqu'aux épaules, et il est devenu fou. Sans doute est-il mort aussi, aujourd'hui. Mais cessons de parler de tous ces événements tragiques. Cela m'effraie !

– Tu as eu le temps de visiter un peu Hong Kong ces jours-ci ? Tu aimes cette ville ? lui demanda Xiaolou.

– Non !

– Pour être franc, moi non plus. Mais quand je me suis enfui, j'étais loin d'imaginer qu'on pourrait un jour être réhabilité. Qui en a décidé au fait ? bougonna Xiaolou, avant d'ajouter : Bon, tu as raison, parlons d'autre chose ! Je vais t'emmener dans un endroit étonnant.

Ils s'engagèrent dans Nathan Road, traversèrent une

large avenue et arrivèrent à un carrefour où se trouvait un établissement de bains publics plus ancien que la nuit des temps, connu de tous les vieux Pékinois et des Shanghaiens qui l'appelaient les « Bains de vertu ».

Sur le trottoir, quelqu'un distribuait des prospectus; Dieyi n'osa pas en prendre, Xiaolou, en revanche, en saisit un et le passa à son ami. Mais il ne comprenait rien, car il était écrit en anglais, en forme de passeport, avec sur la couverture deux magnifiques lions gardant la couronne, emblème du Royaume-Uni. Les seuls caractères chinois qu'ils reconnurent étaient « Linge Feng », – « Lingua phone » – il s'agissait une brochure vantant les mérites d'une école de langues pour apprendre l'anglais.

– Qu'est-ce que c'est ? demanda Dieyi.

– Rien, répondit Xiaolou qui ne savait pas, mais qui avait honte de l'avouer. C'est devenu à la mode, depuis quelque temps, de distribuer n'importe quoi; jette-le! On ne peut même pas s'en servir comme set de table.

Dieyi n'insista pas. Il n'était pas autrement curieux, à partir du moment où il ne s'agissait pas d'une nouvelle campagne politique qui allait à nouveau lancer dans les rues des revenants révolutionnaires hargneux avides de vengeance...

Les deux amis se détendaient au sauna, enveloppés dans un épais brouillard de vapeur, nus comme autrefois lorsqu'ils prenaient un bain collectif à l'école de Maître Guan mais leur peau n'avait plus la fermeté d'antan.

– Eh oui! cette époque est bien révolue! soupira Xiaolou en s'étirant, résigné.

Dans cette atmosphère embrumée, ils distinguaient à peine les contours de leurs corps. Bientôt les clients affluèrent, d'aucuns pour se faire masser, d'autres pour se faire raser, d'autres enfin pour des séances de manucure... Dieyi était surpris par l'apparente oisiveté de ces gens qui venaient manifestement aux bains pour s'occuper.

Ils restèrent si longtemps au sauna que leur peau était aussi décolorée que celle des noyés.

– Nous sommes trop vieux pour nous tracasser au sujet du passé, non ? remarqua Dieyi.

– Tu as raison. Tout le monde est devenu fou durant la Révolution culturelle, répliqua Xiaolou. Jamais je n'aurais pensé que tu puisses être aussi vindicatif.

Dieyi était embarrassé.

– Dans mon immeuble, poursuivit Xiaolou comme s'il monologuait, habite un gamin très désagréable qui se moque de ma voix éraillée. S'il savait à quel point je chantais merveilleusement autrefois!

Il sourit pour se moquer de lui-même. Quelle importance après tout!

– T'es-tu remarié? s'enquit Dieyi.

– Non.

– Eh bien moi, j'ai une femme, figure-toi! Après avoir été critiqué et jugé, je me suis retrouvé en camp de réforme et pendant deux ans je n'ai pratiquement pas prononcé un seul mot, je ne faisais que travailler comme une bête. Lorsque j'ai été libéré, je ne savais pour ainsi dire plus parler. Quelques années après, j'ai été soudainement réhabilité. On m'a alors envoyé à Pékin et les dirigeants se sont occupés avec bienveillance de ma réinsertion, et surtout de me trouver une compagne. Je ne pouvais pas refuser; elle travaille dans un magasin de thé.

– Vraiment?

– Oui. C'est tout à fait vrai.

– Alors tu dois toujours boire de l'excellent thé! lui dit Xiaolou en riant.

– Oui, mais cela me laisse toujours sur ma faim!

– Quand on était jeune, on avait souvent faim, tu te souviens?

Le visage de Dieyi s'éclaira:

– Ce que je préférais, c'était les puddings gluants, recouverts de sucre blanc, bien parfumés, bien collants...

– Oui, et je te disais qu'on économiserait de l'argent et qu'on ferait un vrai festin de puddings! Mais je n'ai jamais réussi à avoir autant d'argent. De toutes façons, cela ne servirait à rien. On ne trouve pas de tels gâteaux à Hong Kong!

– Ce n'est pas grave. A dire vrai, ces puddings n'ont rien d'extraordinaire.

– Oui, mais on désire toujours ce qu'on ne peut pas avoir!

– Tu as raison. Quelquefois on le veut tellement qu'on devient possessif.

– Dis-moi, qui sont les grands chanteurs d'opéra traditionnel, maintenant, à Pékin ?

– Il n'y a plus grand monde qui chante de l'opéra classique. Les meilleurs veulent surtout chanter des chansons modernes populaires. Les troupes d'opéra n'existent plus que pour des tournées à l'étranger, ce qui permet de rapporter des devises, répondit-il d'un air sombre. Et puis, tu sais, le quartier de Liulichang a complètement changé, le restaurant où l'on mangeait dans des marmites mongoles vient d'être retapé. Des investisseurs de Hong Kong y ont fait construire un grand hôtel luxueux ! Il y a aussi des dancings. Au Nouvel An, ils l'ont montré à la télévision. Tu te souviens que les Gardes rouges forçaient les gens à danser pour les humilier ? Eh bien, maintenant, les gens vont à des soirées dansantes. Et dans les dancings, on trouve des hôtesses, des prostituées...

Dieyi se tut, il regrettait d'avoir prononcé ce mot. Il ne voulait pas raviver chez son ami des souvenirs douloureux.

Xiaolou pâlit. Dieyi sentait son cœur battre intensément.

– Je voudrais te demander... dit Xiaolou en hésitant.

Que voulait-il donc ? songea Dieyi, en le regardant fixement, l'air austère.

– Dieyi, mon frère (Xiaolou se décida enfin à parler), je voudrais te demander quelque chose, ou plus exactement un service. Voilà, je voudrais que tu retrouves les cendres de Juxian et que tu me les expédies... J'aimerais qu'elle repose en paix à Hong Kong.

Dieyi eut l'impression d'être submergé par un gigantesque raz de marée. Comme il aurait voulu ne jamais entendre le vœu de son ami, éviter d'avoir à y répondre ! Tout s'embrouillait, il ne se souvenait plus de rien. Si son passé glorieux lui avait permis de devenir directeur artistique, ses sentiments d'antan pouvaient encore le perdre.

– Mon frère... (Xiaolou parlait avec lenteur, tristesse et sincérité), je voudrais t'avouer quelque chose, mais je ne sais pas si je dois...

– Quoi ?

– Moi... et elle, tout cela, c'est du passé maintenant. Je t'en prie, ne me juge pas trop sévèrement.

Un tel aveu avait énormément coûté à Xiaolou. Mais le moment était opportun, l'occasion ne se représenterait sans doute jamais. Dieyi sursauta.

Il le savait ! Il le savait bien ! Xiaolou aurait pu ne rien dire et personne ne lui aurait demandé quoi que ce soit. Il avait voulu que les choses soient claires. Il lui faisait penser à ces vieux cadres du Parti qui estimaient que des dizaines d'années de révolution n'avaient servi à rien et qu'on était revenu à l'époque d'avant la Libération.

Il fallait absolument empêcher son ami de continuer à évoquer ce passé, il sourit faiblement :

– Qu'est-ce que tu racontes ? Pourquoi te jugerais-je ? Arrêtons de parler de tout cela ! Tu connais le dicton, chantons quelque chose.

– J'ai complètement oublié tous les textes, répondit Xiaolou.

– Mais non, c'est impossible, affirma Dieyi, ils te reviendront en chantant. Le spectacle continue ! Allez !

Dieyi sourit légèrement, mais restait songeur et grave : « Dire que j'aurai passé ma vie entière à interpréter le rôle de la favorite Yu, se dit-il. J'ai fait des tours et des tours sur des scènes de théâtre ! Et je vais recommencer ! »

La nuit était tombée depuis longtemps. La « troupe de l'Opéra de Pékin » avait donné sa dernière représentation, la scène était vide, les comédiens partis, les décors rangés et l'on avait éteint les lumières ; le silence régnait, souverain, il n'y avait plus âme qui vive, sauf Duan Xiaolou et Cheng Dieyi.

La scène s'offrait à eux. Ils se rendirent dans les coulisses pour se maquiller et dissimuler leur visage maigre sous le fard. Leurs regards brillaient à nouveau de mille feux. Ils étaient heureux, ils allaient sur les planches retrouver leur raison de vivre !

Ils rétablirent leur vieux rituel : la favorite devait tout d'abord étaler de la vaseline sur les parties à maquiller, puis passer une couche de fard blanc et appliquer le rouge à joues (carmin, comme les fleurs de lotus) en se tapotant la figure, souligner d'un trait noir ses sourcils, accentuer la courbe de ses yeux au crayon noir, appliquer de la poudre; enfin venaient les ultimes raffinements : rajouter une touche de rose pour rehausser les pommettes, se peindre les lèvres, sans oublier d'enduire le cou, les mains et les avant-bras d'une fine pellicule de blanc et se teindre la paume des mains en rouge. Une fois le visage terminé, Dieyi s'attela à sa coiffure : il passa une perruque, se colla des postiches le long des tempes et arrangea le tout avant d'y piquer des épingles à cheveux et des barrettes de toutes sortes.

Xiaolou, lui, tremblotait quelque peu pour grimer son visage; ses mains maladroites accusaient ses soixante ans. Pour son maquillage, tout partait du nez, qu'il recouvrit d'une couche de peinture blanche, avant de descendre... Il hésitait. Il pensait à la tradition qui voulait que les personnages mourant en pleine force de l'âge tracent sur leur visage le caractère « longévité ». Faut-il mourir jeune pour prétendre à la longévité? Et que doit-on faire pour les vieux de soixante ans comme lui? Il continua à se farder consciencieusement et le général Xiang Yu, peu à peu, réapparut.

Dieyi n'eut pas l'air très satisfait du maquillage de son ami. Il s'empara du crayon pour peaufiner le trait des yeux et rajouter quelques détails indispensables. Il le voulait comme autrefois, son roi-hégémon, son Xiang Yu.

Ils avaient perdu brusquement toute notion du temps et de l'espace. Quelle était la part du rêve et celle de la réalité? Ils ne savaient plus.

Dieyi accrocha en silence à la taille de Xiaolou l'épée enfin retrouvée, cause de tant de malheurs et de vicissitudes, cette preuve irréfutable de leur crime « contre-révolutionnaire ». Elle lui avait été restituée lors de sa réhabilitation, usée et défraîchie, beaucoup d'ornements ayant été détruits par les flammes! Il arrangea avec tendresse l'habit noir du général Xiang Yu avant d'entrer en scène en le soutenant. L'âge avait beaucoup diminué leur force et leur dextérité, mais n'enlevait rien à leur enthousiasme.

Seigneur, je vous en prie! Acceptez cette coupe!

Xiaolou vida la coupe que lui offrait Dieyi et la jeta par-dessus son épaule en soupirant. Il reprit son souffle, et se mit à chanter de sa voix éraillée cet air qui flotta dans la douceur de la nuit, comme autrefois :

Dire que ma force déracinait les montagnes,
Que mon énergie dominait le monde,
Mais les temps ne sont plus favorables,
Mon cheval Zhui ne galope plus;
Si Zhui ne court plus, que vais-je faire?
Yu! Yu! Qu'allez-vous devenir?

Dieyi saisit alors l'épée de son beau prince pour esquisser une danse, tout en chantant, afin de le distraire :

Seigneur, je vous en conjure,
Prenez encore une coupe de vin et écoutez mon chant plaintif,
Je veux, par ma voix et ma danse, soulager vos souffrances.
Les Qin ont tout détruit, les fleuves et les montagnes,
Forçant vos héros à déposer les armes.
Mais il ne faut pas se laisser outrager.
De tout temps à jamais, grandeur et décadence, réussite et échec se succèdent.
Ne soyez pas triste, buvez votre vin, venez.

L'épée virevolta allègrement, mais Dieyi n'avait plus sa souplesse d'antan. Sa taille était par trop raide, malgré ses efforts pour courber doucement ses reins. Qu'importe! Le chant touchait à sa fin et la belle favorite Yu avait réussi à consoler son prince. Mais qui la réconforterait dans sa détresse? Elle acheva sa tragique complainte :

Les troupes ennemies de Han nous encerclent,
J'entends de toutes parts chanter des hymnes de Chu,
Liu Bang serait-il déjà maître de notre royaume?
Si vous disparaissez, Seigneur,
Comment pourrais-je moi, votre humble servante, avoir la force de poursuivre mon chemin?

Dieyi poursuivait sa danse. Subitement il éleva l'épée

vers sa poitrine avant de se taillader la gorge... Le sang commença à couler...

Xiaolou, affolé, se précipita aussitôt pour soutenir son ami qui défaillait et panser la blessure pour éviter l'hémorragie.

L'épée était toujours aussi étincelante.

Dieyi dans les bras de Xiaolou le fixait intensément. Leurs visages étaient l'un contre l'autre.

– Dieyi !

Le sang coulait lentement, goutte à goutte... Dieyi sentit un profond bien-être envahir son corps, comme autrefois quand retentissait un tonnerre d'applaudissements de spectateurs en liesse.

Il entendait Xiaolou qui l'appelait.

– Xiao Douzi ! Mon frère...

Ce nom d'un passé révolu plongea Dieyi dans ses souvenirs lointains : il se revit, pratiquant ses vocalises avec Xiaolou au pavillon Tao Ran lorsque leurs voix cristallines s'élevaient dans la brume matinale. C'était en Chine, à Pékin, les journées étaient merveilleuses et douces, empreintes de leur candeur puérile. Leurs chants enfantins montaient en volutes légères sur la scène d'un théâtre désert.

– Mon frère ! (Xiaolou continuait d'appeler Dieyi tout en le secouant.) La pièce est finie.

Dieyi sursauta : « Ah ? la... pièce... est... finie ? » Ce n'était donc que du théâtre. Cette fin tragique, éblouissante, était un simulacre de la réalité. Il ne mourrait jamais d'amour. C'était pourtant si beau !

Dieyi se releva difficilement, brossa la poussière de son costume et sourit de manière énigmatique :

– J'ai vraiment toujours voulu être cette belle favorite Yu ! soupira-t-il. Il avait épuisé ses dernières ressources. C'était son adieu définitif à la scène.

Quelques jours plus tard, Dieyi et la troupe de l'Opéra de Pékin quittèrent Hong Kong pour retourner sur le continent.

Une fin d'après-midi, Xiaolou traversait Nathan Road, et son regard fut attiré par une queue interminable de gens devant le bureau de l'administration civile qui serpentait comme un énorme dragon dans un grand tohu-bohu. Les Chinois de Hong Kong attendaient que leur soit distribué un petit opuscule : le projet d'accord sino-britannique du 26 septembre 1984. Les ressortissants chinois implantés à Hong Kong étaient en effet inquiets de savoir ce qu'il adviendrait de leur « liberté » en 1997, lorsque la ville serait rattachée à la Chine communiste. Xiaolou, lui, s'en moquait éperdument, étant persuadé qu'il ne connaîtrait jamais ce jour. La politique ne l'intéressait plus. Il n'avait pas d'enfant. Sa seule et unique préoccupation pour l'instant était de savoir où il allait bien pouvoir se loger. Son « propriétaire », en effet, avait décidé de récupérer son appartement pour l'habiter lui-même.

Il se sentit abandonné, délaissé par Hong Kong, par la Chine tout entière. Il ne lui restait plus qu'à aller noyer son chagrin aux « Bains de vertu ». Arrivé devant la porte, il découvrit que l'établissement avait été transformé en un sauna finlandais!

Appendice

L'Opéra de Pékin

L'Opéra de Pékin apparaît au XIXe siècle et s'élabore peu à peu comme un genre particulier, le *Kunqu*, né de la fusion de différents styles de musique, notamment le *erhuang* et le *xipi*. Il traite de thèmes simples et s'inspire le plus souvent de réalités historiques ou de légendes populaires. Musique traditionnelle, poésie, chant, récitation, danse, arts martiaux et acrobaties alternent sur scène cependant que des instruments à percussion (gong, cymbales, tambours) marquent la mesure et ponctuent la voix et les gestes des acteurs. La mise en scène ne s'appuie sur aucun décor, mais sur une symbolique immuable.

C'est donc uniquement par le mime que les actions peuvent être représentées. Les gestes se doivent d'être esthétiques en plus de leur fonction déictique. La marche, par exemple, est plutôt dansée. On distingue cinquante-deux pas différents en fonction du personnage et des circonstances. Les manches des costumes sont souvent prolongées au-delà des poignets par un tissu blanc ou *shuixi*, afin de renforcer l'élégance des mouvements et de mieux exprimer les diverses émotions du répertoire (soixante-douze en tout). Le jeu de l'acteur, à mi-chemin entre le chant et la parole, est extrêmement codifié. Il existe par exemple vingt-sept sortes de rires suivant le sentiment que l'on veut interpréter, de la colère à la surprise, de la peur à la flatterie.

Les personnages appartiennent à des grands types avant d'être individualisés. Grâce à cette convention, dès qu'un comédien entre en scène, le public peut immédiatement l'identifier, par sa voix, ses mouvements, son costume, son maquillage. Une distribution traditionnelle comprend le *dan*, personnage féminin, le *sheng*, personnage masculin, le *jing* ou visage peint (généralement un guerrier) et le *chou*, bouffon.

Les costumes répondent également à un code spécifique, lié au personnage, à son statut social et à son caractère, mais sont indépendants de l'époque où se situe l'action. Il n'y a aucun souci de reconstitution historique dans les costumes basés sur les vêtements de la dynastie des Ming (1368-1644). Les principaux habits sont la robe de cour ou *mang*, la robe de fonctionnaire ou *guanyi*, la robe d'intérieur ou *pi*, la robe croisée, *xie*, l'armure, *kao*, et la robe d'officier, *kaichang*. Les couleurs primaires (bleu, rouge, jaune, blanc et noir) sont réservées aux Mandchous, les couleurs secondaires (violet, rose, cramoisi) aux confidents, dames de compagnie, guerriers. Quant aux gens du peuple, ils se voient attribuer des costumes sobres, aux teintes neutres et sans broderie.

Le maquillage est primordial surtout pour les rôles *jing* et *chou*. Sa couleur symbolise le trait de caractère dominant du personnage. Ainsi, le rouge symbolise la loyauté et la fidélité ; le blanc, la ruse, l'habileté et la complexité ; le noir, la droiture, l'honnêteté et la loyauté ; le bleu rappelle le courage, l'arrogance et la férocité ; le jaune, l'intelligence ; le marron caractérise l'esprit malfaisant tandis que le visage de l'esprit surnaturel est couvert d'or et d'argent.

Jusqu'au XVIIe siècle, les troupes d'opéra étaient composées d'hommes et de femmes. En 1644, l'arrivée des Mandchous au pouvoir introduit une nouvelle morale qui interdit que les deux sexes se côtoient sur une scène. Cette première mesure n'empêchera pas les gouvernements et le public de continuer à associer les acteurs à l'immoralisme et à leur prêter une vie dissolue. En réalité, le directeur de la troupe vendait parfois à un personnage influent une jeune actrice comme concubine, ou jouait les entremetteurs entre mécènes et acteurs ou actrices. A plusieurs reprises, les préfets recevront l'ordre de veiller à la moralité des actrices. Accusées d'être des prostituées, celles-ci seront finalement exclues des troupes en 1772. Ceci oblige l'Opéra de Pékin à ne plus être interprété que par des hommes et à développer un style théâtral où la féminité doit être jouée, jusqu'à ce qu'un homme devienne plus femme qu'une femme. Certains deviendront homosexuels et, la mode s'en mêlant, ce premier souci de moralité conduira paradoxalement à un véritable engouement pour les acteurs tenant les rôles féminins. Les spectateurs qui viennent voir leur acteur favori sont principalement des hommes, soit des fils de famille délicats qui se déplacent pour admirer leur idole mais n'osent pas déclarer leurs sentiments, soit de riches commerçants qui estiment que l'argent peut tout acheter et exigent ce qu'ils désirent.

L'opéra *Adieu ma concubine*

L'histoire contée dans l'opéra *Adieu ma concubine* se déroule en 206 avant J.-C., soit quatre ans après la mort de l'empereur Qin Shihuang de la dynastie Qing. Les campagnes militaires menées par l'empereur avaient permis la première unification du pays, mais, peu avant sa mort, des seigneurs de guerre rivaux renversent la dynastie et s'affrontent.

Les deux ennemis les plus célèbres sont Liu Bang, fondateur de la dynastie Han, et Xiang Yu, roi de Chu. Une nuit, le roi de Chu dresse son camp dans la vallée de Gaixia. Sa concubine Yu lui annonce que, de tous côtés, résonnent les chants de la défaite de leur terre Chu. Le roi en conclut que les guerriers de Liu Bang se sont emparés de ses troupes. En réalité, il s'agit d'un piège : Liu Bang a demandé à ses propres soldats de chanter des airs Chu pour faire croire au roi que les siens ont été faits prisonniers. Le stratagème, ressort traditionnel du plan de bataille chinois, réussit. Le roi se croit vaincu et ordonne à sa concubine Yu de s'enfuir. Celle-ci refuse de le quitter, lui verse à boire et danse pour lui une dernière fois. Tout en dansant, elle s'empare de son épée et se tranche la gorge.

Les batailles entre les Han et les Chu ont inspiré de nombreux opéras. Le premier, écrit entre le XIIIe et le XIVe siècle s'intitule *Le roi dit adieu à sa concubine Yu à Gaixia.* Du texte de cet opéra il ne reste qu'un manuscrit incomplet. Sous la dynastie Ming (1368-1644), d'autres opéras brodent sur ce thème et notamment *La Stratégie de l'or.* En 1921, Mei Langfang, comédien célèbre pour ses interprétations de rôles féminins, crée avec l'acteur Yang Xiaolou l'opéra *Adieu ma concubine* qui condense les deux précédents. Mei Langfang y incarnait la concubine Yu tandis que Yang Xiaolou interprétait le roi-hégémon. Cet opéra extrêmement populaire sera joué continuellement jusqu'en 1936. Durant ces quinze années, les deux acteurs remanieront fréquemment le livret. *Adieu ma concubine* est aujourd'hui considéré comme un classique de l'Opéra de Pékin.

« Littérature étrangère »
chez Flammarion

Déjà parus :

Miroslav Acímovíc, *La porte secrète*
John Banville, *Kepler*
John Banville, *Le livre des aveux*
Jochen Beyse, *Ultraviolet*
Maxim Biller, *Ah! Si j'étais riche et mort*
Raul Brandão, *Humus*
Nicolae Breban, *Don Juan*
A. S. Byatt, *Possession*
Gianni Celati, *Narrateurs des plaines*
Gianni Celati, *Quatre nouvelles sur les apparences*
Evan S. Connell, *Mr. & Mrs. Bridge*
Avigdor Dagan, *Les bouffons du roi*
Bruce Duffy, *Le monde tel que je l'ai trouvé*
Alison Findlay-Johnson, *Les enfants de la désobéissance*
Teolinda Gersão, *Le cheval de soleil*
Kaye Gibbons, *Histoires de faire de beaux rêves*
Jessica Hagedorn, *Les mangeurs de chien*
Lennart Hagerfors, *L'homme du Sarek*
Lennart Hagerfors, *Les baleines du lac Tanganyika*
Werner Heiduczek, *Départs imprévus*
Alice Hoffman, *La lune tortue*
Huang Fan, *Le goût amer de la charité*
Anatole Kourtchatkine, *Moscou aller-retour*
Léonide Latynine, *Celui qui dort pendant la moisson*
David Leavitt, *A vos risques et périls*
David Leavitt, *Tendresses partagées*
Li Ang, *La femme du boucher*
Vladimir Makanine, *Le citoyen en fuite*
Carmen Martín Gaite, *La chambre du fond*
Luis Mateo-Díez, *Les petites heures*
Alberto Moravia, *La femme-léopard*
Alberto Moravia, *Promenades africaines*
Nico Orengo, *On a volé le Saint-Esprit*
Fabrizia Ramondino, *Althenopis*
Amy Tan, *Le club de la chance*
Colm Tóibín, *Désormais notre exil*
Victoria Tokareva, *Le chat sur la route*
Victoria Tokareva, *Première tentative*
Su Tong, *Epouses et concubines*
Tarjei Vesaas, *Le germe*
Paolo Volponi, *La planète irritable*
Paolo Volponi, *Le lanceur de javelot*

Edith Wharton, *Le Temps de l'innocene*
Edith Wharton, *Le fruit de l'arbre*
Eudora Welty, *La mariée de l'Innisfallen*
Mary Wesley, *La pelouse de camomille*
Mary Wesley, *Rose, sainte nitouche*
Mary Wesley, *Les raisons du cœur*
Mary Wesley, *Sucré, salé, poivré*

Cet ouvrage a été réalisé par la
SOCIÉTÉ NOUVELLE FIRMIN-DIDOT
Mesnil-sur-l'Estrée
pour le compte des Éditions Flammarion
en octobre 1993

Imprimé en France
Dépôt légal : octobre 1993
N° d'édition : 14819 - N° d'impression : 25348